達磨町七番地

Bunroku SHiSHi

獅子文六

P+D BOOKS
小学館

目次

それは毒だ

増税に困らない夫婦

税など上ったって、ビクともしない人種がある。

加根山只嗣《かねやまただつぐ》氏の夫婦なぞは、それであろう。

良人《おっと》は酒が飲めれば、いくらでも飲みたいのだが、精々、馬力をかけて、一合ぐらいのものである。ビールは、飲むとすぐ下痢をする習慣があるので、絶対にやらない。だから、一升に六十銭、一壜《ひとびん》に十八銭の恐るべき新税も、ものの数ではない。では、砂糖と飴《あめ》の方で励むだろうというと、ほんの時々マロン・グラッセの一つも抓《つま》むぐらいで、決して甘党ではない。食物もカラスミだの、キャビアだのというものが好きである。

慧子《けいこ》夫人にしたって、揮発油税にヘコたれるような身分ではない。あれは去年の半襟《はんえり》をやむを得ず今年も掛ける女性の痛手だ。でも、織物消費税と売上税は、忽《たちま》ち百貨店の月払いに影響するから、これだけは不服だろうと思うと、決してそうでない。夫人は千円の丸帯に千五百円の正札がつけかえられると買いたくなる方の組だ。趣味として高価なものを好むのだから、増税蔵相を支持すること甚《はなは》だしい。

だが、なににもまして、加根山夫婦が平然としていられるのは、相続税十割の増率である。

つまり夫婦の間に子供がないのである。子供がないばかりでなく、養子を貰う意思もないのである。あり余る財産を、一体、誰にやる積りなのだろうなぞとは、他人の心配であって、当人達の問題ではない。一代で産を起した先代こそ、自分の財産の行方が気になって、死んでも白眼を剝《む》きだしたりしたが、只嗣氏のように、親譲りの富豪はその点、至ってサバサバしている。慧子夫人だって同じこと、名の響いた銀行家の次女に生まれて、子供の時から金の苦労はしたことがない。二人とも、好きなだけ費《つか》って好きなだけ遊んで死ねば、後は誰かが如何《どう》にかしてくれると考えてる。実際また、それに違いない。二人で費い切れる財産でもないし、相続人ときたら親類のうちだけでも志望者が何人いるか知れない。それだのに、骨を折って子供なぞ産んでは馬鹿々々しい。慧子夫人は美貌保存の必要上、只嗣氏はただ子供は面倒臭いとの理由からしてそこはよろしく方法が講じられている。尤《もつと》も二人はまだ若い。只嗣氏が三十八、慧子夫人は六つ下だ。

だが、二人の間に話が合うというのは、どうやらこの一点だけらしい。結婚後、今年で十二年目になるが、どうも二人の仲は面白くない。といって、夫婦倦怠期だとか、性格の不調和だとか婦人相談に伺《うかが》いを立てるほどの理由でないらしい。もともと二人は、プチ・ブルの子ではないから、恋愛結婚なんてハシタない真似はしなかった。親が夫婦になれというから一緒になったまでだ。従って、蜜の如き新婚気分を味わったこともなければ、その反動を食う心配もない。性格の方からいえばこんな似たもの夫婦はないくらいだ。二人とも、我儘《わがまま》で、享楽的《きようらく》で、気まぐれで、その癖、臆病だ。尤も、欠点が同じだと、摩擦して火を発し易いというが、二人は十二年間、まだ一度も喧嘩したことがない。少くとも只嗣氏が拳固《げんこ》をかためたり、慧子夫人がマニキュアした爪を利用したことは、一度もない。

それだのに、二人の仲は、夜半のラジエターのように、次第に冷えてゆく。今では、まるで他人のように暮している。良人は良人、妻は妻――お互いに勝手なことをやっている。自動車は二台あるし、寝室は外国の上流社会を真似《まね》て、別々になっているから、その点は都合がいい。二人がもうちっと年をとって、もうちっと外国人の真似が身についたら、なにしろ邸《やしき》は広いのだから、アカの他人の男と女が、いくらも転《ころ》がっているアパートで暮すように暮せるのである。そんな夫婦が、ロンドンやパリの富豪街に、いくらも転がっているそうだ。だが、なんといっても、二人は東京の住人だし、それにまだ年も若い。夫婦絶対自由主義を確立したものの、実践化が徹底しない。時にお互いのことが、お互いに気になるのである。気になる癖に、それを見せては自分のマケとなるから、できるだけ気にしないフリをする。二人とも、次第に腹芸《はらげい》と皮肉が上達してくる。暢気《のんき》に生活しているようでも、顔を合わせれば気分がジリジリしてくる。そこで、早速、外出という手を用いる。だが、これがまた、気になる原因の種を蒔《ま》くとすれば、どうも自烈《じれつ》たくなるほど、手数のかかった夫婦だ。

加根山只嗣氏と慧子夫人は、まあこういったような夫婦なのである。

珍らしい晩餐《ばんさん》

朝靄《あさもや》のリンクスで、一汗かいてきた只嗣氏は、ずっとそのまま、築地方面へ回ろうかと思ったのだが、まあ一先《ひとま》ず、着物をかえた上のことと考えて、平河町の自邸へ車を走らせた。

「お帰り遊ばせ」

玄関の式台へ、小間使の頭が三つ列《なら》んで、平伏したが、勿論、その中に、慧子夫人の姿が交っていようはずがない。

黙って、中廊下をズンズン歩いて、居間へ入った只嗣氏は、ゴルフ服を脱ぎながら、自分付きの小間使のタミに、

「すぐ、湯に入る」

「は、ご用意ができております」

秋の日は短いのに、午後に出掛けて、二ラウンド回ったせいか、だいぶ草臥《くたび》れたようだ。まず一風呂浴びて、それから――

満々《なみなみ》と湯をたたえたタブへ、体をユックリ伸ばして、

(もう草が黄色くなってきた。今年のゴルフもお終《しま》いだな)

などと考えていると、気持がすっかりノンビリする。待合や料理屋の風呂場より、気が落着くことはたしかだ。蕩児《とうじ》家に帰って、久し振りにアット・ホームの気分を味わってみると、なかなか新鮮で、もの珍らしい。

(今夜は外出をやめて、家で飯を食ってやろうかな。一人で飯を食って、一人で雑誌でも読んで夜を更かす、こいつは、案外、面白そうだぞ。それに、今夜は高宮倫子も都合が悪いのだし……)

只嗣氏の保護している舞踊家高宮倫子は、大阪公演会へ行って、今夜は逢われないのである。

只嗣氏は、湯殿の壁のベルを押した。

「今夜は、家で飯を食うからね」

扉の外で用を聞いた小間使のタミは、椿事出来《ちんじしゅったい》という顔をして、急いで台所へ知らせに走った。

どうせ、慧子夫人は遅くならなければ、帰って来ないだろう。夫人が家にいるのなら、只嗣氏も多少草臥れていたって、また自動車の用意を命じたにきまってる。今夜の趣向は、一人で飯を食うというところにある。旅先きでホテルに泊ったように、我家で一夜を過ごすところにある。細君が側にいたら、洒落《しゃれ》にも何にも、なりゃアしない。

只嗣氏は、湯上り《ペーニョアル》の上に長パジャマを重ねて、居間の肘掛椅子《ひじかけ》に腰をおろした。山のホテルにでもいるなら、こうやって食堂の銅鑼《どら》の鳴るのを待つのだと、想像する。そうしたら食前酒《アペリチーフ》が飲みたくなって、彼はまたベルを押した。

小間使がデュボネの壜と、夕刊と、手紙を持ってきた。甘渋い酒が胃へ浸《し》みて、瞼《まぶた》がポッとしてくる間、夕刊を眺めてるのはいい気持である。幸い、金持の気になる、結社の記事は一つも出ていない。例によって、一家心中とハンド・バッグ強盗ぐらいのことだ。珍らしくも隅から隅まで夕刊に眼を通して、それから手紙の束《たば》をとりあげたが、裏を返したり、封を切る価値のあるのは、一枚もない。いや、たった一枚ある。慧子夫人宛の手紙だ。郵便物は女中頭《がしら》が選《よ》って、それぞれ夫婦の部屋へ届けるのだが、一枚だけ紛れ込んだらしい。

「フム。佐々木五郎か。だいぶ進行しとるらしいな」

只嗣氏は差出人の名を読んで、むしろ面白そうに笑った。勿論、そッと封を剝《は》がしてみるなんて、不見識をやる必要はない。

佐々木五郎というのは、只嗣氏がよく夫人から名を聞かされるダンス教師である。それも専門家なのか、学生だか、会社員だか、それすら曖昧な男だが、慧子夫人に扈従《こじゅう》して、どこへでも出掛ける。夫人は良人に、

「五郎さんは、妾《あたし》のアミよ」

と、平気でいうが、只嗣氏はあまり信用しない。あアいういい方をしてくる間は、アミはアミでも、夫人が匂わせるような事実はないと、タカを括《くく》ってるのだ。そこへゆくと、自分と高宮淪子の仲は本阿弥の方だ。夫人もチャーンと、その事実を知ってる。そうして佐々木五郎の

件なぞも、いわばその対抗運動みたいなものだが――

「お支度がよろしゅうございます」

今度は女中頭が告げにきた。

只圃氏は勇んで、食堂へ出かけた。大きく切った煖炉《だんろ》の中で、薪《まき》型のガスの焰がチロチロ燃えてる。今年は今夜がストーブ開きだ。

(ウン。たしかに、いい思いつきだった)

そう思って、只圃氏はひろびろしたテーブルを一人で占領し、しずかにパンを千切り、しずかにグラスを舐《な》めて、悦に入った。

だが、食堂の扉が開いて、女中が次ぎの皿を運んできたのだろうと眼もやらなかった只圃氏は、

「おや、お珍らしいんですね」

という言葉に、ギョッと驚かされた。

慧子夫人が、いつの間にか、自分の向う側の椅子に腰をおろそうとしている。

「おやッ」

と、激甚《げきじん》な驚きと絶望を感じた只圃氏だが、巧みに色を隠《かく》して、ヤンワリと太刀を返すのである。

「そちらこそ、お珍らしいじゃないか」

「ほんとにね」

と、夫人も体の躱《かわ》し方を知ってる。

「いま、帰ったの?」

「いいえ、四時ごろから、家にいましたわ」

「ほほウ。いよいよもって、不思議な日だね。佐々木五郎君、今日はお差支えかね」

「よく知ってらっしゃるわね。今晩はエキジビションがあるんだそうですわ」

「それは、それは……。先刻手紙が来ていたよ。僕の部屋にある」

「ありがとう。手紙を書いときながら、すぐ電話かけてよこしましたの。可愛いでしょう。でも高宮淪子さん、大阪の公演会なんですってね、おさびしいわね」

「いやなに」

妙な夫婦があったものである。両方で充分に敵状を知り合っていると、戦争はあまり起らぬものだ。一寸《ちよつと》見ると、親善国の交驩《こうかん》みたい——

「このワインは、飲めるぜ。どうだい、もっとやらないかい」

と只闘氏は細君のグラスに注いでやりながら、

「やはり、家庭っていいもんだね。たまに食うせいか、たいへん今夜の飯はうまい」

などと、白々しいことをいっている。腹の中では、折角の〝孤独を娯《たの》しむ〟計画が、ダイなしだと怒ってる癖に。

するとと夫人が、いかにもその言葉に乗ったような顔付きで、ニッコリと、

「あら、ほんとに、そうお思いンなる？」

「ほんととも」

「嬉しいわね。主婦にとって、とても満足よ。じゃア、妾、お願いがあるわ」

「毎晩家にいろというのかね」

「そんな理解のないことといわないわ。第一、それじゃア、妾が思うように、家を明けられないじゃないの」

「これは、察しが悪かったね」

「そんな無理なことじゃないの。なんでもないことなの。貴方の来月の誕生日ね、いつも東京会館でお客をなさるでしょう。今年はあれを、家でやってご覧にならない？」

「なアんだ。お願いッて、それだけのことかい」

「ええ。貴方が今夜、ホーム・ライフを讃美なさるから、一寸思いついたのよ」

と、済ましてるが、慧子夫人の腹の中には、なにか思惑があるのだろう。

「それも一案だね」

「そうしましょうよ。それから、お客様の中に、是非、高宮淪子さんも入れてあげたいわ」

「彼女なんか、どうでもいいだろう」

「あら、だって、貴方の親しい友達を除外する法はないわ。遠慮なさらないでよ」

只嗣氏は苦笑いをしたが、すぐさま、気を取りなおして、

「そうさね。じゃア、君が佐々木五郎君を招待するという条件のもとに、そうしようか」

といって、チラと夫人の顔を見る。

「結構ですわ、喜んで、妾の友達も、末席を汚《けが》さしていただきますわ」

彼女は憎らしいほど落着いて、そういった。

やがて、果物が出て、コーヒーになった。

只嗣氏は、椅子をストーブの前に引き寄せて、煙草を燻《くゆら》しながらコーヒーを飲んだ。

「いいね。ストーブの焔が燃えてるのは、いかにも、家庭的な感じがする」

そういって、ノビノビと脚を伸ばしたが、実は、

(一人でこうやって本でも読むつもりだったのに、馬鹿を見た)

と、考えている。

慧子夫人だって、同じことだ。

(こんな気詰りな対手《あいて》をするくらいなら、帝劇へでも行って見るんだったわ。退屈な児童映画だってこれより気が利いていたのに)

と、思っていながら、

「そうね。晩秋の宵の感じね。とても、シミジミするわ」

などと、空嘯《そらうそぶ》いている。

だが、いくら二人が芝居のセリフを交換しても、見物がいないとすれば、退屈な舞台だ。夫婦は、まだそれからも、二言三言話し合ったが、しまいには、時計の音が耳につくような沈黙に墜《おち》るのは自然であろう。

どちらも、早く対手が自分の部屋へ引き揚げるのを待機してるかたちだ。

だが、そこへ、救い主のようにタミの姿が現われた。

「あの、太田様がお出でになりました」

それを聞くと、只嗣氏はすぐに顔をしかめて、

「いるといったのか」

「いいえ、それは申上げませんでしたが……」

「留守だといって帰してくれ」

太田健次は、只嗣氏のクラス・メートだが、山気の多い男で、親から貰った財産を、事業にすっかり費い果し、まだ懲《こ》りないで、満洲だの、南洋だのと騒いでいる。今までも、度々、只嗣氏に金を借りているが、その申込み以外に、滅多に顔は出さないという男だ。

「かしこまりました」

と、女中が出て行こうとするのを、慧子夫人は呼び止めた。

「ねえ、貴方。折角、入《い》らしッたンだから、会っておあげになったらどう?」

これはまた、珍らしいことをいいだしたものだ。太田はガラガラした、殺風景な男なので、

平素から、彼女は嫌っているのである。今夜はどうも珍らしいことだらけだ。夫婦が揃って、家で飯を食うのが珍らしいと思ったら、以下、椿事続出である。

「あの方、大風呂敷を広げるからとても面白いわ。妾も一緒にお眼にかかるから、お会いなさいましよ」

なるほど。これで、彼女が今夜いかに退屈しているか、わかったようなものだ。

ナラガ

応接間の肘掛椅子に、深々と腰を沈めた太田健次は、遠慮なく、お先煙草《さき》を燻しながら、

「……君のような男が今ごろ家にいてくれたり、しかも、マダムまで御在宅とはありがたい。実は心当りへ電話したんだが、君の行方が知れん。無駄だと思って、お宅の方へ来て見ると、チャーンと、御帰邸だ。いや、まったく今夜ばかりは、天我《われ》に与《くみ》したね。アッハハ」

「一体、何の用だ、今時分やって来て。金の話ならもうお断りだぜ」

と、只嗣氏はニベもなく、いい放つ。だが、対手は、そんなことには、一向動ぜず、血色のいい顔を慧子夫人に向けて、

「一週間ほど前に、南洋から帰って来たンですがね。内地は寒いですな、奥さん」

「南洋は面白いでしょうね。何か変ったお話を聞かせて頂戴よ」

「度々行くせいか、別に珍らしいこともありませんね。パラオの土人の娘が、〝忘れちゃいやヨ〟[*1]を唄ってるぐらいなもンで」

「まア、驚いた。ほかに、もっと面白いお話は？」

「無いこともないが、なにしろ僕は忙がしいンでね。今度起した椰子油工場が、とても成績がいいですよ。土人の男女、百五十人ばかり使って、パテントの機械で、非常な優秀油が採れるです。東京の大化粧店は、競争で僕の工場の製品を買取りにかかっているんだが、いかんせん、今一息というところで……」

と、次第に只嗣氏の方へ話をもって行くと、

「……金が足りない、だろう。聞かなくても、わかっているよ」

と、只嗣氏は容赦をしない。

「アッハハ。先回りをされたね、仰せの通りだ。だが、今度は全く有望な事業だ。それに、金額も少い。たった一万円だ。頼むから今度だけ、都合してくれ」

「駄目だよ、そンな遊んでる金はない」

「そういわずにさ。太田健次危急存亡の場合だ……。じゃア、仕方がない。五千円でいい」

「いかんよ。何度、その手で借りらるるか、わかりゃアしない」

「なら、ギリギリで、三千円だけ頼む」

「お断りだね」

「最後の一声で、一千円……これなら、いくらなんでも嫌とはいうまい」

「いうよ。真ッ平お断りだ」

「えッ、君は千円の金も、僕に融通してくれんのか。その金がないと、僕は首を縊《くく》らなければならぬかも知れんのだ。君は学校以来の旧友を見殺しにする気か」

と、さすがの太田君の顔色が、変ってきた。平常なら、この位値切ってから、気持よく貸してやる只嗣氏だが、今日はいささかツムジが曲っていた。細君と嫌々飯を食わされた鬱憤《うっぷん》にちがいない。

「うん。する気だ」

「ほんとか」

「ほんとだ」

太田健次はそれを聞いて、ジロリと只嗣氏の顔を眺めたが、いやに落着いた声で、

「そうか……。それなら、もう頼むまいよ。奥さん、失礼ですが、水を一杯頂けませんか」

と、突然、慧子夫人にいった。

小間使が持って来たコップの水を、一口ゴクリと飲んで、太田君はポケットから、小さな壜を出した。そうして、掌《てのひら》に黄色い粉末を振り出して、矢庭にこれを口に入れようとした。

「おい、何をするッ!」

咄嗟《とっさ》に只嗣氏は、いやなショックを感じて、友達の掌の薬を、叩き落した。

「と、止めてくれるな。死ぬ、死ぬ！　俺はどうしても死ぬんだ！　この薬はな、南洋の毒薬のナラガだぞ、セイサン・カリどころの効力じゃないンだぞ。極微量で、即座に天国へ飛んで行けるンだ。旧友を見殺しする奴の前で、ほんとに俺は死んでやる。さア、放せ、放せ！」

「馬鹿をするな。おい！　話せばわかる」

「いや、わからん、そんな薄情な奴にはわからん」

「いや、わかる、貸すといったら、わかるだろう」

と、只嗣氏は額《ひたい》から冷汗を流して、拝むように頼んでいた。慧子夫人も震《ふる》えながら、

「千円でも二千円でもお貸ししますわ。だから、どうぞ太田さん……」

太田君はそれを聞くと、俄《にわ》かに顔の造作を崩しかけたが、

「そんなことといって、俺を騙《だま》すのじゃないか。見てる前ですぐ小切手を書いてくれ。さもなけりゃア、俺は死ぬよ、死ぬよ！」

「書く、書く。すぐだから、待ってくれ」

こうなると勝負は、全然、只嗣氏の敗《まけ》だ。大急ぎで居間へ行って持参人渡しの小切手を書いて来た。

「さア。これでいいだろう。ほんとに、君にあっちゃア敵《かな》わんよ」

「済まん。実に、済まんなア。これで、太田健次の一命が助かった。あア、旧友というものは

有難い！」

と、大喜びで握手を求めると思うともう帰り支度を始めて、

「しかし、加根山。僕も男だからな。事業が儲かったら、きっと返しにくるぜ。じゃア、さようなら」

「いや、返すには及ばん。その代り……」

二度と来てくれるなと、只嗣氏がいおうとした時には、もう客の姿は玄関へ消えていた。

「えらい奴が飛び込んで来たよ」

「ほんとに、ずいぶん吃驚《びっく》りしましたわ」

と、夫婦は今夜初めて、素直な気持で顔を見合わせた。太田君の自殺騒ぎで、退屈も、皮肉ごっこもどこかへ吹き飛ばされたのは、確かである。

それを機会に、只嗣氏は居室へ引き揚げようとすると、

「あなた。大変ッ」

「なんだい」

「太田さんが、飛んでもない忘れものをして行ったわ」

夫人が指差すとおり、テーブルの上に先刻の毒薬——ナラガの壜が置いてある。

「なるほど。こいつは困ったね。こんな危険なものは、君の方であずかってくれ」

「真ッ平ですわ。あなたこそ、自分で始末なさるがいいわ」

「ウカウカ捨てると、太田のような奴は、グラムいくらの貴重薬だといって、また借金申込みの種にするからな。じゃア、この三角棚の引出しへしまっておこう。此処《ここ》なら滅多に誰も手を触れないからな」

そういって只嗣氏は、夫人の見てる前で、薬壜を引出しの奥にしまい込んだ。

五時のお茶

「ちょっと、五郎さん、あんた、来月三日、暇《ひま》?」

「ええ、今のところ」

「じゃあ、約束して頂戴よ。家でね、お客をするンだけど、是非、あんたも来てほしいの。ご飯の後で、ダンス・パーティーぐらいあるかも知れないわよ」

「ダンスは有難いが、……お宅へですか」

「ええ。かまわないじゃないの」

「だってエ――」

五郎君は、頭を掻《か》きながら、甘ったれた鼻声を出した。

外苑《がいえん》で、M・Kのラグビーのあった日である。慧子夫人は五郎君と試合を観てから、一緒に銀座へ出て「タンバリン」の二階で、お茶を飲んでいた。

「だって、なンなのよ」

「加根山さんに悪いじゃありませんか、そンなことしたら」

「あんた、ずいぶん意気地なしね。妾達べつに、加根山に対して疚《やま》しいことしてやしないじゃないの」

「そりゃア、そうですけれど」

「それに、あんたを招待するっていうのは、加根山自身の希望なのよ」

「へえ？　それはヘンですね」

「ちっとも、ヘンじゃないわ。加根山はあんたなんか問題にしてないンだわ。だって、一度だって、嫉妬めいたことをいったことがないンだもの。妾、それが癪《しやく》でたまらないのよ」

と、慧子夫人はＭＫＣの細巻を、草履の下で、踏んだ。

「なるほどね」

と、五郎君も、自分が問題にされないのが安心なような、癪なような、複雑な気持で、紅茶を匙《さじ》でかきまわす。

「妾ね、だから、一度あんたを加根山に見せてやって、どんな反応があるか、験《ため》してやりたいのよ」

「すると、僕は試験紙みたいな役回りですね……すこしクサるです」

「そんなことないわ。五郎さんの価値を認識させて、脅威を与えたいからだわ。それに、もう一つ計略があるの」

「まだ、あるですか」

「妾、高宮論子ッてどんな女だかよく見てやりたいの。舞台では見たことがあるけれど、素顔は一度も見たことがないのよ」

「見て、どうするンですか。マダムほど美人じゃないですよ」

「まア、巧《うま》いのね。でも、妾に無い魅力をもっている女にちがいないわ。だから、加根山があんなに、夢中になるンだわ。妾は、その魅力の正体を発見したいの」

「あんなにボロクソにいっていながら、やッぱり加根山さんのことが気になるンですね」

と、五郎君は嫌味《いやみ》をいった。慧子夫人は慌《あわ》てて、

「あら、そうじゃないわよ。誤解しないで頂戴。妾はむしろ女性としての興味を、高宮論子にもっているのよ。面白い女だったら、妾の友達にしてもいいくらいだわ」

と有閑夫人の心の余裕振りを、展《ひろ》げて見せる。

「だが、マダム」

と、五郎君は階級の所属がちがうせいか、考えがコセコセしてると見えて、

「貴女はそンな暢気なことをいってますけれど、これにはなんか、深い企みがあるかも知れませんよ」

「企みッて、なによ」

「いえ、加根山さんが、自邸へ僕を招いて下さるということですよ。いくら、度量の大きい人だって、少しヘンですぜ。僕は、加根山さんは、あれで相当陰険な人じゃないかと思うンですよ。なにか腹にあって、そういう計画をなさッたとしか、思われませんからね」

と、小悧巧《こりこう》な眼を光らすのを、慧子夫人はテンから対手にしないで、

「ホホホ。じゃア、加根山が妾達を毒殺でもするというの?」

「まさか、そんなこともないでしょうけれど、お客の中に、私立探偵か弁護士の一人や二人、紛れ込んでるかも知れませんぜ」

「まア、ずいぶん、気を回すのね。加根山がそれだけの関心と情熱を、妾にもってくれたら、うちの家庭も、もうちっと違ったものになってたかも知れないわ」

と、思わぬところで、本音を吐いてしまったが、じきに気が変って、

「でも、きっと、面白いわよ。むこうも一組、こっちも一組——ダブルスの決勝戦というところで、興味白熱ね。五郎さん、きっと出場しなけりゃ駄目よ」

「ええ。そりゃア、来いと仰有《おつしや》れば伺いますが……なンだか気味が悪いですな」

「まだ、そンなこといってるの。意気地なしね」と、浮々した調子で、窘《たしな》めてから「あら、もう五時半よ。相沢歯科医院のパーティーは何時から?」

「七時からですよ」

このごろのオレキレキは、ホールへ行かないで、妙なところで、踊るのである。歯医者の二階だとか、画家のアトリエだとか。

「なら、まだ大丈夫ね。五郎さん今夜、なに食べたい？」

「そうですね。この前は春日《かすが》だったし、今夜は洋食の方がいいな」

「三葉《さんは》？　それとも、オールド・グランド？」

「オールドの方が、いいですかな。畑屋《はたや》へ寄って、スカーフを見て行きたいと、思いますから」

「じゃア、そうなさい。いいのを見立てて、プレゼントするわ」

「済まンですなア」

いつも買って貰いつけてるとみえて、五郎君はスラスラと、お礼をいう。

「じゃア、出ましょうか」

二人は肩を列べて、「タンバリン」の金塗りの階段を下りた。

夜の酒

もう、虫の声は聞かれない庭だが、モダン茶室風の——つまり瓦燈口《がとうぐち》を開けると、バスルームになっているといったお座敷の調和を考えて、泉水の鯉が照明で赤い背を見せたりする。一つの庭に一つの家と、仕切られた離れ座敷に、鯛チリの鍋を挾《はさ》んで、加根山只嗣氏と高宮論子女史。

「あア、食べた、食べた」

と、うしろに手をついて、反《そ》りかえった論子女史は、断髪が額にからんで、頬ぺたが真ッ赤で、男物の丹前の胸が開いてる。湯上りに鍋物で、さかんに熱燗をひっかけたからであろう。

「鯛チリは、今年初めてよ」

「そうでもなかろう」

と、これも丹前姿の只嗣氏が、舐めるように、盃に口をつける。定量五勺を超過したので、また胃酸過多を起すといけないと控えてるのだが、どうも論子女史が対手だと、とかく酒が進んで困る。

「あらどうして?」

「鯛は大阪が名物だからさ。大阪には、君の昔の後援者H君がいるからさ」

「よしてよウ。それどころじゃなかったわ。今度の大阪公演会は」

「なぜ」

「マネジャーの奴、また使い込ンじゃって、旅館だけは払ってきたけれど、会館の使用料はその儘になっちゃってるのよ。その分だけ、頼ンだわよ、加根山さん」

「僕が背負うのかい？　冗談じゃない。そりゃアお門違《かどちが》いだ。お膝元のH君に、そういってやり給え」

と、トボケた顔をしてみせると、渝子女史はイキナリ只嗣氏の胸倉をつかまえて、

「いったな。いったな。Hのことはもういわないって約束だのに、どうしていった」

ギュウギュウ、丹前の襟を締めあげられて、

「あやまった。もういわん」

と、すぐに音をあげたのは、いかにも只嗣氏、弱いようだが、ほんとに参った顔つきでもなかった。渝子女史は舞踊芸術家だけあって、とかく多血質的行動をとる傾きがあるが、只嗣氏は迷惑どころの沙汰ではない。これあるがために、渝子女史の後援に、ますます身が入るというわけである。なぜといって、慧子夫人は皮肉や嫌味にかけては、神技に近いものをもっているが、嚙みついたり引っ掻いたりの方は、あまりにも、ハシタないこととして、文字通り手を出さない。只嗣氏は——いや世上の男子は、とかくハシタない方に、趣味がある。

「会館の払いと、他のもの合わせて、七百円ばかり——いいわね。頼ンだわよ」

と、渝子女史は、胸倉を取った序《ついで》に、もう一揺《ゆ》すり、揺する。

只嗣氏はいい気持で、フラフラしながら、

「仕方がない。出すことは、出すがね。その代り、こっちにも、頼みがあるぜ」

「あら、なアに？　まるで、初めて妾を口説いた時のようなことを、いうのね」

女史も酔ってるので、いうことが乱暴だ。

「バカな……いや、頼みといっても、なんでもない。来月三日に、家で客をするンだが、その時、君も来てくれればいいンだ」

「お宅へ行くの？」

「そう」

「いやだァ」

「なぜだ」

「だってお宅へ行けば、奥さんにお目に掛からなければならないわ。ジロジロ睨《にら》まれたりしちゃ、寿命が縮まるわよ」

「なァに、家内は君との関係を、知らないわけじゃないし、第一、君を招待しようという発起人は、実は彼女なンだからね」

「まア、奥さんが……」

と、女史は横坐りの膝を、改めて、

「どういう意味なンでしょう。見当がつかないわ」

「べつに、意味はないだろう。例によって、気紛れだろうよ」

「いいえ。そンなことないわ。貴方は女の心理を知らないから、そンなことというのよ。これは、陰謀よ。きっと蔭に、なんかタクラミが匿《かく》れているのよ」

と、淪子女史は頬杖をついて、深刻な眼を、宙に据えた。

「ハッハハ。陰謀ってどんなことだい」

「そりゃア、何だってやれるわ。主婦が自分の家へ、良人のアミを招くンですもの」

「じゃア、御馳走のなかへ、毒でも入れて、君と僕とをやっつけるとでも、いうのか。ハッハハ」

「まさか……でも、あなたと妾の離間策を講じた陰謀であることは、確かよ」

「君も、よっぽど苦労性だよ。とにかく、細君に約束しちまったのだから、君も来てくれなくては困る。その代り、彼女のツバメ氏も一緒に招《よ》ぶことになっているンだ。尤も、これは僕の希望なンだがね」

「どうかと思うわ。加根山さんところもかなり、変態ね」

「いや、そういうわけじゃないンだ。自分が自由な真似がしたかったら、細君にも自由を与えなけりゃアいかんよ。我れの好めるものを人に施せといってね」

「ワテ、よういわん」と、淪子女史は大阪土産の発音を弄して「そんなご夫婦って、あるか知ら」

「そういうけれど、西洋の上流の夫婦は、たいがいそうだって話だぜ。家庭争議で大立回りをやったり、嫉妬が昂じて新聞沙汰になったりするより、僕らのシステムの方が、よほど賢明だと思うがね」

と、只嗣氏は寧《むし》ろ得意そうに、煙草の煙を吹いた。

夜更けの囁き

ブ、ブ、ブーと、最初のラッパが鳴ったのは、十一時だった。自動車が門へ入る時に、運転手が、主人ご帰邸の信号として、三度ラッパを鳴らすのである。その声を聞いて、召使い達が、女中部屋や書生部屋から玄関の式台へ駆けつけて、両手をついて迎える時間がタップリあるのだから、加根山邸の宏壮《こうそう》さが、想像にあまるというようなものである。

最初に帰邸したのは只嗣氏であった。帰るとすぐ、女中頭に、

「ストマーゼを、持ってこい」

と、いった。淪子女史とのサシツ、オサエツが利き過ぎたと見えて、胃酸の分泌が甚だしく、持薬を一錠だけ余計に服《の》むことにした。そうして、

(奥さんは、もう帰ったかい?)

なんてことは、一言も口に出さないで、サッサと二階の自分の寝室へ、上って行ってしまった。

それから、二時間ばかり経《た》って二度目のブ、ブ、ブーが聞えた。慧子夫人の自動車であるこ

とは、いうまでもない。夫人の出先きはアマチュア・ダンス・パーティーだから、時間の制限もないわけで、一時になって帰ってきたって、べツに不思議はないのである。

「あア、草臥れた。なんか飲んでグッスリ眠りたいわ。アプリコット・ブランデーでも、持ってきて頂戴」

只嗣氏は薬だったが、慧子夫人は寝酒を飲もうというのである。よほど、体力に相違があるらしい。でも、それを飲むと、

（旦那様は、もうお帰りになって？）

ともなんとも訊《き》かずに、サッサと自分の寝室へ引き揚げてしまったところは、まったく同じであった。

これでもう、明日の晩まで、ブ、ブ、ブーの聞える心配はない。門の大扉がギーッと閉まる。運転手はガレージに錠をおろして、裏の自宅へ帰る。女中達は急いで、自分の布団《ふとん》を敷き始める。こういう主人をもっていると、毎晩臥《ね》るのが遅くなるから、枕へつけばグーと眠ッちまうのである。女中頭が最後に方々の締りを見て、寝床へ入るのを合図に、広い加根山邸も、死んだように静まってしまった。

時計が、二時を打った。築山の松の木あたりで、フクロウが鳴いている。

「阿部さん、阿部さん……」

シンとした廊下を、忍び足をして歩いてきた影は、玄関に近い書生部屋の襖《ふすま》の外に立って、

そう囁《ささや》いた。

すると、中から返事はなかったが襖がスーッと、開けられた。光りの洩れないように、電燈に風呂敷が下っている。三畳の狭い部屋の中は、机と小さな本箱があるきりだが、まだ寝床を展《の》べてないところを見ると、書生の阿部君は、深夜の訪問者のあることを、予め知っていたらしい。紺絣《こんがすり》の小倉《こくら》の袴の書生ユニホームもまだ脱がず、一分刈りの坊主頭の顔は、まだ二十二、三の若さだが、気の毒なほど憂愁の影がある。

「まだ、起きてたの」

「あたりまえさ」

「済まなかったわね」

そういって、阿部君の側へピタリと坐って、下を俯《うつむ》いたのは、今年十八になる小間使のタミさんであった。

かかる深夜に及んで、若い女が男の部屋に出張するのだから、二人の間柄がどういうものであるか説明の要はあるまい。さては、主を見習う家来共が、不義イタズラを働くのにきまっている。加根山邸の綱紀《こうき》紊《みだ》れて襤褸《ぼろ》の如く、まことに嘆かわしき極《きわ》みと思われた。

「阿部さん、妾、ほんとに困っちまったわ」

と、タミさんは、やがて蚊の鳴くような声で、訴えた。よくよく困ったことがあるとみえて、兎のように邪気のない瞳に、一パイ涙が溜《たま》っている。

「僕だって、困ってるンだ」

阿部君も、悵然《ちようぜん》として、腕組みをしたきりである。

「今日来た手紙では、お父さんもお母さんも十二月の初めには、どうあってもお暇を貰って帰って来いというの。大急ぎで、年内に嫁《かた》づけなければ、家の都合が困るッて……」

タミさんは、そういいかけて口籠《くちご》ると、ポタリと膝へ雫《しずく》が落ちる。

阿部君は、何とも答えないで、フーと溜息をついた。

タミさんは去年からこのお邸《やしき》へ奉公したのだが、行儀見習いの目的で、奥勤めをさせて貰っているうちに、娘十七の赤襷《あかだすき》の色が、阿部君の眼を刺戟《しげき》して、それがまた彼女の眼へ反応を起すようなことになった。つまり、二人は眼で話をすることを覚え、やがて、恐る恐る愛の言葉を囁くまでに進んだのである。尤も、阿部君は性来謹厳な青年である上に、夜学の私大へ通わせて貰ってる主家の恩があるから、加根山邸の屋根の下で、不埒《ふらち》な夢なぞ見ようと思わない。タミさんとても同じことで、女性相談女史からご褒美が出るほどに、処女性の尊ぶべきことを知っている。二人はまだ、接吻さえしたことがないのである。その代りやがて阿部君が大学を出た暁《あかつき》には、

「必ず、僕と結婚してくれ給え」

「きっと、あたしと結婚してね」

と、二人の間に、固い誓いが結ばれたのである。そうして、来るべき日を楽しみに、主家へ

忠勤を励んでいるのであるが、昨今になって、タミさんの田舎で、急に縁談が持ち上って、いくら彼女が口実を作って断っても、両親は承知しそうにもなく、十二月上旬には父親が迎えに出京してくるという前触れまである。

「いま僕が君を連れてお邸を飛び出せば、義理が欠けるばかりでなくすぐ二人は路頭に迷うのは、知れたことだし……」

本年二十三歳でも阿部君は、苦労してるお蔭で、東京の巷《ちまた》の荒浪を知り抜いている。無一文の若い駆落者《かけおちもの》が、どんな目に逢わされるか、新聞の社会面を見なくたってわかりきってる。

「でも、あたし、どんなことがあっても、田舎へは帰らないわ。そんなとこへお嫁に行くくらいなら、あたし死んじまった方がよっぽどいい」

と、タミさんの決心は、アリアリと、結んだ口に現われてる。

「僕だって、そうだ。君がそうならもう自棄《やけ》だよ。学校もやめる。生きてるのだってやめたくなるかも知れない」

「阿部さん」

タミさんは男のその言葉を聞くと、急に胸が切なくなったようにシッカリと阿部君の手を捉えて、

「今いったこと、ほんと?」

「きまってるよ」

「じゃア、あたし、あなたにお願いがあるわ」

なにをいい出すつもりか、男の眼の中を凝視《みつ》めながら、彼女の唇も、手先きも、ブルブル震えている。

猛毒

「探偵青年」だとか「きゅうりあす」だとか、いろんな探偵雑誌が、このごろよく売れているが、あれを中学上級生だとか、若い会社員だとか、或いは探偵小説家の仲間だけしか読まないと思ったら、たいへんな間違いである。探偵小説の愛読者は、質屋の隠居や流行《はや》らない産科医や、空閨《くうけい》をかこつ未亡人や、監査役に回された重役なぞに、頗《すこぶ》る多いのである。

例えば、加根山只嗣氏がそれである。

彼は、聴くものは漫才、読むものは探偵小説ときめてる。身分が身分なので、漫才の方は大劇場で大会がある時しか行かないが、探偵小説とくると、誰に遠慮もない我が家で読むのだから、本も雑誌も山のように買入れる。あれだけ読んだら、立派な探偵小説家になれるはずだが、読む時は熱中するかわりに、筋も人物も片っ端から忘れて行くところは、真の享楽的ファンである証拠かも知れない。

といって、大事な遊び時間の午後や夜に、読書なんかはバカらしいから、自動車の中だとか、或いは朝起きて、ベッドの中で読むことになる。午前は、彼にとって、意味なき時間《ブランク・アワー》だ。パリ風に、ナイト・テーブルの上で、コーヒーとロール・パンの朝飯を食べると、それから正午に風呂を浴びるまでは探偵小説でも読まないと、どうにも処分に困る時間なのである。

で、今朝も、発行されたばかりの「探偵青年」を、寝ながら読んでいると、イギリス物の長篇で「白蘭荘の秘密」というのがある。ヴィクトリア朝貴族の家庭犯罪を書いたもので、良人やその情人達が続々と殺されるが、犯人は夫人と推定されながら、最後まで犯跡が挙がらず、彼女の自殺によって解決がつくという、有り触れた筋である。

只嗣氏は、少し退屈を感じながら、ともかく終りまで読み了《お》えたが、犯人の伯爵夫人が用いた毒薬の名を、どこかで聞いたことがあるように思って、しきりと記憶を辿った。

「ガラナ……ガラナ……あア、そうだ。いつか太田健次の奴が忘れて行った、南洋土人の毒薬だ」

探偵小説の方では、アラビア伝来の毒薬となっているが、熱帯地方特産の猛毒というから、これに違いない。無味無臭で、一グラム克《よ》く五十人を斃《たお》す力があるとは、怖るべきものだ。

「そんなものを、応接間の装飾棚の引出しなぞに入れて置いては、不用心だ。早速、金庫の中へでも、納《しま》い直すことにしよう」

ちょうど、もう入浴の時間でもあったし、只嗣氏はすぐベッドを離れて、一人で階下の応接間へ行った。

棚の引出しを開けると、無気味な紫色の壜に、白い粉薬が七分目ほど塡《つま》っている。

「これだけあれば、一万人ぐらい殺られちまうぞ……ブル、ブル！」

思っただけで、慄毛《おぞけ》をふるったが、ふと好奇心が起きて、毒薬の効力を験してみたくなったのは、さすが探偵小説愛読者だけある。

「猫にしようか、犬にしようか」

彼は実験動物をあれこれと考えたが、飼っているシェパードもペルシャ猫も、自分によく馴《な》付《つ》いているので、どうも可哀そうでならない。なるべく、感覚の鈍い生物の方が、邪罪《つみ》にならなくていい。

「そうだ。これなら、ウンともスンとも、いわないぞ」

只嗣氏が眼をつけたのは、ヴェランダに置いてある金魚槽である。初冬の水の底に、高価な金魚が、死んだように、眠っている。

只嗣氏はキルクの栓に白く付着している極微量の薬を、そっと水の中へ落して、様子いかにと、凝視《みまも》った。

するとどうだろう。三分ともたたないうちに眠っていた魚の群れに大動揺が起きた。まるで真夏の彼らのように、活潑な游泳を始めたと思ったら、やがて火の玉のように狂おしく乱舞して、ついには魚桶の壁へ盲滅法に鼻をブッつけ、どれもこれも白い腹を見せて、水面へ浮かび上ってしまったのである。

「なるほど、これは猛毒だ。危険々々……だが、金魚には気の毒なことしたなア」

今更、詫びをいっても仕様がない。

やがて、女中が風呂の出来た知らせにきたので、只嗣氏は毒薬の壜を金庫へ納うのは後のことにしようと、とりあえず、もとの場所へ入れて、バス・ルームの方へ歩いて行く途中に、バッタリ慧子夫人に会った。

夫人は外出途中らしく、盛装の姿で、

「お早よう。ヴェランダの金魚がみんな浮いちゃってるけれど、どうしたんでしょう」

「さあ、どうしたかね」

と、さすがにあんな子供染みた実験をしたともいえないから、

「おおかた、凍死でもしたんだろう」

「まだそれほどの時候じゃないわ……それはそうと、お客を家へ呼ぶのは、明後日よ。忘れないで頂戴。高宮淪子さんにも、いっておいて下すったでしょうね」

「あア喜んで伺いますといってたよ。だが、君の方の佐々木五郎君も来るンだろうね」

「え、光栄の至りですといってたわ。でも高宮さんほんとに来てくれるンでしょうか。間際になってスッポかしたりするンじゃないの？」

「いやに、疑《うたぐ》り深いね」

「でもあの女がきてくれなければ折角のバンケットも意味ないからよ」

「なぜ？」

「なぜでも」

と、夫人は意味ありげに、冷たい笑いを浮かべたが、

「じゃアきっと約束を守ってね」

と、そのままスッと行きすぎてしまった。

湯から上って只嗣氏は一人きりの午飯をたべた。今日は日本食で茶の間の食卓の上に、七、八種も皿小鉢がならんでるのに、金持というものは、料理を見物するだけである。結局、鮒佐《ふなさ》の佃煮かなんかで、お茶漬を一パイたべただけだ。食後に、苺クリームが出たが、ハシリの果物も、こう早く出るようになっては、いまにシュンに追いついて、おかしなことになるだろう。

それからザッと新聞に眼を通して、時計を見るともう二時に近い。そこで、慌てて、

「おい出掛けるぞ」

と、車の支度やら、洋服の着替えを命じたから、何用だろうと思うと、三の橋の犬屋へ、セント・バーナードの仔《こ》を見に行くだけだから、笑わせる。もっとも、その帰りに、淪子女史と落合う約束でもあるのかも知れないが。

いよいよ出掛ける時になって、只嗣氏はふと思い出した。

（そうだ、あの毒薬を、居間の金庫へ納っておくのだった）

そうして玄関へ行く途中の応接間へ入って、装飾棚の一番下の引出しを開けて見た。

「おやッ」

たしかに先刻入れておいたはずの紫色の壜が影も形もないのである。念のため、応接間を隅から隅まで、さがして見たが、徒《いたず》らに指が埃で汚れるばかりである。

(ハテな。こりゃア、おかしい。いや、おかしいどころの騒ぎではないぞ。誰かがあの壜を持ち出したに違いない。誰だろう?)

と、考えた時に、只嗣氏は、ここへこの毒薬をしまったことを知っているのは、慧子夫人一人だと、思い出さずにいられなかった。彼女が第一の容疑者だ。そういえばさっきの様子がどうも怪しかった。

だが、何のために彼女は毒薬を盗んだのだろう。彼女が自殺をするような消極的な性格でないことは、只嗣氏が一番よく知ってる。彼は、さっき読んだ「白蘭荘の秘密」の伯爵夫人の嫉妬を、咄嗟に頭に浮かべた。続々と、屍《しかばね》を横たえた良人と、その情人達……熱帯の猛毒ガラナの威力!

(まさか……だが、七人の子を生《な》すとも、女に気を許すな、とかいうからな。おまけに、僕は一人の子供さえ、コシラえておらんのだし……)

不安な宴会

三日の誕生祝賀会の日が来た。

定刻の五時に、平河町の加根山邸へ、招待客が殆んど残らず集まった。招待客といっても、ごく親しい友人ばかりで、気の置ける目上の親戚などは、よろしく敬遠した集まりである。人数も、やっと十五、六人ばかり――しかし、料理はオールド・グランドの横浜本店からコックを呼んで、贅《ぜい》の限りを尽すつもりらしい。

「ヤア、今日はおめでとう。いつもの東京会館と違って、今年の趣向はいいね。本来、こういう催しは、自邸でやるべきもンだ」

などと男の来客は、只嗣氏にお世辞を使ってる。

「いや細君の希望で、こんなことにしたンだが、あんまりいいアイデアでもないよ」

なぜか、只嗣氏は浮かない顔をしている。

応接間や、日本客間に、詰めかけている客に、盛装した小間使達が、コクテールのグラスを配って歩いている。いつか、書生部屋で泣いていたタミさんも、主命によって今日は紅や白粉《おしろい》の色も濃く、彼女の悲しみは多分、その下に塗り隠されているのだろう。

「高宮論子様が、入らっしゃいました」

タミさんに案内されて、夜会姿《ソワーレ》の女流舞踊家が、ケバケバしくも現われると、男客よりも、婦人連の方が眼をそばだてた。

「まア、あの女をお呼びになったの」

と、只嗣氏との関係は周知だから、加根山の誕生日に、慧子夫人を取り巻く群れから、囁きが起る。

「あら、いいじゃないの。加根山のアミを呼ぶのは、当然じゃなくて?」

慧子夫人は、むしろ得意そうな顔をして見せる。とにかく、これは新式な、細君の態度である。頗るモダンで、考えようによれば、颯爽《さつそう》としてるマダム振りでもある。自由と新鮮と聡明を兼ね備えたようなタクトである。主人の芸妓遊びに、古風なヒステリーを起してる夫人達が、アッと感嘆の声を揚げたのも、無理ではない。

だが、最後の客として、佐々木五郎君がオズオズと、姿を見せた時には、婦人客のザワメキよりも男のお客達の方が、

「驚いたね、君、ありゃア、たしか慧子夫人のハンド・バッグ・ボーイだぜ」

「招く奴も、招く奴だが、ノメノメ来る奴も、来る奴だ」

「見給え。只嗣氏は平気で、ニコニコ歓迎してるじゃないか。先生がこれほど度量の大きい男とは、思わなかったよ」

「つまり、高宮論子を招待して、プラス、マイナスのつもりだろうが、とにかくここのうちの

家風はよほど新式だね。これじゃア、家庭争議の起る心配はないよ」

「我々に、範を垂れたつもりかも知れない、ハッハハ」

などと、口を揃えて、騒いでる。

二人を呼んだことが、来客の間に、これだけのセンセーションを起したとすれば、少くとも慧子夫人の計画は、半ばを成就したことになるまいか。

「食堂の用意ができました。自宅のことですから、なんにもお関《かま》いできませんのよ。さア、どうぞ」

慧子夫人は、晴々とした顔で、一同に告げた。そうして、特に親しみを見せた笑顔で、淪子女史に、

「あなた、加根山の隣りにお坐りになるといいわ」

淪子女史は、少し気味が悪くなって来た。それればかりでない。慧子夫人が思いの外の美人であった上に、金に飽かした衣服装身具の美々しさは、洗練された趣味と相俟《あいま》って、チャチな自分のイヴニングなど、一触のもとにハネ飛ばしそうな威圧を覚えさせる。どうも肩身が狭くて、やりきれない。日ごろのフラッパー振りも、影を潜めて、借りてきた猫のように温和《おとな》しくなると、こういう女性は、ひどく見窄《みす》ぼらしい存在になってしまう。この点でも、慧子夫人の陰謀は、大半の成功を収めたのではあるまいか。

淪子女史は、せめて顔でも直して、元気を盛り立てようと、トイレットの方へ歩いて行くと、

後ろから只嗣氏が追ってくるのに、気がついた。

「加根山さアん」

彼女は、敵地に唯一の味方を発見したような気で、甘えかかろうとすると、只嗣氏はただならぬ顔色で、

「黙って！　いいか、君。今夜、何を出されても食っちゃいかんぞ、飲んでもいかんぞ」

「あら、なぜ？」

「なぜでもいい。忘れちゃいかんよ」

そう囁いたと思うと、ヒラリと身体を返して、お客達の方へ行ってしまった。

やがて人々は、食堂へ入った。只嗣氏の隣りへ淪子女史が坐り、慧子夫人の隣りは佐々木五郎君だった。

小間使の持ち回るオードウヴルの品数が、十数種もあるという贅沢な晩餐が開かれた。海老が出た。鴨が出た。

「加根山さん如何したのです。腹工合《ぐあい》でも悪いのですか」

只嗣氏の向側に坐った客が、ふと主人がパンの外は、何にも手をつけないことを発見して、訊いた。

「いやなに、僕は食事が遅い方でね」

と、只嗣氏はいい紛らせて、ナイフとフォークをとったが、食べるように見せて、やはり何

も口へ入れてはいなかった。

それを、遠くから、眼敏《めざと》くも看破したのは、慧子夫人である。彼女の眼は、本能的に淪子女史の方へ飛んだが、女史の前の皿も、やはり手がついていない。

（ハテ、おかしいわ！）

彼女は、首をひねらざるを得ないのである。

なぜといって、どうも昨日から良人の素振りが妙なのだ。彼女が側へ行くと、怖毛《おぞけ》を震うように、サッと逃げてしまう。まるで犯人が警官を怖れるような様子が見える。今朝も、なかなか起きて来なくて、やっと茶の間へ顔を出した時には顔色が青褪《あおざ》めて、ソッと彼女の眼ばかり窺っている。晩に会があるから、彼女も良人も、今日は外出をしないで、自然、午飯を一緒に食うことになったのだが只嗣氏は腹工合が悪いといって、食膳に一箸もつけなかった。お粥も、重湯も食べたくないという。そればかりならいいが、彼女が気をきかせて、胃腸薬のストマーゼの壜を、冷水と一緒に、差し出したら、良人は飛び上らんばかりに、恐怖の色を表わして、居間へ逃げ込んでしまった。

どうも、平常の冷淡さや、不満の調子と、ワケが違うらしい。その不審を持っていたところへ、この場の有様だ。好きなオールド・グランド本店の料理に、少しも手を出さぬとはおかしい。いくら二人の仲がよくても、腹工合まで一緒に悪くするわけはない。二人は何か理由があって、わざと食事をするのを避けているのだ。

（まるで、毒でも食べさせられはしないかというような、顔つきをして！）
と、慧子夫人が心の中で、舌打ちをした時に、ハッと彼女の頭に閃いたものがあった。
毒！　毒薬！　太田健次の忘れて行った危険極まる猛毒が、我が家のうちに置いてあること
を、彼女は思い出したのである。すると彼女は、良人が装飾棚の引出しに納ったあの紫色の壜
が気になって、矢も楯《たて》も堪《たま》らなくなった。
ちょうどその時、デザート・コースに入って、銀のフィンガー・ボールが配られ始めたのを
幸い、彼女はソッと席を外して、中廊下を小走りに、応接間へ飛び込んだ。シャンデリアの煌《きら》
めきが、寂しいくらい人気のない部屋の中を、忍び足をして隅の三角棚の前へ近づき、震える
手で、螺鈿《らでん》入りの重い引出しを、開けて見た。
「無いわ！　無いわ！」
慧子夫人は、思わず、叫び声をあげた。
誰が持って行ったか、毒薬ナラガの壜は、影も形も無いのである。誰の仕業だ？　此処にあ
の毒薬を入れたのは、良人だ。それを知ってるのは、良人と自分だけだ。持ち出したのは、良
人に違いない！
彼女は、さっきの怪しい良人と高宮淪子の素振りと、毒薬紛失の事実とを結びつけて、一心
に事件の正体を摑《つか》もうとした。
「ことによったら……」と、そういうだけで、既に身体がブルブル震えてくるのであるが、

「良人は何かの手段を用いて妾にあの毒薬を……」

彼女は飛んでもない疑いを、起し始めたのである。

良人は、万一、それが自分の食物に混入することを恐れて、昼間から、自宅の食事を摂《と》らず、今夜も愛人の淪子女史だけに、それを打ち明けて、警戒しているのではあるまいか。

臆病な決断力のない良人に、まさかそんな芸当ができるとは思われないが、あの下司《げす》で、腹黒そうな淪子女史の入智慧があれば、男は根がバカだから、何をするか知れたもンじゃない。

第一、そうとでも考えなければ良人の素振りと、毒薬紛失事件の解決ができないではないか。

彼女は、蒼《あお》い顔をして、食堂へ帰ってきた。

「マダム、どうなすったの？　乾杯をするのに、貴方がいないから、皆さん待っていたのよ」

と、仲のいい女友達が、彼女の顔を見ると、そういった。テーブルの上には、見事なカットのシャンパン・グラスが列んで、注がれた酒は、既に泡を出し尽して、黄金色に澄んでいる。

「加根山只嗣君、並びに夫人の健康を祝します。プロージット！」

簾月頭《れんげつあたま》の男爵が立ち上って、杯をあげた。

「プロージット！」

男女の客が一斉に声を立てた隙《すき》に、慧子夫人は素早く、隣りの佐々木五郎君の耳に、小声で叫んだ。

「そのシャンパン、飲んじゃ駄目よ！」

「なぜですか」

「なぜでもいいから、飲まないでッ！」

そういって、慧子夫人が良人の方を見ると、果して、彼は飲む真似をしているが、酒は一滴も口へ入れていない。そればかりか、こちらの様子を窺う鋭い視線が、彼女の視線と、カチリと空中で衝突したのである。

動かぬ証拠

加根山只嗣氏の誕生日宴会は、散々な失敗に終った。夫婦の奇異な探り合いと、睨め合いが、やがて、来客の眼に映らずにいなかったのである。特に陽気で、アルコールを愛する慧子夫人が、突然、矯風会《きょうふうかい》へ加入したように、酒壜の前で戦慄を起したりしては、宴酣《えんたけなわ》になる道理がないではないか。


客は一人帰り、二人帰り、最後に、高宮淪子女史と佐々木五郎君が、前後して門を出た。

「金持の宴会ッて、ずいぶん不自由なもんですねえ。僕はロクロクお酒も飲めなかったですよ」

と、五郎君が遠慮のないところを、披瀝《ひれき》すると、

「お酒の飲めないぐらい、まだいいわ。妾ときたら、なんにも食べさせて貰えなかったの。お腹がペコペコで、死にそうだわ」

論子女史も、率直に白状する。

「じゃア、初めてお目に掛ったのに失礼ですけれど、ご一緒に銀座へ出て、お腹へ何か入れましょうか」

「賛成だわ。ブルジョアのお対手も、いい加減、シンが疲れるわね。骨休めに、二人で盛大にやりましょう」

近代的な青年と淑女は、羞恥《しゅうち》を軽蔑する。二人が早速、百年の知己《ちき》の如く打ち解けてしまったのは、お互いに空腹を抱えているセイばかりでもないだろう。

「おい、銀座まで！」

と、隻手《かたて》を出して、五郎君が円タクを呼び止め、二人の姿は車中に消えたが、五郎君が慧子夫人のお供をする時よりも、また論子女史が只嗣氏と合乗りする時よりも確かに似合いの一対《いっつい》に見えた。この様子だと、両人の後日譚《ごじつものがたり》がないと、収まらないかも知れない。

話かわって、同じ時刻に、只嗣氏は、もう自分の寝室へ入って、ピチンと鍵をかけてしまったのである。

「やれやれ、まずこれで、一安心……」

と、寝台の上に、長く伸びたのはいいが、とたんに腹が空いてきたのは、是非もない。午飯と晩飯を抜きにしたのだから、いくら慢性胃弱の只願氏でも、腹の虫がキュウキュウ鳴くような、食慾《しょくよく》を感ずるのである。この場合、われわれなら、ちょっと外へ支那ソバを食いに出る手もあるのだが、二千坪もあるお邸に住んでる人は、不自由なものである。

腹が空くに従って、頭が冴《さ》えてくるのは、生理学上、自然な現象らしい。眠ろうとしても、眠ればこそ――恐怖と疑惑の黒い雲が一晩中、只願氏の頭のなかを、駆けめぐるのである。

「要するに僕の口に入るものは、ことごとく、主婦の支配下にある台所を、経由するのだ。一切の副食物はおろか、ご飯だって、パンだって、毒を入れようと思えば、入れられる。何を出されても、食ってはいけないのだ。だが、そうなると、僕はナラガの猛毒に殪《や》られる前に、飢餓で斃れることになるぞ！」

妄想いよいよ逞《たくま》しくなって、只願氏は、どっちにしても死なねばならぬような悲しい考えになるのである。

夜が白々と明けるころには、空腹と、不眠と、懊悩《おうのう》とで、可哀そうに、只願氏は、ゲッソリ痩せてしまった。

「とにかく、腹が空いて、耐《たま》らん、太陽が出たら、すぐに運転手を起して、飯を食いに出かけよう。こんなに早くから開いてるのは、駅の食堂ぐらいだろうが、関わん。飢《ひも》じい時に、まずいものなしだ」

只願氏としては、実に破天荒のことだが、午前六時というのに、すでにチャーンと洋服を着て、階下の居間へ、降りて行ったのである。

まだ女中達も起きていないと見えて、家の中は、シンと静まってる。階段を降りて、広い中廊下を居間の方へ曲ろうとすると、バッタリ人影に出遭った。

「わッ……なンだ、お前か！」

驚く胸を押さえてよく見ると、慧子夫人である。彼女も良人と同様、昨夜は眠らなかったと見えて、眼の回りに暈《かさ》ができているばかりか、この早朝に、外出姿の盛装をしている。

「どうしたンだ、慧子！」

「貴方こそ、どうしたンです！」

たしかに二人は同じことを質問する権利があった。

只嗣氏は、夫人の顔を見ると、ムラムラと憤怒が、こみあげてきて、

「慧子！　お前は恐ろしい女だな。お前の陰謀が、僕にわからんと思っているのかッ」

と、遂に火蓋を切ってしまった。すると慧子夫人は、嘲嗤《あざわら》って、

「まア、図々しい！　自分こそ、ひとが知らないと思ってるの。妾はそんな恐ろしい男の側には、一刻もいられないから、これから実家《さと》へ帰るつもりなのよ。その代りあなたの悪計は、みんな世間へ曝露《ばくろ》してやるわ。ウカウカすると、あなたの体に縄が掛かるわよ、例え未遂にしてもね」

「おやおや？　僕のいうことを、先回りしたな。よし！　それほどシラを切るならお前に動か

ぬ証拠を見せてやる。こっちへ来るがいい！」

只嗣氏は、応接間へ夫人を引張って行った。そうして、装飾棚の引出しを抜いて、ドシンと床へ投げだして、

「さ、太田の置いてったあの毒薬はどうした！」

夫人は一ぺんで、甲《かぶと》を脱ぐと思いのほか、

「盗人《ぬすっと》タケダケしいって、あなたのことね。自分の罪が発覚しかけたので、妾に濡衣《ぬれぎぬ》を着せるつもりなのねッ」

「わざわざ高宮淪子を招待したのも、お前の恐ろしい計画ではないか。僕はすっかり看破してるぞ」

「自分こそ、佐々木五郎さんを呼んだのは、その下心でしょう。見えすいてるわ」

「黙れ、毒婦！」

「何をいうの悪魔！」

二人の凄まじい罵声はリンリンと邸内へひびき渡った。雇人達《やといにん》があわてて眼をさましたのは、無理ではない。主人の早起きと、喧嘩と、珍らしいことが、二つ重なったからだ。

真ッ先きに寝床から跳《は》ね出した女中頭は、

「さア皆さん、奥では、もうお眼ざめですよ。大急ぎで、お掃除にかかって下さい！」

と、台所女中や小間使達の部屋へ、号令をかけて歩く。だがふと小間使のタミの寝床が藻抜《も》

けの殻なのに気がついた。

「おや、もう起きたのか知ら、感心な娘だよ」

そう思って、今度は、玄関側の書生部屋の襖を開けて、

「さあ、阿部さん。すぐ起きて下さいよ」

と怒鳴りながら中を見ると書生氏の姿は見えないばかりか、寝床はキチンとたたんで、押入れにしまってある。まるで、昨夜寝た形跡もないくらいだ。

不審におもって、部屋の中をよくながめると、阿部君の机の上に、一封の手紙がおいてある。

遺書

旦那様へ
奥様へ

阿部
タミ子

この表書を読んで、女中頭は、

「たた大変！」

と、声をあげて主人達のいる応接間へ飛んで行った。

天国に結ぶ恋

ちょうど、その時刻だった。

湘南《しようなん》のある海水浴場に近い高田山というツマらない山の上に書生の阿部君と小間使のタミさんが、キマリの悪そうな眼と眼を、見かわしていたのである。

「おタミさん……」

と、阿部君が声をかけると、

「阿部さん、妾……」

とタミさんははずかしそうに袂《たもと》で顔を掩《おお》い、イキナリ阿部君の膝へ顔を伏せてしまった。折りから、朝靄を衝《つ》いて、朱盆のような太陽が昇ったが、そのせいか二人の顔は、火が出そうな真ッ赤である。

昨夜、誕生日宴会の後かたづけがおわって、草臥れた雇人達がグッスリ寝込んだのを幸い、阿部君とタミさんはソッと加根山邸を抜け出たのである。

タミさんの田舎では、婚礼を急いで、いよいよ四日には親父を迎えに寄越すといってきたので、絶体絶命となった二人は、遂に手を携えて、その前夜にお邸を駆落ちする約束をした。それも、ただの駆落ちならいいが、とてもここで添い遂げられないと思った二人は、日本人独特の恋愛解決法に走ったのである。

心中と話がきまって、その手段に、阿部君は流行の青印《あおじるし》を考えついたが、これはおカミの取締りが行き届いているから、滅多に手に入ろうはずはなく、そこで、タミさんが一生に一度の盗みとして、応接間の装飾棚から、毒薬ナラガの壜を持ち出した。

只嗣氏付きの小間使の彼女は、太田健次が、

「セイサン・カリの十倍も効くンだぞ」

と、いった言葉も、只嗣氏の金魚の実験も、その後で装飾棚の引出しへ入れたことも、悉《ことごと》く知っていたのである。

薬はこうして手に入ったが、心中の場所として、阿部君とタミさんが、三原山や錦ケ浦を選ばずにわざわざこの高田山へきたのは、すこし理由がある。

情死者の多い土地の検視医は、必ずこういう——奈何《なん》ぞ夫《そ》れ、死の直前の不謹慎なるや、と。殆んど例外なしに、情死する二人は、地上生活の最後の名残りを惜しむらしい。ただ唯一のレコードが、映画にまで名を謳われた高田山心中[*2]の二人によって記《しる》されたのである。あの青年と令嬢は、情死者の常習を犯さなかったばかりか、検証の結果、童貞と処女でさえあったのである。なんと珍らしくも、美しい話ではないか。天国に結ぶ恋という題名の生まれたのも、この所以《ゆえん》からだ。

阿部君とタミさんは、あれほど熱烈な恋愛に墜ちていたが、高田山心中の二人に負けない清浄な間柄で禁断の実に手を触れなかった。二人は、死に至るまでそれを護り通そうとして、先輩の二人にアヤかるべく、場所も、聖地高田山を選んだというわけなのである。

お邸を脱け出たのは、一時ごろだったろうか。通りがかりの円タクを摑まえて、最後のことだからチッとも値切らず、十五円でこの海水浴場まで飛ばしてきた。そうして、月明りを頼りに、高田山の頂上まで登ってきた時は、阿部君の腕時計が、五時近くを指していた。

「おタミさん、じきに、夜が明けるからね。早く決行しないといけないよ」

「ええ。でも、阿部さん、ほんとに二人切りになったのは、円タクを降りて、ここまで来る間だけじゃないの」

女だけあって、おタミさんは、多少遺憾《いかん》がないでもなかったらしい。

「駄目だぜ、そんなことといっちゃ。一思いに、早くやってしまおう。万事は、天国へ行ってからのことだ」

「そうね。地上に未練を残してはあの純潔な二人に笑われるわね」

と、タミさんも、漸《ようや》く決心がついて、用意のナラガを、ハンド・バッグの中からとり出した。

東京の方を向いて、

「旦那様。お名前を汚して申訳ありません」

「奥様。長い間、お世話になりました」

二人は、主人に詫びをいった。だが、二人の折角の真情も、只嗣氏と慧子夫人には恐らく通じなかったろう。ちょうどその時分、夫婦はお互いにナラガの妄想で、他人事《ひとごと》どころではなかったのである。

阿部君とタミさんは、天国の約束を堅く信じているから、接吻一つしないで、最後を急いだ。壜に七分目ほど残っていた白い散薬を少しも余さず、服んでしまったのである。

二人は手と手を握り合って、薬の効目を、今か今かと待った。たいていの苦痛は、辛抱するつもりで、覚悟はしていたが、胃のあたりが、少し熱くなっただけで、なかなか反応が現われなかった。

だが、十五分も経ったかと思ううちに、俄然《がぜん》、心臓が破裂しそうに、鼓動が激しくなって全身が燃え上るような熱い血潮の渦巻――

「阿部さん、薬が効いてきたわ」

「うん、僕もだ。じゃあ、サヨナラ、おタミさん」

二人が最後の会話を交わしているうちにも、毒は既に脳細胞を侵したか、意識が朦朧《もうろう》となって、苦痛というよりも、もう天国にきたというような恍惚とした気持になってきた。

阿部君の無意識な手が、タミさんの頸《くび》へ伸びてきた。夢うつつのタミさんが、阿部君の頰へ自分の頰をもっていった。

後は知らない、二人は若いのである……。

大団円

「まア、タミやが持ち出したのね！」

「やッ、阿部と心中するつもりか！」

只嗣氏と慧子夫人は、互いに顔を寄せて彼等の遺書を読み終ると、期せずして同時に、そう叫んだ。

二人は、黙って、顔を見合わせた。こんなにシミジミと、お互いの視線を合わせたことは、何年振りだろうか。いつも、眼を外らし合ってばかりいる夫婦なのである。

「君を疑って、済まなかったな。穴でもあれば、這入《はい》りたいよ」

と、只嗣氏が鼻白ンでいうと、

「妾こそ、あられもない濡衣を貴方に着せて、申訳ありませんわ」

慧子夫人も、シオらしく頭を下げた。

二人は、富裕な人間にとって、何よりも恐ろしい生命の脅威を免れたのだから、その喜び方といったら、想像のほかないのである。反《そむ》き合った夫婦仲が、とたんに和合のコースへ急回転をするぐらいほんの一端の表われに過ぎない。

「あア、腹が減った。何でもいいから、早く食わしてくれ」

と、只嗣氏は、もう安心と思って、現金な註文をする。

「ええ、すぐお支度しますわ」

珍らしや慧子夫人、自ら台所に立って、夫君の朝飯の指図を始めようとしたが、ふと、

「だけど、あなた、タミやと阿部は、どうしたでしょう」

「ほんとに、そうだ」

今ごろやっと思い出すのだからやりきれない。

考えてもみれば、あの二人は、加根山夫婦の偶然な恩人みたいなものだ。どうあっても死なしたくない。それに書生と女中の心中記事を新聞にでも出された日には、加根山家の飛んだ恥《はじ》曝《さら》しになるではないか。

「警察へ、電話をかけろ。それから、私立探偵を、すぐ高田山へ急行させるんだ」

只嗣氏は、空腹を忘れて、火が点《つ》いたように、騒ぎ出した。

「いい女中と書生だったのに……。万一生きていたら、あたし、きっと夫婦にしてやりますわ。でも、もうきっと手遅れね」

慧子夫人も、オロオロ声をあげる。

その騒ぎの中へ、小間使が名刺を持って、現われた。

「あのう、太田健次様と仰有る方が……」

「なに、太田！　彼奴《あいつ》のおかげでこんな騒動を起したんだ。誰が会ってやるものか。帰してしまえ」

温和な只嗣氏も、いつもにない荒い声を出す。

「は」

と、小間使は驚いて引き下ったが、やがて、どうしたものか、太田健次が大手を振って、応接間へ入ってきた。

「ヤア、失敬。今日の我輩に玄関払いを食わせるテはないぞ。アッハッハ」

「君、困るね、こちらは混雑《とりこ》んでいるんだ。すぐ帰ってくれ」

「まア、そういうな。ちと驚かせることがある。まず、これを受取ってくれんか」

と、太田健次がポンとテーブルの上へ投げ出したのは、百円紙幣《さつ》十枚の束である。

「いつかの千円だ。まさに返却仕《つかまつ》る。贋造《にせ》紙幣じゃないぞ。事業が当って、素晴らしい景気なんじゃ」

そのいい草も、まんざら嘘でもないらしい顔付きと衣装《みなり》だ。だが、只嗣氏は金なぞに眼もくれず、

「そんなものは、どうでもいい。それより、君の置いてった毒薬のために、人間二人の命がうしなわれようとしているんだ。あんな危険な忘れ物は、迷惑千万だぞ」

「毒薬？」

「恍《とぼ》けちゃいかンよ。君が自殺を企てた、南洋の毒薬、ナラガのことじゃないか」

「あア、あれか……あれを、君達夫婦は服まなかったのかい」

「誰が服むものか……危《あや》うく、服ませかけられるところ――いや、そう思って一騒ぎしたけれど」

「そりゃア、残念なことをした。実はね、あれを君達夫婦へ土産に、南洋から持ってきたンじゃよ。君が金を貸さンから、一寸狂言の種に使ったがね」

と、太田健次はケロリとした顔で、不審がる加根山夫婦を眺めながら、

「君達二人が、あまり仲が悪いから、和合の妙薬を買ってきたンじゃ。ありゃア君、土人の用いる精力剤で、素晴らしい効能があるンじゃぜ。高い金を出して一壜買ってきたのも、旧友の誼《よし》みたいなもンじゃ」

それを聞いて、只嗣氏は開いた口が塞《ふさ》がらなかった。

「しかし、イギリスの探偵小説にも南洋の猛毒、ナラガという語が出ていたがね」

「それは、ガラナじゃ」

「でも金魚に実験してみたら、みんな浮き上ってしまったぞ」

「金魚だって、あれを服まされちゃ堪るまい。頗る昂奮したろう」

そういえば、金魚は狂喜乱舞して、鉢へ頭をブッつけて、死んでしまったのだったが……。

こう謎が解けてくると、加根山夫婦もやっと安心ができたとみえて、慧子夫人は、

「すると、あれを服んだ宅の女中も書生も、生命には別条ないわけでございますね」

と、明るい顔になると、

「いや、奥さん。生命には別条はなくても、青春の男女があれを服んでは、タダ事じゃア済まンですぞ。アッハッハ」

と、太田健次は腹を揺すって笑った。


〔1936年12月6日〜12月27日「週刊朝日」初出〕

達磨町七番地

―

「お住いは？」

「ダルマにいます」

それで、意味が通じるし、時としては、

「どこにいるんだい」

「七番地だよ」

だけでも、立派に、居所を伝えることができるのだった。一戸一番地の外国の習慣ではあるが、考えてみれば、D'alma町七番地のアパートも、日本人間に名を売ったものである。古いといっても、西園寺《さいおんじ》[*3]さんなぞの時代ではない。このアパートへ、日本人が集まりだしたのは、大戦直後からであろう。それまでは、この都へ学問をしにきた日本人は、もっと高台の、天文台やL公園近くに住んでいたものである。例えば、島崎藤村氏なぞが、そうである。それが、次第に、セーヌ河の近くへ、降りてきたのである。ダルマ町から、二、三分歩けば、河岸《かし》の洗濯船が見える。これ以上、低く住もうとすれば、水の中である。で、これを、日本人学生の素質の低下と、結びつけて考える人もあるが、もとより駄洒落に過ぎないであろう。

七番館は、ダルマ町の角にある。屋根裏を入れて五階建ての、ごく普通の家屋である。窓掛けひとつ見ても、まことに平凡な好尚である。しかし、不潔なことはない。南京虫《ナンキンむし》も、昔はいたが、日本人が住むようになってから、主人に口喧《くちやかま》しく文句をいうので、すっかり出なくなった。

主人といえば、今の家主は、二代目である。初代は、髭《ひげ》の薄い、いやに皮膚の白い大男だった。家にいると、たいがいカラをつけないで、彼が使ってる三人の下男《ガルソン》と同じように、青い前垂れを掛けて帳場に頑張っている。見たところ、不愛想な男だが、話がテキパキとして、駆引きをいわない。もう五十ぐらいの年輩だが、独身者であった。この男と日本人とは、不思議にウマの合うところがあった。日本人も彼を好いていたし、彼も日本人には、他の外国人に見せない、渋ッ面の綻《ほころ》びを見せた。ダルマ町の七番地と日本人との因縁の結ばれたのは、彼の存在に由《よ》ること大きいのである。

二代目のサリアニ一家は、有り触れた小市民の家族であった。主人は巡査髭を生やした、顔の赤い男である。イタリア系のフランス人らしい。どういうものか、主人も、細君も、長男も、非常に息が臭い。彼等は、初代とちがって、日本人によくお愛想をいった。だが、日本人は外国人からお世辞を使われると、不機嫌になったり、威張ったりするから、まず骨折り損であった。

しかし、サリアニが経営するようになってから、壁紙も貼り代えたし、第一どの部屋にも、湯と冷水の出る洗面台《ラバボオ》が備えつけられたから、便利である。それまでは、大きな陶器の水瓶の水で顔を洗って、ブリキの水槽《ソオ》へ明けるのだから、大変な手数だ。

この話は、二代目の経営者の時代である。日本人は、相変らず、達磨館（以下、彼等が仲間で呼ぶように、この通称を用いるが）に大勢住んでいた。四十八ある部屋のうちで、二十八を日本人が占めた時もある。そうして、主として二、三階の、上等な部屋を借りていた。だが、顔触れは、決して同じでなかった。日本人は集まる性質と、離れる性質と両方持っているのだから、仕方がない。半年か十月もいると、達磨館を嫌がって、日本人のいない界隈へ、引越したりするのである。達磨館は謂《い》わば、幼稚園のようなものである。まだ土地にスレない日本人が多く住んでいる。だが、ただ一人、達磨館のヌシといわれた人があった。二年半もここを動かない松岡範平《はんぺい》さんである。

二

ヌシといえば、鯉でもスッポンでも、みな体が巨《おお》きいが、松岡範平さんは、日本人としても、小粒の方だ。その上、撫ぜ肩の猫背ときてるから、後方から見れば、子供かと間違える。だが、前方から見れば、第一、髭がある。ダルマ町の理髪屋《コワフウル》の職人を驚歎させた、剛《こわ》い髭だ。黒髪の中国人も、イタリア人も、こんな毛はもっていない。日本人でも、最も日本人らしい日本人が、直毛という特徴を備えている。このバリバリした、黒い霜柱のおかげで、範平さんの頬骨が、半島人のように出ッ張っていても、蝦夷人《えぞ》のように眼が小さくても、一見して、極東のヤマトという民族だと、わかるのである。

今日で、到着以来二年半になるのに、範平さんは、こちらで洋服というものを拵《こしら》えたことがない。日本で製《つく》った黒サージの背広を、ずっと着通している。達磨館へ着くと、言葉の達者な人を頼んで、すぐ洋服屋へ駆けつけるのが、新来日本人の癖だが、範平さんばかりは、別物である。それともう一つ、巴里《パリ》遊学二年半の間、他の日本人の必ずやる事を、範平さんばかりはやらないのだが、それは追々話すとして、彼が洋服を製らなかったり、キャフェへ行かなかったり、映画を見なかったりするのは、一概に趣味や精神のせいばかりではない。範平さんは故国に、古女房と三人の子供を残してきているのである。そうして、時には逆にこちらから送金する必要があったからである。尤も、良人の修業とか、仇討《あだうち》とか、そういう目的のためには、妻子の飢えるぐらい当然だと、範平さんは考えてるから、強いて身を節《つづ》めて金を送ったりすることはない。達磨館の彼の部屋は、立派なもので、窓が三つもついている。三つが最上の部屋で、二つがその次ぎ、一つが最下かというと、無窓という室もある。つまり、屋根裏《マンサルド》である。天井の一部にガラスが嵌《は》まっているが、これには窓税が掛からない。

範平さんは、こういう立派な部屋に住んで、勉強机も備えつけの安物を嫌って、ピアノのように堂々としたものを買って、そうして医科大学の研究室へ行く以外は、いつもその前に、頑張っている。彼は日本の医学士の称号も持っているが、こちらで学位《ディプロマ》を貰って帰ろうと、もう二年がかりで論文を書いている。主題は、人体寄生虫についてであるらしい。こちらには、寄生虫が少い。日本の研究がモノをいうと、睨んだからであろう。

達磨館の日本人中では勿論、或いはこの町へ来てる留学生の中でも、松岡範平さんは、一番年長者かも知れない。留学の順番が、彼には非常に遅れて回ってきたのである。なんでも、上司との間が、うまく行かなかったのが、原因だそうだ。上司というのが、彼より二つ三つ、年下だったとの事。彼は苦学して学校へ通ったので、大変卒業が遅れたのである。

年長者ではあり、またヌシと呼ばれるほどの古参なので、達磨館の中で範平さんのハバの利《き》くことは、非常なものである。

新しく日本から着いた人があると、彼はすぐ、部屋の扉を叩く。

「ヤア、今日は。君、失礼ですが、少し便をくれませんか」

「ベン?」

「ええ、便——大便ですな」

これで、たいがいの新来日本人は、面食らってしまう。

この都には、条虫がまったくいない。日本から来たての人は、実物だの卵だのを、よく腹に蓄えている。それが彼の研究材料に必要なのである。

範平さんは大真面目だが、相手は、一度で、毒気を抜かれる。妙なもので、それからどうも、範平さんに頭が上らない。

三

法学士の中上川亘《なかみがわわたる》なぞも、やはり、範平さんに毒気を抜かれた一人だが、彼は日本から範平さん宛に、紹介状を貰ってきて、到着当時、多少厄介になったから、一層頭が上らないわけである。

中上川が達磨館へ着いてから、もう四月になる。もともと仏法科出身だし、年は若いし、四カ月の間に、二年半の範平さん以上に、言葉も通じれば、土地の習慣にも馴れてしまった。帽子から靴の尖《さ》きまで、こちらの品物ずくめで、部屋へ行けば、専門の交通経済の書籍のほかに、「ラ・ヴィ・パリジェンヌ」のような色ッぽい雑誌まで、堆高《うずたか》く積んである。

折角、外国へ来た甲斐《かい》には、こんな日本人臭い達磨館なぞ出てしまって、美しい娘のいる素人下宿か、面白そうなモンマルトル辺のホテルへでも、引越したいのだが、範平さんの眼が怖《こわ》くて、まだ決心がつかないのである。範平さんとしては、平常《ふだん》、達磨館の日本人から敬遠されてる寂しさからいっても、紹介状でよろしく御監督の程をと、頼まれた手前からいっても、中上川を側から放したくないのは、人情であろう。

で、今日も、七時半を過ぎて、晩飯の時間となったので、中上川亘は、そッと一人でレストオランへ出掛けようと思ったが、後で知れると、範平さんが煩《うるさ》いから、お隣りのNo.11と書いた扉を、コツコツと叩いた。中上川は十二番室で、壁一重の隣り合わせだから、一切、行動が範平さんに知れて、一層窮屈の度を増すというわけだけれど——

「お入り」

範平さんは、日本語で、返事した。

中上川は、真鍮札《しんちゆうふだ》のついた自室の鍵を、指先きでブラブラ回しながら、

「飯食いに行きませんか」

といつもの調子で誘いかけて、ふと、範平さんの顔が変ってるのに気がついた。

「おや——」

「——若くなったろう」

といって、範平さんは、ツルリと頭を撫ぜた。朝、見た時には、例のバリバリした直毛を、無理に撫ぜつけた黒い頭だったのに、いつの間にか、一分刈りの毬栗《いがぐり》となっている。

「さっき、床屋へ行ってきた。サッパリしたぞ。まるで、日本へ帰ったようだ」と、いかにもいい気持そう。

だが、中上川は、なんて無分別をやったものかという顔つきで、地肌の蒼白い頭を眺めてる。稀《ま》れにドイツ人が、坊主刈りをやるそうだが、この国の人間は、囚人でも髪を伸ばしてるというのに、わざわざこんな奇矯な真似をするには及ばないではないか。しかしそんな事をいうと、範平さんの機嫌を損ねるから、

「頭が、寒いでしょう」

と、彼は微笑した。

「寒いものか。もう三月だ。ただ帽子が大きくなったには、困る。まア、お掛け」

範平さんは、長椅子《ディヴァン》の方を、示した。

「ええ。でも、そろそろ出掛けませんか。今のうちなら、空いてますぜ」

「飯か。食いに行ってもいいが、それより、ここで食って行かんか」

「ここで？」

中上川は、ちょっと躊躇《ためら》った。止宿人が病気をした時なぞ、帳場《ビュロオ》へ頼むと、イタリア人の女料理番が、一通りの食事は拵えてくれる。但し、高くて不味《まず》いのは、覚悟しなければならない。

「階下へ頼むのですか」

と、気の無さそうに、中上川がいうと、

「いや、わしが炊事して、食わせるンだよ」

そういって、範平さんが衣裳戸棚の扉を開けると、買いたてのアルコール焜炉《こんろ》や、蓋付鍋《ポアール》が、ピカピカ光っている。

四

テーブルの上に、もう、三本目のビールが列んでいる。昔の牛乳壜のような口金のついた、不景気なビール壜である。中味だって、日本のビールに比べると、水ッぽくて、威勢よく泡も立たない。

「例えば、このビールにしてもだ」

と、範平さんは、グイと一杯飲み干して、濡れた口を手の甲で撫ぜてから、

「コクというものが、少しもない。腰がない。力がない。ヘラヘラしてる。まるで、冷え茶を飲むようなもんだ。いいかね。このコクのないということが、ひとり、ビールのみならずだね、彼等の生活全般が……」

冷え茶にしては、範平さんの頬がいい色に染まって、声がいつもの倍だけ高くなっているのも理窟に合わないが、聞いている中上川は、酒が飲めないから、鉱泉水をチビチビ舐めながら、詰らなそうにいった。

「コクって、なんですか」

「コクを知らんのか、君は」

範平さんは、呆《あき》れた顔をしたが、そういう意味不明瞭な古語を、社会科学を研究してる今年

三十歳の法学士は、知らなくても済むのだ。

「驚いたね、君。コクとは、つまり、内容さ。物の真の内容さ。それなくては、その物の名を辱《はず》かしむる或る物さ」

「するとビールなら、アルコール分のことですか」

「違う。それなら、酒精《アルコール》を混合すれば、いくらでもコクが出る。そういうもんじゃない。一言にしていえば、精神的内容のことだ」

「ビールの精神的内容ですって？」

中上川は、吹きだすのを、やっと堪《こら》えたという風に、マジマジと、範平さんの顔を見た。露骨に嘲笑の表情の出るのを、彼は隠さずにいる。

実をいうと、彼はすこし癪に障《さわ》っているのである。飯を食いに出るのを強いて引き止められたのはいいが、範平さんのご馳走というのが、焦げ臭い白飯と、萵苣菜《レツチユ》だけなのである。このサラダもビフテキの後にでも食えば旨いが、肉なしに、ただ醤油をぶっかけただけである。外国へ来れば、卵や魚は滋養物として取扱わない習慣が身に浸みて、犢《こうし》にしろ、羊にしろ、なにか肉片を口にしなければ食事の気がしない中上川にとって、このご馳走はいい加減参る。その上ひとりでガブガブ、ビールを飲んで、愚劣な気焔をあげてる範平さんが、憎らしくなってくるのである。

「そうとも。精神的内容さ。物をつくる人間の良心や、魂がのり憑《うつ》って、そういう味を生ずるのさ。ただ、味の濃い淡いの問題じゃアない。つまり精神力だ。器械に使われるこちらの人間に、わかる問題じゃない。酒は、元来、英語でもスピリットといって……」

範平さんの声は、いよいよ高くなる。こうなると中上川は、反抗的な態度をとるのがバカらしいような、また体裁の悪いような気持になって、

「どうです。飯にしましょう」

「よかろう」

範平さんはトロンとした眼で、やっと自分の茶碗へ、飯をよそう行動を起した。

「支那料理屋の飯は、食えんのう。ありゃア、南京米を蒸気でふかすんだぜ。僕はカロリン米を純日本式に炊いたんだ。この米は、やや肥後米に近い。僕はこれから日に一度は、こうやって、日本式食事をとることにきめた」

「体に悪いでしょう」

といおうと思ったが、中上川はやめた。

そこへ、ノックと同時に、扉をあけて、三人ばかりの日本人が入ってきた。

「おや、まだ飯を食ってるんですか」

五

ドヤドヤと入って来た日本人達は、いずれも面白い風体《ふうてい》をしている。Tは丹前の懐《ふとこ》ろ手をしてスリッパを履いてるし、Gは銀座のデパートで買った陣羽織のようにイカつい長パジャマを着てるし、Hはタオル地の浴衣の上にオーヴァーを引っ掛けている。こういう風体で、ノコノコ廊下を歩けるというのも、達磨館の一徳であろう。

序に断っておけば、この三人も範平さんや中上川と同じように、日本から派遣された留学生である。尤も、留学生といえば〝モンリュウ〟即ち文部省留学生ばかりだと思うのは大間違いで、保険会社の留学生もいれば、鉄道会社の留学生もいる。誰がどこの留学生であるか、ハッキリ書いたところで、誰も喜ぶ者はあるまいと思う。

「いよう、諸君。今頃よく宿にいましたね、キャフェ歩きもしないで、まア、お掛け」

と、範平さんは、機嫌よく、一同を迎えた。

「ゆうべ、ノクタンで夜明しをしちまったから、今日は謹慎ですよ。それにこう雨が降っちゃア……」

「雨?」

と、範平さんが、窓の外を覗くと、濡れた鋪道に瓦斯燈《ガスとう》の光りが縞《しま》を乱してる。五月雨《さみだれ》のような静かな降りで、明るい春日和を約する季節の雨である。

「なるほど、これじゃァ、禁足だね。その代り、落着いて飲むには、もってこいだ。諸君、ゆっくり遊んでって下さい」

範平さんは、まだ飲み足りないのか、廊下の空気送話機で、白葡萄酒を二本、帳場へ命じた。

「おや、松岡さん。清々した頭になりましたね」

「どうも顔が違うと思ったら……こりゃア驚いた。よく思い切って、刈りましたね」

GもHも、範平さんの坊主頭に気がついて、褒《ほ》めるような、ヒヤかすようなことをいう。

「ハッハハ。外国にいたからって、なにも髪を伸ばさにゃならん規則も、なかろうしね」と、

範平さんは、ポンポンと二つばかり、自分の頭を叩いて、「諸君もやったらどうですか。ことに中上川君のような欧化主義者には、是非薦めたいね」

中上川は、迷惑な顔をした。いい加減に切り上げて、キャフェ・バルザールの玉菜腸詰《シュー・クルト》でも食いに出ようと思っているところへ、同宿人が舞い込んできて、一度済んだ酒盛りがまた始まってしまった。それもいいが、範平さんの酔えばカラむ癖が、自分の方へ向けられかけたのにはなにより閉口する。

「僕はなにも、欧化主義というわけではありません。ただ……」

「わかったよ、中上川君。君のような美青年《ボウ・ガルソン》に、坊主刈りは気の毒だ。T君のような毛の薄い男こそ、ガリガリやって貰った方が、心残りがないぜ」

Gは Tの方へ話をもってくと、範平さんに次ぐ年輩のTは、

「じょう、冗談……まずノクタンのあの娘に、相談してからにして貰いましょう」

「なにをいっとるだ。スュジイはね、あのムッシュウもいいけれど、なんか請《ねだ》ると、明日《ア・ドマン》、明日《ア・ドマン》という癖があるから、嫌いだといっとったぞ」

「あいつは、人の顔を見るとすぐ、靴下を買えと吐《ぬ》かすよ。そこへ行くと、ジャンヌの方が無慾恬淡《てんたん》だ」

「その代り、バカだ。バカな上に、衛生思想がない。この間も僕が……」

こういう話になると、範平さんは、口出しをする資格がない。酒は飲むが、女遊びはしないのである。そこで、手持無沙汰に、白葡萄酒をしきりと呷《あお》ってる。

六

「時に、諸君。僕は非常に感心したことがある。昨夜、ソルボンヌ通りで、喧嘩を見たですがね」

と、猥談《わいだん》が下火になった時に、範平さんが口を出した。だいぶ酒が利いてきたと見えて、舌の根が重そうだ。

「へえ。喧嘩をね」

「中華民国の学生共ですがね。一人があの撞球屋《たまつきや》の前で、フランスの学生と、殴り合いを始めたです。すると、殴られた一人が、いきなりピューッと口笛を吹いた。その音を聞いてあの撞球屋の中から、ゾロゾロ、十四、五人飛び出してきたですね、孔子の国の学生ばかり……」

「ほう」

「そうして、寄ってたかって、フランスの学生を、ポカポカやっつけたです。案外ですな。非常に民族的団結が強い。感心なものです。同時に、これは油断がならん。こういう民族を隣邦にもっては……」

「そういえば、共和飯店という支那飯屋は、主人も給仕《ガルソン》も、利益を均等に分配して、非常にスムーズに行っているそうですね」

「これに反して、情けないのは、フランスの学生です」

と、範平さんはテーブルを叩かんばかりに、

「三人もいながら、一人が外国人に殴られるのを見て、誰も手出しをする奴がない。指を啣《くわ》えて、見とる。やがて散々殴られた友達を、黙って連れて帰ったが、あれでは国家が立ち行かんですよ。個人主義が発達すれば、必ず、あアなる。西洋文明の根本的な欠陥を、眼のあたりに見せつけられたです」

「それは、しかし……」

中上川が、嘴《くちばし》を入れた。

「そういう観察も可能でしょうが、三人に十五人では、敵う道理がないと、判断した結果ではないでしょうか」

「そ、そこさ、そこだよ、君」

と、範平さんは、中上川の方に向き直って、

「敵わないと知りつつ、死力を尽すのが男じゃないか。計数の問題ではない。意気の問題である。そこが、つまり、個人主義か国家主義かの別れ目……」

「でも、今の中国人学生の場合は国家主義的意識というより、国家の庇護力の弱い国民の個人的な共和防衛みたいなものではないですか。寧ろ個人意識の方が、余計働いてるのじゃないですか」

「バカいっちゃいかん。君は東洋思想を知らんから、そういうことをいう。中国でも、日本でも東洋は昔から大義によって働いてきとる。義を見て為《な》さざるは勇なきなり――義というものが、生活の根本になっとる。だが、西洋は個人主義であるから、利が本位である。自分さえよければ、他人はどうでもいい。そう考えるから、朋友を忘れ、国家を忘れ……」

「そんなことはありません。国家主義思想の体系も、古くから西洋で発見できますよ」

「君はなんでも、西洋の肩をもつ」

と、範平さんの顔色が変ってきた。

「それほど西洋がよければ、こちらへ帰化せい。日本語も喋《しゃべ》るな。達磨館なぞにおるこたアな

い。ここは日本人の家だよ」

「居住の権利まで」と、中上川も先刻からのムカムカが、つい頭へ上ってきて、「貴方に侵害されたくはありませんよ。出たい時には僕が勝手に出ます」

「それが、個人主義だ。じきに権利だの、自由だのという。西洋カブレの柔弱野郎！」

範平さんが、怒鳴った。

「ハッハハ。冗談じゃない。ソルボンヌ通りの喧嘩が、達磨館へ移ってきては困る。さア、もう晩《おそ》いから、ここらで散会としよう」

Tが、白けた顔で、立ち上った。

七

――あんな、わからない奴があるもんか。こっちが温和しくしてるから、いい気になってるんだ。よし、明日から、飯食いに行くのも誘わんぞ。二年半も巴里にいて、ロクロク、料理の註文もできないじゃないか。

中上川は、自室へ帰っても、範平さんが癪に障って堪らなかった。四カ月の間、いつも頭を押さえつけられた憤慨が、一度に発したらしい。

電燈を消して、ベッドに転がってみたが、眠られるどころではない。隣室から範平さんの咳払いなぞが聞えてきて、頗る耳障りである。ナイト・テーブルの時計を見ると、まだ十一時五分。

「えい、出掛けろ」

彼はすぐ洋服を着て、靴を履いて、階下へ降りた。鍵箱へ鍵を入れて、

「扉を開けて下さい！《コルドン・シル・ヴウ・プレー》」

下男部屋へ声をかけると、巴里としては、まだ宵の口だから、一声で、ガチャリと玄関の扉が開く。その隙間から、往来へ飛びだすと、ありがたい、雨が霽《は》れてる。薄墨の雲の中に、カマボコのような月さえ覗いてる。

——出てきてよかった。あんな変質者の隣りにいると、こっちも変質らしくなる。

中上川は、範平さんを変質者ときめたら、すこし胸の痞《つか》えが下りた。そうして、学校通り《リユ・デ・ゼコール》を右に曲って、キャフェ・バルザールの前へ出たが、ふと気が変って、向い側のキャフェ・スウフレへ足を向けた。〝バルザール〟は古風な家で、街の女なぞも出入りせず、静かで居心地がいいので、中上川もよく出かけるのだが、今夜は賑やかで明るい〝スウフレ〟の方が、気持に合った。

「アン・ショコラ」

中上川はココアを註文した。酒が飲めればもっと気の利いた飲料《のみもの》も註文できるのだが、彼は外国へきてから、熟々《つくづく》、アルコールに弱い体質を情けなく思う。子供だって葡萄酒の一杯ぐら

い、食事の時に飲んでいるのに、ビールを一口舐めても、襟首まで真ッ赤になる自分が、なんだか不具者のようで恥かしいのである。外国へきたら、酒が飲めなくては損だ。いや、酒ばかりではない。

——日本で道楽をしてきた人は、とても得だなア。

中上川は、度々、そう考える。達磨館のTやGなぞは、さまで語学も達者でなく、風采だって一向シックなこともないのに、この界隈の街の女とは、みんな顔馴染みで、毎日、とても面白そうな生活をしている。親や、先輩や、勤め先きから、一切解放された外国生活でこそ、あアいう真似をしなければ嘘だ。自分もやってみたいと思うが、いつも一歩手前で反省しちまう。病気が怖いばかりではない。そんな明瞭な理由でなしに、一種の精神的嶮噎《しゃっくり》が起きて、やめてしまう。つまりこれは、放蕩に慣れないからだ。多少とも日本で、職業的婦人と接触していたら、こんな無意味な反省作用が起る筈はない。

中上川は留学生になるくらいだから、秀才だった。だが、貧乏な秀才で、放蕩をする金も、時間もなかったのである。

——だから、今だ。一生を通じて、金はもっと持てるかも知れないが、時間と自由のあるのは、今だ。誰も見てやしない。見たところで、此処では、誰も問題にしない。

そう思うが、さてこうやって、キャフェの卓に陣取っても、いつも冷たくなったココアを、モテあまして帰るのが、落ちなのである。

八

まだ十二時前で、〝スウフレ〟の中には、煙草と人声の渦が巻いてる。トランプをやってる連中は、金を賭けてるから、眼つきが怖い。双六《ダーム》をやってる二人は、女のご機嫌をとってるから、話の調子が音楽的だ。一番騒々しいのは、大学生五、六人の〝貴様《チユ》、俺《トワイエ》〟で話す議論で、手を拡げたり、顔をつきだしたり、いまにも喧嘩になりそうな激しさだが、決してその心配はない。彼等は野球もラグビーもやらない代りに、議論をするのである。するとまたウンともスンとも声を発しない一組がある。S字なりに腕を巻き合って、さっきからもう五分以上、接吻を続けている。林の如く静かというのは、かかる有様をいうのだろう。その他に、無言不動のお客といっては、ただ中上川一人がいるだけである。

中上川は、この賑やかな雰囲気に混って、範平さんの忿懣《ふんまん》を忘れたのはいいが、眼の前のコアが冷えてゆくように、自分が寂しくなってくるのに、弱っている。

――これからまた、達磨館の十二番室へ帰るのか。もう四月《よつき》にもなるのに、こんな様子では、瞬《また》く間に予定の一年間が過ぎちまうぞ。

生憎《あいにく》なことに、今晩は〝スウフレ〟の中に、女が少いのである。先刻の雨が祟《たた》ったのか、いつも五、六人はきている例の女達の姿が見えない。偶〻《たまたま》それらしいのがいても、他の客のテーブルへ行ってる。折角中上川が、平日にあるまじき勇気を奮い起していても、これではお話にならない。

だが、そこへ回転扉にグルリと押し出されるように、一見、それとわかる彼女等の一人が入ってきた。ジロリと店内を睥睨《へいげい》してから、入口に近いテーブルを占領して、麦酒小盃《ボック》を註文した。この種の女が単独の時には、口を結び、胸を反らし、まるで男爵夫人のように済ましこむ。ただ眼だけが、艦檣《かんしょう》の探海燈のような運動を起すのだが、それが先刻《さっき》から、見て見ぬ振りの中上川の視線と、ガチリと衝突したのである。彼は慌てて眼を伏せかけたが、強いていつもの精神的嘁噎を呑み込み、眩《まぶ》しいのを我慢して、彼女の眼を凝視めた。すると彼女の唇の端がピクリと動いて、瞼が素早く一、二回開閉した。

——やっと、やった！

もう、これでいい。中上川は女に眼で合図しながら、

「給仕《ガルソン》、勘定《ラデイシオン》！」

といって、返事も待たず、真鍮貨三枚を置き、外へ出た。果して、女も蹤《つ》いてくるようである。いよいよ最初の色事《アヴアンチユール》が始まる。肩を列べて歩きだしたらば、いうべき言葉を胸の中に用意して、中上川はサン・ミシェル通りの鋪道をゆっくり歩いていると、追ってくる筈の靴音が、さっぱり聴えない。思い切って振り顧《かえ》ってみると、〝スウフレ〟の入口で、彼女は一人の男につかまり、なにやら頻《しき》りに話している。赤模様の襟巻を黒外套《がいとう》からクッキリと覗かせた、ちと

与太者《ジゴロー》がかった男である。そのうち二人は、なにか声を立てて笑ったと思うと、中上川とは反対な、坂の上の方へ列んで歩きだした。

——範平さんのお蔭だ！

中上川は、そう思わずにいられなかった。あすこまで冒険が進捗して、こんな事になるなんて日が悪いとでもいうほかはない。今日は一日気持のいい日だったのに、範平さんに罵られてから、急に万事がチグハグになってきた。なんて胸糞の悪い、国家主義者の松岡範平！といって、このまま達磨館へ帰る気には、どうしてもなれなかった。空ばかり機嫌よく霽れ渡って、すっかり良い月夜である。中上川は足の向くままに、セーヌの河岸へ出た。

九

そこは、広い石畳で、頭の上の河岸通りから、キャベツ色の街燈の光りが、斑《まだ》らに落ちてくるだけで、十日の月は、向う河岸ばかりを、明るく浮き出さしている。岸に繋《つな》いだ洗濯船は、とっくにもう眠っている。石崖に沿って生えたプラターヌの大樹も、黒い木肌の美しさが、まったく闇に埋もれている。航行時間も過ぎてるから、一艘《そう》も船は通らない。川波が牛乳の滴《したた》るような音をたてて流れているだけである。その代り、頭のムシャクシャする中上川の散歩には、もってこいであった。

——均斉《バランス》だ。橋を見ても、ルーヴル宮の屋根を見ても、街燈のデザインを見ても、すべてを支配してるものは、均斉だ。これがこの国の文明の基礎だ。そうして日本にまったく欠けたものだ。

文明の批評なぞが、頭へ湧いてくるというのは、人間の昂奮が、よほど収まったことの証拠である。

——松岡範平の如きは、不均斉のシンボルというべきであろう。アッハッハ。中上川は、心の中で笑うだけの余裕を、とり戻した。彼は靴音高く石畳の上を踏み鳴らし、なおも遠く、水際の散歩を続けた。

やがて、さらに三、四丁も歩いて、彼は新橋《ポン・ヌフ》の袂まで行った。もう、月夜の独想も、これでいい。胸中も、霽れた。そこで彼は、回れ右をして、同じ道を引き返そうとした。

その時、彼は、思わずギョッとした。

今まで誰もいなかった石畳の上をたしかに黒い人影が歩いているのである。黒い頭部が、闇に浮いたり、隠れたりして、彼の二、三間先きを、同じ方向へ進んでゆく。一体、フランス人は風流心がないのか、暗くなってもセーヌの石畳を散歩する者は、夏の夜の恋人同士を除いて、絶無と云っていい。尤もこの石畳が、モンマルトルの暗い陋巷《ろうこう》と同じように、巴里の危険区域と見做《みな》されてるせいもあろう。このあたりには、今日はこの河岸、明日はどこへ船を繫ぐか、萍《うきぐさ》のような船頭が徘徊する。船頭アパッシュというやつは、鳥打を横ッちょに被り、ちょいとイナセな人物だが、赤い腹帯の中に刃物を忍ばせて、なにをするか知れたものではない。そうして橋の下は、どこも同じ、ルンペンの巣である。昼間見ると、ヨボヨボ爺さんばかりで、葡萄酒壜を枕に臥ているが、夜となれば、よく失踪犯罪人が、この中に紛れ込んでいるという話である。

中上川も、そういう噂を聞かぬでもなかったから、最初の夜の散歩は、怖々《こわごわ》やっていたのである。図に乗って、その後十数度も繰り返したが、べつに何の異変もなかった。それ故今夜も、夜半の鐘が鳴ってから、こうして石畳の上へ降りる気になったのであるが、事実、この寂しい場所で、怪しい人影を見れば、胸が早鐘を撞かずにいられない。

中上川は、なるべくその人影に寄らないように、わざと歩みを緩めた。そうして、手近な石段のところへきたら、一気に往来へ駆け上ってしまおうと思っていた。

黒い影は、中上川がいるのを知ってるのか、知らないのか、同じような緩い歩みを続けていたが、やがて、急に向きを変えて、石畳の突端の方へ歩き出した。

ホッとした中上川は、それでも油断なく眼を追っていると、水際に立ち留まった黒い影は、そこに釘づけになったように、動かない。

——立小便かな。

そう思って、中上川が、月明りに透かして見ると、驚いた。両手を振って反動をつけ、まさにドブンと飛び込もうとする姿勢である。

「おい、待て！」

思わず中上川は、日本語で怒鳴った。

一〇

腕を掴まえたときに、袖の中がフワと柔かいので、おやと思ったが、

「放して《レッセ・モア》、放して《レッセ・モア》！」

と叫ぶ声で、今は、疑うべくもない。それは、女だった。帽子も被らない、若い女だった。それで安心したせいでもあるまいが、中上川は俄かに強い腕力が湧き出して、羽交締《はがいじ》めにした対手の体を、ズルズルと後方に引き擦《ず》って、水際から十間も離れた場所へ連れてきた。ここなら安心である。中上川はそこで、手を放した。すると女は、濡れたタオルのように石畳へ崩折《くずお》れて、

「オオ！　モア、コンム、ジュ、スュイ……[*4]」

なんとか、かんとか喋ったと思うと、その儘激しく泣き咽《むせ》び始めたのである。

中上川は当惑した。だが、当惑はしながらも、女一人救った喜びや誇りは、なんとしても抑えきれない。彼は、この国へ着いてから今晩初めて、なにかしたような気がするのだ。〃スウフレ〃の女をとり逃がした無念さなぞは、どこかへ飛んで行ってしまった。

「どうしたのですか。理由をお話しなさい」

彼は芝居染みるほど落着いて、そういった。以下、面倒な外国語のルビなぞ振らずに、二人の会話を進めるとしよう。

「そんな事、訊かないで下さい」

「いいえ、話してご覧なさい。私は日本の学生であります。悪漢ではありませぬ」

「おお、貴方は日本人でありますか。それならば、妾は貴方を信用いたします。しかし、死のうとした理由をお話しするのは、恥かしく思います」

「なぜですか」

「フランス人の悪徳と冷酷に触れずに、妾の身の上をお話しできませんから」

「関わないではありませんか。個人と国家は、別物であります。とにかく、此処はいけません。河岸通りへ上って、どこかで休んで、お話しいたしましょう」

中上川がそう言って女を促すと彼女は諾《うなず》いて立ち上った。しかし、また女の気が変って、水際へでも駆け出さぬように、彼は油断なく彼女の後に従った。

石段を上って、河岸通りへ出ると、サン・ミシェル広場のキャフェは、まだ明るく灯をつけていた。中上川は一人もお客のいない奥の仕切りの中へ彼女と腰をおろした。

「ショコラ、二杯《ドゥ》」

またも彼はココアを註文して、明るい燈下で、初めて彼女を眺めた。

小柄な、可愛い娘であった。褐色の濃い髪を、平凡な断髪にして白粉も紅も薄く、濃緑の粗毛の外套も、地味で安ッぽい。顔はこの頃流行らない瓜核《うりざね》顔だが、日本へ連れて行けば、美人に通用する眼鼻立ちである。中上川は、何より彼女の子供のような年若さに、気が置けなかった。

「お幾歳《いくつ》ですか」

「十八ですわ」

彼女は、含羞《がんしゅう》して、笑った。

それから、二、三度軽い問答をして、やっと彼女は、身上話にとり掛った。

彼女は、巴里から遠からぬ田舎町で、女工として働いていた。両親は疾《と》くに死んでいた。だが、巴里のシャトウ・ドウ町に伯母がいて、よい働き口があるから出て来いといってきた。一週間前に巴里へ出てくると、伯母の家は公然たる娼家《しょうか》であった。伯母は翌日から彼女に醜業を強いた。しかし彼女は従わなかった。伯母は怒って彼女を追い出したのである。——そうして——

「さア、店を閉めますぜ《オン・ヴァ・フェルメ》」

キャフェの給仕《ガルソン》が、椅子を逆さにしてテーブルの上へ乗せ始めた。

二

夜が明けた。果して、素晴らしい上天気である。十二月から二月までの、あの烟《けむ》るような陰曇《くもり》の後に、こんな三色版の絵葉書のような晴天が用意されてあると、誰が予想しよう。春になるとなったら、実に眼覚ましく春になる国である。

範平さんは、六時半に床を離れた。まさに、達磨館随一の早起きである。起きるとすぐに、三つの窓を悉く明け放す。それから、ガラガラと大きな音を立てて、含嗽《うがい》を始め、普通人の三倍ほど丁寧に歯を磨く。それから、洗面台の周囲を水だらけにして、毎朝、頭を洗う。今朝は、昨日一分刈りにした坊主頭のことで、殊に石鹼の落ちがいい。それから、タオルでキュッキュと、頭の地を摩擦する。このタオルだって、日本から持ってきたのを使う。達磨館支給のは、絶対に使わない。フランス人は不潔の場合に、タオルを用いると聞いて以来だ。

顔を洗って、服を着けて、〝サッパリ〟という日本人独特の快感に浸って、給仕《ガルソン》の持ってくる朝飯を待ってる間が、一日中で、範平さんの最も好きな時間である。その時分、懶惰《らんだ》な達磨館の住人等は白河夜船の最中である。眼を覚ましても、顔を洗って飯を食う奴なぞ一人もいない。みんな、口も嗽《すす》がずに、寝床でコーヒーを飲むのである。この不潔なフランスの習慣を、初めは誰でも悪くいうが、奇妙にいつか感染してしまう。そうして、歯磨を使うとコーヒーがまずいなどといい出す。日本的日本人の範平さんには、到底そんな無精な真似はできない。

——さてと。

範平さんは、自慢の大デスクの上に、クロード・ベルナールの伝記を展げた。この十九世紀の大医だけは、範平さんもかなり心服している。まず日本の緒方洪庵《おがたこうあん》*5先生に匹敵する人物と考えて、暇があれば、その生涯に親しもうとする。

で、昨日読んだ折り目を直して、二、三行も読んだ時だったろうか、範平さんは、ふと耳を立てた。

「………」

どちらの壁から響いてきたかわからぬが、風の中の唄のように、女の声が聞えた。意味は取れなかったが、フランス語であることは確かだ。

——訝《おか》しいな。

左隣りの十番室は、一つ窓の小さな部屋で、貧乏臭いセルビアの学生が住んでいる。金もないし、勉強家だし、女なぞ引き入れる男ではない。右隣りの十二番室は、中上川亘の部屋だ。中上川がいくら欧化主義を実践しても、GやTのように街の女を自室へ泊めるほどの度胸のないことは、誰よりも範平さんが知ってる。そこを買って、範平さんは中上川を可愛がり、自分と同じような禁慾生活を続けることを、常々勧《すす》めていたのだ。

——空耳かな。

範平さんは、また、クロード・ベルナールに、取り掛った。そうして、約十五分ほど進行した時に、今度は疑うべくもない、若い娘の忍び笑いが、右隣りの壁を貫いてきたのである。範平さんは、われを忘れて、体裁のよくない真似をした。右隣りの壁に、蝙蝠《こうもり》のように貼りついて、耳を澄ましたのである。

ゴトゴトと、なにか物音が聞える。ハッキリと、女のフランス語が聞える。続いて、ボソボソと、低い男の声が聞える。語尾に特徴のある中上川のフランス語だ。

この時の範平さんの顔ほど深刻な顔を、人間は滅多に見せないものである。だが、扉にノックの音がした。範平さんは、慌てて壁を跳《と》びのいた。

「お早う《ボン・ジュール》、ムッシュウ！」

給仕《ガルソン》が、朝飯の盆を持って、入って来た。

二

上チャン、中チャン、下チャン——そういう通称のもとに、巴里の支那料理店は、三軒しか無かったものだが、やれ上海楼の、燕京楼のといって、続々と新店ができた。できる訳である。中国留学生が食いに行く。フランス人も、アメリカ人も食いに行く。達磨館の日本人なぞは、常連のようなものだ。そこへ行くと日本料理店は、孤影悄然、徒らにお刺身と味噌汁をつくって、同胞の留学費をチビチビ捲《ま》き上げるに過ぎない。

Gと T は今日の昼飯を、〝中チャン〟で食うことにした。どのチャプスイ店も、みんな達磨館から歩いて行ける距離にある。

「なにを食う？」

「俺は蟹卵《かにたま》と菠薐草《ほうれんそう》のスープだ」

Tはそれに鶏のチャプスイを追加して、註文した。

「範平さんも、ひどく怒っちゃったもんだな」

「なにも、ああ怒らなくてもいいのにな。すこし頑固すぎるよ」

「頑固は、範平さんの看板だから、仕方がないが、最近、頑迷の域に入った傾きがあるぜ。病的だよ。ありゃア、早く日本へ帰した方がいいぜ」

チャプスイ店は、料理と一緒に、必ず茶碗に山盛りの飯を持ってくる。それをTは長い支那箸で不自由に掻き込みながら、

「で、ほんとに、中上川を殴ったのかい」

「殴ったという説もあるが、面罵しただけが、事実のようだ。尤も、だいぶ猛烈にやったらしいが」

「あんなに仲のいい二人だったのにな。原因は、中上川が女をこしらえたということか」

「そうだ」

「それっきりか」

「そうのようだ」

「わからんじゃないか」

「まったく、わからんよ」

二人は料理の脂《あぶら》でぬれた唇を光らせて、笑った。

ちょうどその時に、入口に、手を組んだ男女の姿が現われた。中上川と、昨夜投身しかけた女とである。あの時彼女が着ていた緑色の粗毛の外套は、ピカピカした黒繻子《じゅす》に変っている。帽子も黒のトックで、両方ともまだ正札がぶら下っていそうに、真新しい。

「おい」

GがTを、肘で衝いた。

「おや……あれが問題のマドマゼールかい」

「ちょいと、踏めるぜ。どこの女だろう。まだ若いや」

「見ない顔だね」

中上川は、奥のテーブルへ陣取ろうとして、二人の友達の存在に気がつき、狼狽して会釈した。だが、底に浮いてる得意の色を、Tは見逃さなかった。

「中上川先生、ヤニ下っとるぞ。どこで拾ってきやがったろう、あんな女を」

「商売女《プール》じゃなさそうだね」

「阿婆擦《あばず》れの女工かな」

「中上川も、隅に置けんな。T先生、顔色無しだろう」

「俺は子守《こもり》ッ子の如きに、手は出さんよ」

二人が横眼を使って、囁いてる間に、中上川はいちいち女と相談しながら、メニューを選ってる。女のために、銘《マルク》のある葡萄酒を註文したようである。

「やりきれん。こちらは退却としよう」

わざとこんな口調で、Gは尻を持ち上げた。Tも続いて往来へ出ると、眩しいほど明るい春の午後である。

「オートイユの競馬があったな」

「それより、Hを呼んで、俺の部屋で花牌《はな》を引こう」

二人は中上川のことも、その女のことも、疾《とう》に忘れている。

一三

いくら範平さんでも、友人が恋愛を始めたからといって、抗議を申込むことはできない。

「勉強ができないから、静かにしてくれ給え」

こういって、壁越しに、隣室へ怒鳴ったのである。中上川の話し声はすぐ熄《や》んだ。だが、若い娘の快活な舌を、五分以上封じ込めようたって、無理な話だ。やがて、葉擦れのような忍び笑いから、遂にゲラゲラと、煉瓦《れんが》の崩れるような哄笑となるのも、やむをえない。

そこで憤然となって、範平さんは中上川を、廊下へ呼びだしたのである。もう一度、勉強ができないから、静かにしろという語が繰り返され、ただその末尾に、〝国辱〟とか、〝国民的自覚〟とか、ちょっとした文字が爆発しただけなのである。事件というのは、それだけの話に過ぎない。

だが、その後に、隣室の二人は大きな鍵音をさせて外出してしまった。それきり、もう四、五時間になるが、帰って来ない。だから、静粛でよさそうなものだが、今度はまた、静か過ぎて勉強ができないというイコジな事になって、範平さんは自分自身を、もてあましているのである。この喧嘩で、達磨館中唯一の輩下を失ったのだから寂しいのも無理はないが、これを機会に、事件以前の諸々《もろもろ》の寂しさまで、一度に鎌首を擡《もた》げてくる傾きがあって、困る。

一人でレストオランへ行く気もせず、範平さんは、昼飯も米とサラダ菜の自炊をした。これからは昼も夜も、自室でこの食事をとると、腹で決めた。

食後に、医者通り《リユ・ド・メドサン》の研究室へ行って、一時間ばかり顕微鏡を覗いてきたが、どうも気が乗らず、範平さんはまた達磨館へ帰ってくると、階段下の鍵箱には、十二番室の鍵がまだブラ下っている。

——まだ、どこかを遊んでいくさる。

部屋へ帰って、範平さんは暫《しば》らく長椅子の上に、横になった。雨の晩ででもなければ、止宿人が範平さんの室の扉を叩くなんて、滅多にない。中上川だけが日に二回の外の食事に、必ず彼を誘ってくれたのである。

——日本だ、日本だ、日本だ。

意味もなしに、日本という字が、範平さんの頭を駆けずり回る。日本がどうだというのか、どうしようというのか、それとも日本へ帰りたいというのか、少しもハッキリした観念は浮かばないが、無闇矢鱈に、日本という字が飛びだしてくる。なにも、今日に限ったことではない。この頃、気が鬱屈《うっくつ》してくると、反射的にこんな現象が起る。

範平さんは、日本にいる時、決してこんな愛国者ではなかった。少くとも、七千万人中六千九百万人並みの愛国者だった。それが外国へきて、一年も経った頃から、俄かに熱を出したように、こんな事になったのである。理由はわからない。達磨館の連中のように、それを範平さんの極端な禁慾と結んで考えるのも、皮相《ひそう》の見《けん》であろう。ただ、最近、かなり熱狂が昂《たか》まってきたのは事実だ。日本を讃《たた》え、外国を譏《そし》っていないと、範平さんは、なにか息苦しそうに見えて、気の毒だった。世慣れたGやTは、だから、一度だって反駁など加えたことはなかった。

日本、日本と、心に叫んでいるうちに、範平さんは、トロトロと仮睡《まどろみ》に墜ちたらしい。

ノックの音で眼を覚ましたら、もう扉を半分ほど開けて、ニコニコした間《はざま》老人が、首だけ出して、こちらを見てた。

「やア、お入り」

範平さんは起《た》ち上って、口の端の涎《よだれ》を拭いた。版画行商人のこの老人でも、今日は懐《なつ》かしいのだ。

一四

間老人というのは、もう何年この国にいるのか、自分でも忘れてしまってる男である。昔、博覧会のあった時に、日本の曲芸団に付いてきて、置き忘れられたとか、脱走したとかいう噂もあった。とにかく、今では浮世絵版画を在留日本人の間に売り歩いて、細々と生活を立てている。範平さんも一、二度、絵を買ってやったことがあった。

「なんでもいい。二枚ほど、置いて行き給え」

そういわれると老人は、二十枚ばかりの中から、ひどく念入りに二枚を選び始めたが、その間に範平さんは、紅茶を帳場に註文した。

「はア。頂きます」

老人は日本流に、茶碗を押し頂いて、静かに口をつけた。

「君、日本へ帰りたいと思わんかね」

範平さんが、暫らくしていった。

「私でございますか」と、干大根のように萎《ひか》びた顔をあげて、「それはもう、帰れれば帰るに越したことはございませんが、帰る先きが日本にございませんのでな。それに、私、まだこちらで仕残した大切な仕事がありまして……」

「仕事――商売ですか」

「へへへ。違います。お話ししたところで、お笑いになるだけでしょう」

「なんです、いって見給え」

「へへへ。復讐でございますよ」

「復讐？　誰に」

「誰にって、フランス人全体にでございます」

範平さんは啞然として、老人の顔を見た。

「恐ろしい国でございますよ、フランスというところはね。私、何歳に見えます？」

範平さんは機械的に、返事をした。

「とんでもない。まだ三十八でございます。貴方様といくらも違わないでしょう。それが、この通りの老け方です。みんなフランスのお蔭でございますよ」

範平さんは、急に興味をもった。そうして、老人から話の糸を引き出した。

「女でございますよ。こちらの女ほど、油断のならないものはございません。日本人は皆それと知らないで罠にかかります」

「そうだろうね。そうだろうとも」

範平さんは、頗る同感した。少くとも二十年以上この都で暮した間老人の経験こそ、信憑《しんぴょう》すべきものだ。中上川亘のように、着いてからまだ半歳も経たぬのに、女と同棲したりして——今に骨までシャぶられて、抛《ほう》り出されるだろう。

「こっちの女は、みんな慾に絡むのだろう。ね、つまり金が欲しいからなんだろう?」

「いいえ。そんな生優しいこっちゃありません」

と、間老人は気味悪く声を秘めて、

「金はみんな、政府から貰っているのですよ。いちいち日本人の行動を探って、政府へ報告するんでございます。これは危険と見たら毒を盛ります。私、何遍服ませかけられたか知れません。フランスの女は、みんな政府の間諜《かんちょう》でございますよ」

範平さんは、再び唖然とした。

「水洗便所へ入るからいけません。尾籠《びろう》ですが、私、室内に新聞紙を敷いて、用を足します。こうすれば、オゾンが発生して、室内に残りますから、滅多に毒に中《あた》るものではありません。そのために、私、今日まで生き延びて参りました」

畸人《きじん》という噂は聞いていたが、それどころではない。職業柄、範平さんは、間老人の病気を看破して、なんとも惨めな、不愉快な気持になるのである。

一五

復活祭《パアク》の赤い卵が、八百屋の店頭へ現われるようになった。並木のマロニエが、緑の礫《つぶて》のような芽を吹き出した。春の休暇で、学生街はいくらかヒッソリしたようだが、達磨館の中は、なんの影響も蒙《こうむ》らない。ここは年中休暇であり、また、年中研究の空気が張り切ってるようなところだ。

中上川亘だって、セーヌ河岸から拾ってきた女を、恋愛すると同時に、研究することを忘れてやしない。フランス女の心理及び肉体に就《つ》いて、彼の好学心は、燃える薪《たきぎ》のようなものだ。そうして日に日に、知識の庫が膨《ふく》らむばかりだ。彼は専攻の交通経済学を、暫時閑却してる形だが、少しも悔いる色はない。といって、誰が彼を責めることができよう。実際の話、学問の研究だけならば、日本にいても充分できるのであるから。

「今日オペラ・コミック座のマチネエを覧《み》て、あの近所で晩飯を食おうじゃないか。ねえ、ポオレット?」

と、今日も中上川は、寝坊したベッドの中で、彼女にいった。

「お止しなさいよ、そんなこと。貴方はどうしていつも、そんな無駄費いばかり考えるの。フランスの女は、貴方みたいな濫費を、ちっとも悦びはしなくてよ。それよりも、今日のようないいお天気には、郊外《バンリユウ》へ遊びにいった方がいいわ。河蒸気《バトウ》に乗って、サン・クルウへ行きましょう。往復で五フランもかからないわ」

ポオレットは、感心な女だ。よくこういう適切な忠告を、中上川に与える。十八の娘でも世間の苦労を知ってるから、気持が堅実なのであろう。だが、時と場合によっては、脂粉の女も顔負けするような媚術の饗宴《きようえん》を惜しまない。母型か娼婦型か、日本の女には二通りしかないのに、一人二役を兼ねるとは、さすがフランスの女であると、中上川は屢々《しばしば》感歎の舌を捲くことがある。

「そうだね。郊外散歩もいいね。暫らく大気《グランテール》を吸わないからね」

中上川だって、なにも無理に金が費いたいわけではない。それどころかいくらポオレットが堅実でも、女を持てば金が要《い》るのは、人生の約束らしく、この十数日間に平常の三倍は支出している。仮令《たとえ》今日は芝居見物は止めたにしても、カンボン町の日仏銀行へ寄らねばならない懐中《ふところ》工合なのである。

「ちょっと銀行へ寄って、それから出掛けるとしたらどうかね」

「それがいいわ。そう回り道でもないわ」

そこで彼女は、ベッドを勢いよく跳び出し、薔薇色のシュミーズの薄さも艶《なまめ》かしく、自分の顔を洗うと共に、中上川の髭剃りの湯も汲んでくれる。上着にブラシを掛けてもくれれば、冷めたコーヒーを温めてもくれる。まことに甲斐甲斐しく、行き届いた女房振りなので、中上川も行き擦りにちょっと肩を抱えて、一回の接吻を与えずにいられなくなるのである。――〝スウフレ〟や〝ノクタンビュール〟の女に、無駄な金を費ってる奴の気が知れない。中上川はGやTのことを考えていささか自分を得意に思うのである。彼等はセーヌ河で女を釣って来たと、自分のことを嗤うが、嗤われていいのは寧ろ彼等だ。街の女なぞに、いくら接触したところで、フランス女の真情がわかる道理がない。自分はこの十数日間に、彼等が一年掛ったよりも多くの蘊蓄《うんちく》を貯えた。

「さア、行きましょう」

フランス女のお化粧は早い。ポオレットは見違えるように美しくなってもう帽子まで被って立ってる。

一六

「中上川さん。では、三千フラン……」

銀行の日本人店員が、千フラン紙幣二枚百フラン十枚をピンで留めて、仕切台の上に出した。金網なぞ張ってない、紳士的な銀行である。同時にヒマな銀行でもあるので、店員は平気で煙草に火をつけながら、

「中上川さん。日本クラブの牛鍋ぐらい、贅《おご》る価値あるね」

「なにが？」

「なにがは、ないでしょう」

と、椅子に腰かけて、コンパクトを覗いてるポオレットを、眼で示す。

「や、どうも」

中上川は赧《あか》くなったけれど、心臓を羽毛で擽《くすぐ》られる気持で、女に腕を貸しながら、大股に歩きだした。後を見送って、銀行員が、

「二、三日経つと、また三千フランか。ふん」

と、吸殻を床へ投げ捨てたことなぞ、勿論知る道理はない。

二人はカンボン町を真ッ直ぐに、セーヌ河の方角へ歩き出した。この近辺には見たところ小さな店構えで、贅沢好みの装身具店《ビジュトリー》が二、三ある。中上川はその窓の一つに足を止めて、黒仕立のひどく凝ったハンド・バッグを眺めだした。千フラン以下だったら、彼女の贈物にする気である。

「どうだね。もし気に入ったら……」

尤も、こう訊く腹の中には、法学士らしい智慧が働いていないこともない。濫費を戒《いまし》める彼女も、自分への贈物となれば、違った態度を示すかも知れない。その反応を研究してみたいからで。

「………」

ポオレットは無言で眼を丸くしたが、やがて力を籠《こ》めてグイグイと、中上川の腕を引張り出した。十間も歩いたところで、

「まだ貴方の悪癖は癒《なお》らないの、嗚呼《モン・デユウ》！」

舌打ちして、彼女はそういうのである。

中上川は、非常に満足した。これで満足しない男は、滅多にあるまい。

二人は堅く腕を締め合って、チュイルリイ公園を通り抜けた。チューリップや貝細工草の植え込みが、眼が覚めるように美しい。花壇の小径《こみち》を歩く人達も、ルーヴル博物館へ急ぐ連中でも、男と女の一対が大半を占めてる。そうして一対である限り、どれも手を組合って歩いてる。外国へきて、男が一人でブラブラ歩いてるほど、気の利かぬ風景はない。喧嘩をしていようが、欺《だま》し合っていようが、外を歩くなら、男のステッキが女で、女のハンド・バッグが男の役回りである。外出の付き物が手になくては、ほんとに間が抜けて、気持が寂しい。黒人《ネーグル》も巴里女を連れて歩いてるのを見て、中上川も今までは、肩身の狭い思いをしたのである。

だが、もう男一人前だ。

それればかりでなく、ポオレットという女ができてから、急角度でパリ生活の中心へ近づいたように、彼は思うのである。土地を知るには女を知れ――或る紀行文家がそう書いているが、まったく真理であると、彼は考えるのである。

「フランスは《オオ・ベル・フランス》いい国だ！」

中上川は心に思ったままを、ふと口に出してしまった。

「ほんとにそう思う？　そんなら、此地へ永住なさいよ。妾、いつでも一緒にいるわ」

「ほんとに、そうしようかな」

嘘ではない。中上川は日本における将来の栄達も、この瞬間だけは、放棄した。そうして陶酔のあまり、フランス人がやるように、往来の真ン中の接吻を敢行したのである。

一七

「半月前には、この河で……」

と、河蒸気《バトウ》の甲板で、ポオレットが悪戯ッ子らしく首を縮めたが、この嫩緑《どんりよく》の川波の下へ潜るか、その上を軽快な船で走るかは、まったく雲泥の相違というべきであろう。

中上川は、そういう彼女が愛《いと》おしくて、甲板のベンチで肩を抱き続けているうちに、船は、市域を遠く離れ、川中の洲を掠《かす》め、汀《なぎさ》の翠影を乱し、やがて終点の遊覧地、サン・クルウへ着いたのである。

「初めてでしょう？」

「初めてだ。いい処だね。僕はただサン・クルウ宮殿があるだけと思ったら……」

「あの森は、ムードンから続いてるのよ。自分の自動車で森の奥へ乗り入れて、ランデ・ヴウする人が沢山あるわ」

「なるほどね」

二人は河を見降す瀟洒《しょうしゃ》な旗亭《きてい》の下から、宮殿のある台地《テラス》の方へ登って行った。懐中には三千フランあるし、あんな旗亭でポオレットと一晩過ごしたらと、中上川はムズムズ消費慾を感じるが、また彼女に叱られると思って、諦めた。

「ねえ、ナカ！」

と、彼女は中上川のことを、そう愛称で呼んで、

「日本人はなかなか女を信用しないって、真実《ほんとう》？」

「そんなことがあるものか」

「だって、〝ラ・バタイユ〟[*6]の芝居を見ると、寄坂《ヨリサカ》大佐はとても陰険だわ。夫人と英国士官の恋愛を、知らない振りして見てるんだもの。古い日本人を見て、恋愛より国家の方が、大切なのかしら」

「あれは、外国人が書いた芝居だ。古い日本人を見て、書いたのさ」

「じゃア、前世紀の日本人？」

「そういうわけではない。古い日本人は、まだ生きてる。現に、僕の下宿にも一人いる」

「ナカは？」

「僕は新しい日本人」

「それなら、妾を信用し、愛することができる？」

「疑うのかね、ポオレット？」

暖かい昼の雨が、中上川の顔に降った。所嫌わずの乱射乱撃で、その上、凄まじい音まで立てるので、さすがに中上川は少しテレて、四辺《あたり》を見回すと、週日のせいか、広い台地《テラス》は閑として人影がなかった。

二人は蔦《つた》の絡んだ石欄の蔭へ、腰をおろした。

「フランスへきて、僕は初めて人生の美しさを知ったような気がする」

「日本に恋人なかったの」

「なかった。僕の青春は、勉強と束縛のうちに暮れたんだ。恋愛ということをするのは、君が初めてなんだよ」

「まア、真実？」

中上川は肯《うなず》いたが、恋愛の規則は厳しいから、半分は嘘になるかも知れぬ。でも、一人の女にこんなにまで、気を許したことは、確かに最初の経験だ。得体の知れない女を河岸から拾ってきたのだから、最初は彼も用心していたが、今ではポオレットの真情を少しも疑わない。こんなに貞操を粗末にしていいのかと、気の毒に思うくらいである。

「リラの花の匂いがする」

彼女は眼を閉じて、男の胸に頭を埋めている。男の手が、柔かい褐毛を撫ぜている。

「いい春……去年の巴里は雨ばかり降ったのに」

媚めかしい独白がまだ続く。中上川は、ふと、彼女はズッと田舎にいた筈だと思ったが、恍惚たる時間を乱すのが惜しくて、遂になにも訊かなかった

一八

隣室十二号――つまり中上川の部屋と、範平さんとの喧嘩は、結局根負けという形で、彼の敗北に帰したと見なければならぬ。

壁を叩いて、

「静かにしろ。勉強ができないぞ！」

と、怒鳴る戦術も、こう無益な繰り返しをしては、疲れてしまう。中上川を他の部屋に移転させるか、自分が他室へ変るか、二つに一つ覚悟をきめて、達磨館の主人サリアニを摑まえ、談判を始めたこともあったが、貸室表を見せられて、

「なにしろ、この通りの満員ですからな。屋根裏《マンサルド》が一室明いてるけれど貴方のような立派な方の住む部屋ではない」

と、いわれれば、正にそのとおり、自慢の大デスクからして、そんな小さな部屋に持ち込むわけに行かない。それに、考えてみれば、こちらが退却する謂われはない筈。

「十二号の奴を、追い出してくれんか。御主人《パトロン》がいえば、彼はこの家を出ることを余儀なくさ

ムゲに断りもしなかったが、

「その権利がないことはないが……」

と、サリアニも、達磨館のヌシとして、範平さんには一目置いているので、ムゲに断りもしなかったが、

「でも、わしがいえば、角が立つ。貴方が同国人の誼みで、穏《おだや》かにいって下さるなら、わしは決して異存ないです」

それがいえるくらいなら、範平さんも苦労はしないのだ。彼は中上川を〝穢《けが》わしい奴〟と思い始めてから、壁越しに怒鳴る時のほかは、廊下で逢っても、顔を背ける。口をきけば、口の穢れという顔を見せる。もう面罵や、叱責の時期は、疾に過ぎてるのである。

結局、範平さんは、サリアニのチーズ臭い息を、無駄に嗅いだだけで、自室へ引き上げねばならなかった。

――これが日本なら。

と、範平さんは考える。日本なら、世間というものがあるから、中上川もこんな不埒を働くわけはないが、自分としても他にとるべき戦術がある。無名の手紙を一本書いて、上司――官省だか会社だかそこは知らないが、上司のところへ出せば、簡単にカタがつく。地方勤務の時なぞ、範平さんや中上川の社会では、よくこんな陰謀が行われるのだ。範平さんも、腹立ち紛れに、実はその手紙を書きかけたのだが、仮令シベリア経由にしても、それが読まれて、反応

が現われる時を考えると、もう嫌になった。半年も経つうちには、中上川よりも、自分の方が達磨館を去って、日本へ帰る時期に達するのである。

——鉄拳制裁に限る！

そう自分にも思い、また達磨館の住人達にそう語ることも屢〻だったが、さて実行となると、いくら対手が柔弱な中上川でも、再考を要する。膺懲《ようちよう》の実を挙げるには、範平さんの二倍の腕力を必要なので、それとなくGやTに誘いを掛けてみたが、誰もニヤニヤ笑って答えない。

——考えてみれば、拳固の穢れだ。

遂に範平さんは、そう結論する。だが、そんなことで諦めのつく事態ではなく、壁を洩れてくる睦言《むつごと》は、この頃次第に無遠慮になってきた。殊に昨夜——彼等がサン・クルウから帰ってきての喋々喃々《ちようちようなんなん》は、実に聴くに忍びざるものがあったのである。

人体寄生虫《トラヴアイユ》についての論文はもう半月間、一行も進まなくなっている。クロード・ベルナールの伝記さえ、思うように読めないのである。どうにかしなければ、留学の意義はおろか、生存の条件にすら影響するかも知れない。範平さんの顔色は、近頃眼に立って、蒼褪めてきたのである。

一九

達磨館の下僕《ガルソン》レオンが、十一号室即ち範平さんの部屋を掃除に行くと、模造の黒大理石のマントルピースが、なに一つ影も止めず、きれいに片付けてある。それまでは、動かない、金塗りの置時計や、ガラスの一輪挿しや、本が五、六冊積んであったのだ。

それはいいとしても、解せないのは、その上に置いてある二つの葡萄酒コップである。右のコップには、白葡萄酒が注いである。左のコップには赤葡萄酒が注いである。両方とも七分目ほど同じ分量の酒を湛えて、大鏡のなかに冴え冴えとした色を、謎のように映している。

レオンは腕を組んで考えた。

アパートの下僕《ガルソン》なぞする男に、頭のいい人間は滅多にないが、マントルピースに酒が飾ってあるというのは、どう考えても意味がわからない。いろいろ頭を捻った挙句、レオンは極く平凡な解決に達した。

——ムッシュウ十一号は、酒を飲み忘れたのだな。

そこでレオンは、埃の入るに任せてある葡萄酒二杯を、勿体ないことに思い、まず白のコップを一息でグイと飲み干した。葡萄酒の安い国だから、決して盗飲みをする料簡《りようけん》ではない。どうせ洗面台へでも捨ててしまう運命の酒を、自分の腹へ捨てただけの話である。

レオンはやがて、赤葡萄酒のコップへも手を伸ばした。そうして半分ほど飲んだところへ、範平さんが部屋へ帰ってきたのである。

「こらッ!」

サッと血の気を頬に走らせて、範平さんが怒った。

「穢わしい。なにするか」

「ご免なさい。ムッシュウ。捨てるのが勿体ないから、飲んだだけですよ」

「勿体ないとは、こっちでいうことだ」

範平さんの言葉の意味は、レオンに通じよう筈がなかった。

「いいか。これは神様へ上げる酒なのだぞ。このマントルピースは、祭壇なのだぞ。これからお前は、決して此処へ手を触れてはならんぞ。わかったか」

やや冷静をとり戻した範平さんが、レオンを諭《さと》すように、そういった。

「はア」

と答えたものの、レオン《ボン》は眼を丸くして、範平さんの顔を眺めている。

「日本では」

と、範平さんは、人差指を振りながら、

「毎日、神聖な酒を神様に供えるのだ。日本にも、葡萄酒のように、昔から二色の酒がある。白酒《しろき》、黒酒《くろき》という酒だ。それを神様に献げるのが、日本の古い儀式だ。ここには、その酒がない、それで僕は、赤と白の葡萄酒を代用してるのだ。これだけ理由を説明したら、お前も以後、絶対にここへ手を触れるなよ。その代り二フランやる」

「有難う《メルシイ・ビアン》」

レオンは、掌の真鍮貨を、まだ腑に落ちない顔で眺めた。

「もういいから、掃除をしてくれ」

寝具の乱れを直しながら、レオンは横眼を使って、範平さんの行動を注意せずにいられなかった。

範平さんは洗面台の水栓を捻って、ゴシゴシと二つのコップを洗い出した。レオンにとって不思議なことは、範平さんが自炊用の食塩を抓んで、コップを磨き始めたことである。汚れを落すなら、石鹼の方がいいのに。

やがて範平さんは、きれいに洗い清めたコップを、マントルピースに列べた。そうして酒壜から紅白の酒を、最初のように注ぎ終ると、ポンポンと拍手《かしわで》を打って、厳《おごそ》かに礼拝したのである。

二〇

「範平さん、すこし妙だぜ」

二十五号のGの部屋で、Tはベッドの裾に腰掛けて、足をブラブラさせながら、そういった。

「君もそう思うか。いや、俺も実は白酒黒酒の件以来、よほどヘンだと感じてたんだがね」

と、Gは丹前の胸をハダけて、まだベッドの中にいる。もう十一時だというのに、ナイト・テーブルの上の朝飯には、手もつけてないのである。

「奴《やっこ》さん、頭へ来たかな」

「君じゃあるまいし。範平さんは、品行方正だよ」

「なんとも知れんぞ。日本の古傷が、巴里で出ないとは限らん」

「対手は、医者だぜ。その点ヌカリはあるまいよ」

「すると、ただの神経衰弱かな。どっちにしても可哀そうだ。あれで、稀れなる善人なんだからな、彼氏」

Tは呑気《のんき》そうに、煙草の輪を吹いた。

範平さんが、毎朝お神酒《みき》を供えて、東の方を向いて拍手を打つという噂は、達磨館の日本人全部に拡がっていた。セーヌ河岸で女を拾ってきた中上川の綺談《イストワール》なぞは、すっかり生彩を失って、もう誰も噂する者はなかった。そうして、範平さんの「白酒黒酒」は、一分刈りの坊主頭や、米とサラダの精進食事と結びつけられて、到るところの話題になるのである。もしこれがアメリカやブラジルの在留日本人だったら、恐らく一人二人の共鳴者が、範平さんのために立ったかも知れないが、此処では駄目である。此処へ来てる日本人は、みんな自分を中心に物事を考える習慣をもってる。誰も他人の身になって考えることはしてやらない。範平さんは笑われるばかりだ。しかも上品に、アッサリ笑われるのである。

「つまり、ホーム・シックさ。だが、巴里へきてホーム・シックを起すなんて、奇特《きとく》な人がいたもんさ。画家のOみたいに、日本へ帰るのが嫌だって、停車場でワアワア泣く奴もいるしな」

「だけど、あんまり捨てといちゃ悪いぞ。同宿の誼みに、範平さん慰問会を開くか」

「支那飯ぐらいなら、一緒に食ってやってもいい」

「じゃア、いっそ日本クラブで、蒲焼でも食うさ。鰻《うなぎ》なら、日本精神が高揚するぞ」

「それじゃア、藪蛇《やぶへび》だぜ。ハッハハ、とにかく起きて、彼氏の御意を伺おう」

Gはやっと、ベッドを離れて、顔を洗いだした。Tは十時頃に〝早起き〟したので、もう身支度ができている。ページを切らない二、三十冊の書籍と、N・Y・K[*7]のレベルの貼ってあるトランクの他には、額一つない部屋の中をTはグルグル歩き回って、友達の支度のできるのを待っていた。

すると、扉でノックが聴えた。

「お入り《アントレ》!」

Gがネクタイを結びながら、いった。

「やア、お早う、君ンところに半紙はないですか」

珍らしくも、範平さんが姿を現わした。彼は達磨館のヌシという威厳からか、滅多に他人の室を訪れないのである。

「半紙はありませんな。塵紙なら、少し残ってますが」

「塵紙では困るです。いや、失敬」

と、出て行こうとする範平さんを、Gは、呼び止めて、

「まアいいじゃありませんか、松岡さん。今、T君と二人で、貴方を誘って、クラブへ飯食いに行こうかと、いってるところですよ」

「ほほう。それは賛成ですな」

範平さんは気の毒なほど、人懐っこい顔をした。

二

日本クラブでGとTが食事を奢るというと、範平さんは、それでは自分が日本酒を馳走するといって、肯《き》かないのである。

「ねえ、君。画竜点睛だよ。僕に任せてくれ給え」

ビールや葡萄酒を飲んでも知れたものだが、日本酒となると、二合壜一本二十五フラン掛かる。一本で止めても、料理一人前の倍近く取られるわけだ。おまけに、酒を飲むのか防腐剤を

飲むのか、意味のわからぬ変態正宗だから、正月でもないと、滅多に飲む者はないのである。

「無駄だから、およしなさいよ」

と、Gが止めてる間に、範平さんはボーイに註文してしまった。

「じゃア、こちらも鳥鍋を追加しよう」

鰻飯ぐらいで、軽く逃げてしまう気だったGやTも、そうは行かなくなった。

なんといっても、日本クラブは別世界である。恐らく以前は小ホテルであったらしい建物の、サン・ルームがかった小綺麗《こぎれい》な食堂へ、市中の安料理屋よりマシな椅子テーブルが列び、土地名産の油絵も気の利いたのが掛けてあり、見たところはいかにも西洋臭いが、階下から這い上ってくる味噌醤油の匂いはいうに及ばず、出てくるボーイさんも同胞であれば、メニューの活字も日本語だし、時間関わず飯が食えて、ダラシなく長話の高言放語ができる。大きなゲップを吐こうが、奥歯を楊枝《ようじ》でホジくろうが、此処だけは治外法権のノビノビした雰囲気が達磨館に輪を掛けたくらいなのである。

だから、範平さんなぞは、もっと繁々通ってもよさそうなものだが、距離が遠いのと、クラブで幅を利かす大使館員の軟弱外交面が癪に障って、殆んど足を向けないのである。今日はGとTの誘引があったというものの、よくよく虫の居所が平素とちがっていたに相違ない。

アルコールの焔で、グツグツ煮え始めた鳥鍋に箸を入れながら、範平さんは、近頃にない好機嫌だった。

「G君やT君のように暮しとったら、巴里も愉快でしょう。これから、ちと高教を仰ぎますかな」

なぞと、範平さんに似合わしからぬことを喋る。

「あんまり愉快なこともないですな。逆為替を組むようになっちゃおしまいですよ」

「それくらいの元気がなくちゃいかん。僕も学生時代には、時計を質に入れて吉原へ出かけたこともあったからね、ハッハハ」

「へえ。貴方がね」

「僕だって、そうバカにしたものじゃない。アッハッハ」

「だから、僕は始終《しじゅう》G君といってるんですがね、松岡さんも、あア達磨館にばかり引っ込んでないで、ちっと道楽でも始めたらいいとね」

「や、ありがとう。そういってくれるのは、諸君ばかりだ」

と、範平さんは、日本流に猪口《ちょこ》をGに献じながら、

「だが、諸君。達磨館に女の料理人がいますな」

「ええ。イタリア人の後家さんね」

「あれが、どうです。僕に色眼を使って弱るですがね」

範平さんは大声を立てて笑いながら、便所へ立って行った。その後で二人は、顔を見合わせて、

「範平さん、すこし催しとるぜ」

「どうもそうらしい。帰りに十二番へでも連れてってやるか」

三

だが、便所から帰ってきた範平さんは、まだ坐りもしないうちから、

「諸君はいい。諸君のメトードは、僕も賛成だ。売物買物を相手にして堂々たる遊びをするのだからいいが……」

と、何を思いついたか、俄かにいつもの議論口調になった。吐く息がプンと酒臭く、二本目の正宗が相当回ってきたらしい。

「……つまらん素人に関係して、夫婦のように同棲するなんて、沙汰の限りですよ。結婚する気がなくてそんなことをしては、不道徳というべきではありませんか。後で日本人が、なんと評判されるかわからん。現に、中上川の如きは……」

「なるほどね。じゃア、松岡さんは国際結婚には、敢《あ》えて反対しないんですね。正しい結婚なら……」

とTが話を側《わき》へ持って行こうとすると、

「大反対です。とんでもないことだ。民族衛生学的に反対だが、第一、日本に大勢女がいるの

に——個人主義ですよ、つまり」

「どっちに回っても、いかんのですね」

と、Gが笑い出すと、範平さんはニコリともしないで、

「諸君はそんなことはないが、中上川の西洋崇拝にも困ったものだ。どうしてあア西洋がありがたいかね。齢《とし》が若いから、なんでも西洋が偉く見えるだろうが、結局腸《はらわた》が腐っとるからですよ。日本は日本だ、なア君」

「そりゃアそう」

「医学なぞも、諸君は万事西洋の輸入と思うか知らんが、蘭方の伝わる以前に、実験医学思想が澎湃《ほうはい》と我国に起っとったんだからね。山脇東洋[*8]という医者の『臓志』という解剖学があるです」

「はア。それは初耳ですね」

「草根木皮と一概にケナすが、独逸《ドイツ》の植物製剤研究は眼覚ましいですぞ。フランスだって、どこの家庭にも菩提樹花《テイヨール》や加密列《カモミール》草の置いてないところはない。ありゃアみな煎薬《せんやく》です」

「なるほど。そういえば、そうですね」

GやTはヒヤカシ半分聞いていたが、どうやら範平さんの国粋論も、半面の真理があるという気になってきた。尤も、中上川から国際主義を吹きかけられると、すぐまた半面の真理を認める連中だけれど。

で、範平さんはいよいよ勢いに乗って、

「そこで諸君は、どうぞ故国を忘れんで欲しい。どうぞ日本及び日本人を誇って欲しい」

「そりゃアもう、その気なんですがね」

「それならばです。僕は諸君にお願いがある」

範平さんは肘を張って、二人の顔を見た。

「なんですか」

「なんでもないことです。これから毎朝、僕の部屋へ集まって、禊《みそ》ぎをやろうじゃありませんか」

「ミソギ?」

「そう。諸々の穢れを祓《はら》うのですよ。日々の穢れを、日本へ持って帰らんようにするのですよ。儀式は大体僕が心得ています。今朝君のところへ半紙を貰いに行ったのも、実は御幣《ごへい》をこしらえるためなんですがね。どうです。やがて達磨館の全日本人に、及ぼして行こうじゃありませんか」

「はア」

GとTが妙な顔をし始めた。彼等はやはり、範平さんの使徒になる資格はなかった。非常識という事を、なによりも恐れる二人なのである。外国で御幣なぞ振られてはやりきれん、と思う側から、一旦忘れた範平さんの精神異状の嫌疑が、また首を擡げてくる。

「どうです、君」

再び範平さんがそういったが、誰も返事をしなかった。ブルターニュ産の鰻の蒲焼が冷たくなって、一層皮が固くなってゆく。

二三

日本クラブを出た三人は、日本人特有の緩慢な歩き方で、マイヨオ門の方へブラブラ行った。中でも範平さんの顔は、誰が見ても、今酒を飲んだばかりというように、真ッ赤に染まっている。

「春日煕々《きき》たりか。いい気持じゃ」

誰にいうともなく、範平さんが大きな声を出した。クラブのある通りは、ヒッソリした裏町だからいいが、マイヨオ門は東京なら目黒か五反田という盛り場だから、GやTは次第に範平さんの態度に、気がヒケてきた。折柄の好天気で、すぐ前のボア公園へ遊びに行く男女が、お祭りのような列をつくってる。キャフェのテラスも、一杯の人である。菫《すみれ》色の大空に、ルナ・パークの観覧車が呑気そうにクルクル回って、いかにも春日煕々たる風景に相違ないけれど、お花見の酔客のような範平さんの態度は、たしかに土地の風俗に不調和であった。

「おい、君」

と、俄かに範平さんは腕を伸ばして、群集の中を指さした。

「あれが西洋の文明だ。いいかね。あれが、彼等の文明の正体なんだ」

昂然として範平さんは、友達に叫んだ。

GとTが驚いてその方を見ると、雑沓の中を新夫婦だか、恋仲だか、若い二人が長い接吻を続けながら歩いてくる。顔を仰《あおむ》けた女と、伏せた男と、どちらも半眼を閉じていて、往来は見えない筈だが、足並み揃えて真ッ直ぐに進んでゆく。寧ろ不思議な芸当といっていいこの風景も、パリの到るところで発見するから、誰も珍らしがる者はないが、今日に限って範平さんは、問題にするのである。

「指をさすのだけは、お止しなさい」

Gはさすがに気になって、窘めた。

おとなしく手はおろしたものの、範平さんは、

「白昼、衆人環視のなかで、なんのザマかね、君。犬猫同然じゃないか。肉慾と物質の上に築かれた文明の正体が、あれで君、チャーンとわかる！」

とまた大きな声を出した。道ゆく人々は、自分達の悪口をいわれてるとも知らないで、髭を生やした侏儒《いっすんぼうし》のような範平さんの顔を眺めて、逆に笑いを洩らしたりする。

こんな安全な風景はないのに、GやTの身になると、そうも行かなくて、

「ほんとに、ヒヤヒヤするぜ。範平さんにも、弱るな」

とGがコボセば、

「鰻と日本酒で、すっかり逆上《のぼ》せちまったんだよ。とうとう藪をつついて蛇を出しちまった」

Tも可笑《おか》しいような、当惑したような顔を見せる。

「地下鉄《メトロ》の入口で、マイちまおうか」

「そうも行くまい。後が恐ろしいよ。それより、先刻いったように、十二番へでも連れてってやろう。あの昂奮を収めるには他には、テはないよ」

「でも、行くかしら」

「いやだといったら、ちょうどいいさ。堂々とサヨナラして、二人で行くさ」

GとTとは、そんな囁きを交わしていたが、やがてGが、

「松岡さん。どうです、これから面白いところへ行きませんか」

「面白いとこ？」

と、範平さんは、すこし考えていたが、

「行こう。どこへでも行こう。愉快、愉快……」

意外な返事を聞いて、GとTとが顔を見合わせた。

二四

マイヨオ門からエトワアル広場まで、歩いたところで、知れた道程《みちのり》である。凱旋門を中心に、星の光芒《こうぼう》のように放射した道路の一つを、達磨館の三人は上って行き、更にもう一つの道路を下って行った。ブルジョアの邸宅の多いH町――明るくて、上品で、静かな横通りである。そのH町の十二番地に、〝面白い所〟があるのを知ったのは、GやTも極く最近のことであった。

そういう種類の家は、パリに数限りなくあるだろうが、〝十二番〟の特色は、高価だという点に尽きる。教養ある非職業の婦人が現われるとかいうが、考えようによると、これはよほど滑稽な噂であろう。

退役陸軍少将の控邸といったような、ヒッソリした玄関のベルをGが押すと、扉が細目に開いて、客の人相をたしかめるマダムの眼が光った。

「どうぞお入り遊ばせ《アントレ・シル・ヴウ・プレー》」

言葉も態度も、上品を極める。

帝王時代《アンピール》の雅致《がち》ある家具調度で飾られたサロンは、鎧扉《よろいど》を閉ざしてあるから、黎明のように暗く、そして森閑としている。その中で、教養ある金髪《ブロンド》と初心なる褐髪《ブリユネット》といずれを好み給うや、というようなマダムの声が、お通夜のように粛《しめ》やかに語られるのである。

「どうです、松岡さん」

Gが肘付椅子にソリ返って、範平さんを顧みた。

「いや」

と、答えたきり、範平さんは何ともいわなかった。

「ここは昼間だけでね。七時過ぎると、絶対に客を上げません」

Tが通を列べた。午後だけ営業するのは、高尚な家の証拠だろうが、昼日中こんな場所へ出入りする閑人は、達磨館の日本人ばかりでもないとみえる。

電話で招集するので、三人の婦人がサロンへ姿を現わすのに、二十分ばかり時間を要した。どれも帽子をかむり、外套を着、外出姿のままなのが、慣例と反対である。

「ハウ・ドゥ・ユゥ・ドウ?」

彼女等の一人が英語を使って教養を示した。

「三鞭酒《シャンパーニュ》でも召上りますか」

「否《ノン》!」

Gが言下に拒絶すると、マダムも悪強いなんて下品な真似はせず、

「それでは……」

お部屋の方へという、コナシをする。そこで、GとTとは立ち上ったが、範平さんが椅子に貼りついて動かないのである。

「行きましょう、松岡さん」

「いや、僕は……」

「なアんですか、この期に及んで」

と、二人の悪友と、教養のある婦人とが、交々《こもごも》、範平さんを抱き起して、小部屋の方へ連れて行った。その時、範平さんの額が、冷たい汗で一ぱい濡れてたことなぞ、誰も気がつかなかったろう。況《ま》して、範平さんがこの家へ入ってから、先刻往来で示した元気を一時に消失した理由に、思いを回《めぐ》らす者なぞ一人もなかったのである。

GやTがそれぞれ定められた部屋へ入って、一、二分経って、廊下に起る範平さんの罵声を聞いたのは事実である。しかし、その声はじきに静かになった。それに二人は、目前に自分達の用を控えていた。だから、それ以上友達の運命を考えなかったのは無理もないが、範平さんは兎のようにこの家を脱出して、それからえらい騒ぎを起したのである。


話変って、中上川亘のことになるが、同じ日の――つまり、範平さんが二人の友人と共に、日本クラブで日本酒の盃を、挙げたか挙げてないかという時刻でもあったろう。

中上川の十一号室のカーテンは、午《ひる》近くまで開かれなかった。ポオレットは別として、中上川は此頃身体の疲労をメッキリ感じて、この頃は、いつもこんな時間にならないと、眼が覚めない。暁方《あけがた》からグッスリ深い睡眠に入るので、自然、午前中を寝過ごしてしまうわけだが、お蔭で隣室にいながら、範平さんの早朝の祝詞《のりと》や拍手の音も、一向聞かずに済んだのである。従って、範平さんの間接的な示威運動は、無駄骨を折ったことにもなろうか。

「今日も、素晴らしいお天気だわ。今年の春は幸福ねえ……さア、お起きなさい。こんな好い朝《ベン・マチネエ》を寝坊するなんて！」

もう疾《と》っくに身繕《みづくろ》いを済ませたポオレットは、世話女房らしい甲斐々々しさで、いきなり寝具を引ッぺがすと、無残や中上川は、焼き過ぎたロースト・チキンのように、脚を縮めた全身を現わした。気のせいか、頬が憔悴《しようすい》して、一段と膚が黄色く見える。眼がドンヨリ濁って、唇許《くちもと》に締りがない。

そこへ行くと、ポオレットは溌剌《はつらつ》たるもので、西洋流の算え方にしても、十八歳とは受取れぬほどの体力を、突き出た胴衣《コルサージユ》の胸に誇示しながら、

「お早う、こちの人《モン・プチ》！」

と、朝の接吻の雨を降らす。

それに返礼するのが、われにもなく、義理一片の程度となるのも、中上川の感情が褪めたのでは夢々なくて、ただもう、体がダルく、気力が萎《な》えた結果にすぎないのだ。

——すこし、気をつけんと……。

根が摂生家の中上川は、この頃の生活の激変に就いて、不安を感じるのが、今朝ばかりではなかった。

そういうわけで、午飯を食べるために、二人が手を組んで達磨館を立ち出でた時に、少くとも中上川だけは、煕々たる春日に相応《ふさわ》しくない顔つきをしていた。

「気持が悪いの？」

「いや、そんなことはない」

だが、彼は疲れた声を、隠せなかった。

早くもそれを察したのか、レストオランへ行くと、ポオレットは彼のために、注意深くメニューを選択してくれた。

「アスパラガスをお食べなさい。とても、滋養《ヌーリサン》なのよ」

ちょうど季節のアスパラガスは、仮令そんな効能はなくても、味覚を悦ばすに充分だった。

それから彼は半焼のビフテキを食った。グルイエル・チーズを食った。そうして黒いコーヒーを、少しずつ飲みながら、

「ねえ、ポオレット。僕はこれから、すこし勉強しようと思うよ」

と、ひどく真面目な顔になった。

「結構だわ。非常に賛成だわ。貴方はこの国へ、勉強にきたのですもの」

「午後から、ストック書店とブレンタノ書店を歩いて、本を探して来ようと思う。君、僕を一人でやってくれるかね」

実際、中上川はポオレットの愛撫に満腹してから、急に、学問を忘れてたことを思い出した

のである。

「おお、リカ。そういう目的のために、妾は決して貴方を妨げないわ」

そういってポオレットは、中上川の頸に手をかけ、

「じゃあ、妾一人で、部屋に帰ってるわ。寂しいのを、我慢して」

と、また新しい接吻の雨を降らすのである。

二五

人間の気持も贅沢なもので、一人になった中上川は、明るい鋪道をブラブラ歩きながら、先ずこう考えた。

――あア。やっと、解放された。

人眼がなければ、両手を拡げてノビをしたい気持である。というと、薄情に聴えるが彼は、少しだって、ポオレットを嫌い始めたわけではない。恋愛の幸福に浸ってればこそ、そんな羨ましい音《ね》が吹けるとも、考えられる。曖気《おくび》が出そうに満腹したのは、ただ彼の肉体だけだ。いくら思想が国際的でも、大和島根で生まれた体は、そういう方面で無理が利かないので。

とにかく、中上川は、レストオランにいた時より、ずっと元気になって、擽るような春風のなかを、セーヌ河を渡って、パレエ・ロワイヤルの方へ歩いて行った。そこに、出版屋で大書

店の〝ストック〟があるからである。

中上川は久し振りで、本の顔を見た。ズラリと列んだ大阪の専門書籍は、黄表紙青表紙の仮《かり》綴《とじ》ばかりだが、中上川のような男には、みな知識の恋人の顔に見える。こっちの方の恋人を、たとえ一カ月足らずでも、疎《おろそ》かにしたのを済まない気になって、彼は兼ねて買いたいと思った三冊を、思い切って書架から抜いた。文芸書なぞと違って、どれも一冊百フラン以上の価格だが、役に立ち方も違うのであろう。

「すると、皆で幾許《いくら》になりますか」

彼は、青いブルーズを着た店員に、そう云って、上着の内ポケットへ手を入れた。その時、彼はふと気がついて、顔を赤くした。先刻ポオレットがあまり急かすものだから、大型の方の紙入れを衣裳棚の中へ、置き忘れたのである。ズボンのポケットに、午飯を食ったお釣《つり》銭が、二、三十フランはあるだろうけれど。

だが中上川も、本屋の買物は慣れているから、すぐ気がついて、

「では、自宅で払いますから、届けて下さい」

と、達磨町七番地十一号室のアドレスを、店員に書き取らせた。

それで用はすんだのだが、中上川はすぐ宿へ帰る気にならなかった。少くとも、もう一時間ぐらいは、解放の悦びを味わいたく思ったのである。

彼はブレンタノ書店を素見《ひやか》してみようと、フランス座の前から、平和通り《リュ・ド・ラ・ペイ》へ歩いて行った。

この巴里の中心みたいな大通りを彼は今まで何度も歩いているが、今日のようなユッタリした気持を感じたことはなかった。

——そうだ。俺はもう、半分この土地の者なのだ。

世界中で、こんな一視同仁《コスモポリット》の都はなく、誰でも土地ッ子になった気を起させるというが、中上川も今、成る程と思い当るのである。だが、劃然と一線を超えたように、そういう気持になったのは、どういうわけか。ポオレットとの仲が始まったからでなくて、なんであろう。

「じゃア、妾一人で、部屋に帰っているわ、寂しいのを我慢して」

別れ際にそういった彼女の言葉が、再び耳に帰ってきた。そうしたら、ブレンタノ書店へ行って、知識の恋人の顔を見る慾望が、メッキリ衰えてきた。

彼はフランス座の前からバスに乗って、帰ることに決めた。回れ右をして、同じ道を戻ってくると、先刻は気の付かなかった薬局の飾窓が、眼に入った。

——精力減退《アンピユイサンス》の特効薬か。

中上川は、赤函の白い字を読んで、苦笑した。しかし、彼はもう一ヵ月前の彼ではなかった。

臆せずに店へ入って、二十フランの小函を買ったのである。

二六

思いがけぬ買物をポケットに忍ばせて、中上川が達磨館の自分の部屋の扉を開けようとしたが、鍵が掛っていた。

――退屈して、ポオレットの奴、散歩に出たかな。それとも、四時のお茶の菓子でも、買いに行ったのかも知れない。

範平さんが部屋で米飯を炊くように、彼等も時々アルコール・ランプで、紅茶を沸かした。帳場へ註文すると高価で損だからと、彼女の薦めでそうしてるのである。

彼がもう一度玄関へ降りると、果して自分の鍵箱に、11と書いた鍵がブラ下っていた。それを持って、また階段を登って、やっと自室へ入ると、ひどく草臥れた気持になって、彼は靴を履いた儘、ベッドの掩布《クーヴエルチユール》の上へ横になった。

枕に浸みてるポオレットの香料を、微《かす》かに嗅ぎながら、中上川はウトウトと眠ったのか、眠らないのか、自分でもわからない時を送っていたが、廊下に聞える靴音で、ふと我れに返った。

――帰ってきたな。

果して、扉にノックの音がした。

「お入り《アントレ》」

そう云って、中上川は大きな欠伸《あくび》をしながら、ベッドの上へ起き上ると、部屋へ入ってきたのは、ポオレットではなく、ブルーズを着た男だった。

「ストック書店です。本を持ってきました」

「あアそうですか。ご苦労様」

中上川はすぐベッドを降りて、書籍の紙包みを受取った。そうして店員の差し出す請求書へ、眼をやった。

「四〇五フランですね」

「そうです、ムッシュウ」

中上川は、鏡が全面に嵌った衣裳戸棚の扉を開けて、一番上の段に置いた紙入れを、取り出そうとした。その中に、一昨日、ポオレットとサン・クルウへ行く途中、日仏銀行から引き出した三千フランが入れてあるのである。

彼の手は、徒らに上の段を彷徨した。中の段、下の段——彼は洋服の空箱や、新しいワイシャツや、洗濯物の類まで、悉く床の上へ列べ、いちいち振ってみた。

——おかしい。どうしたんだろう！

彼は怪訝《けげん》な顔をして自分を眺めてるストックの店員が、気になってきた。

「では、階下《した》で支払います。一緒に来て下さい」

そういって、仕方なしに、店員を帳場まで連れて行った。

「明日、返します。五百フランばかり、貸して下さい」

達磨館主サリアニは、いい顔はしないながらも、日本人に対する信用とサービスを忘れはしなかった。

中上川は、ストックの店員に金を渡すと、脱兎《だっと》のような勢いで、階段を駆け上った。大きな音をさせて扉を閉めると、彼は敏速な、震える手で、またもや、衣裳戸棚の棚浚《たなざら》いを始めた。

――紙入れが知れなければ、ポオレットの行方も分らなくなるだろう。

そうだ。それは秀才らしい、鋭敏な推理である。その苦痛に充ちた疑いは、サリアニと話してる間に、電光のように閃めいたのだった。

チャリンと音がして、洗濯物の間から鍵が落ちた――紙幣と一緒に、紙入れの中に入れてあった筈である。

彼は息を弾ませて、トランクの蓋を開けた。伯父の遺品の金時計が無かった。餞別に貰った真珠のタイ・ピンもなかった。そうして空ッぽの紙入れがあった。紙入れの中に、鉛筆の走り書きの紙片が、挾んであった。

二七

「だから、無断で婦人を泊めて下さっては困るです。規則上、それは禁止なのですからな。しかし、日本の方は、そういう事をご存じないとみえて……」

達磨館主サリアニは、帳場の椅子から立ち上って、能弁に中上川を反駁した。

普通、巴里のホテルや貸間は、案外秩序があって、アブれた街の女が深夜に侵入してくるような達磨館の乱脈は、ちょいと見られない図なのである。外国人の巣だからこそ、そんな自由も利くのだろう。だが、街の女の場合なら、翌朝は消えてなくなるから、大眼にも見られるが、中上川のように公然と共同生活を始めたら、一応帳場へ届けてくれないと困る。サリアニは予《かね》てから中上川に注意しようと思っていたのだが、日本人の威勢に恐れて、遠慮していたのである。

——これを機会に、街の女を泊めるのも、禁止してやろう。南京虫を置いて行くから、やりきれん。

サリアニは腹の中で、そんな事を考えてる。

「とにかく、警察へは話して置いて貰おう。悪例を遺《のこ》すからね」

「それは承知しました。なにしろ、盗難の額が大きいですよ」

この上、口を利くのが不愉快で、中上川はすぐ自室へ帰った。

現金三千フランと、品物の値を合算すれば、五千フランぐらいの損失だが、それがただの盗難なら、中上川も自分の恥辱を明るみへ出したくはなかったのだ。

〝二十日間の奉仕代《セルヴィス》として　P〟

紙入れの中に残してあった紙片の文句が、一時にカッと、彼を憤激させたのだ。元々、セーヌ河岸なぞで拾ってきた女と、同棲したのが落度なのだから、金ぐらい盗まれても仕方がない。しかし盗んだ上に、嘲弄《ちようろう》までしなくてもいいだろう。

——する事が残忍だ。日本の女は絶対にやらんぞ、こんなことは。

腹の中の言葉が、やや範平さんの口吻《こうふん》に似てきたことなぞ、彼はまるで気がつかなかった。

思うまいと思っても、泥沼のガスのように噴き上ってくる口惜しさを、抑えることができなかった。濫費を戒めて、世話女房染みたことをいったが、あれはみな罠である。罠というより、自分がソックリ持って行くために、他へ金を費わせなかったのだから、あんまり人を食った単純な計略である。そうとも知らないで、強壮剤など買って帰った自分の、なんという間の抜け方よ?

中上川が精神的な地団太を、一時間ばかりも踏み続けてると、サリアニが刑事《アンスペクトール》を連れて、部屋へ入ってきた。

「どんな女でしたな」

日本の刑事さんとは似てもつかない肥った、楽天家らしい四十男が、そう訊いた。

中上川は、彼女の人相や服装や、それから馴れ初《そ》めのセーヌ河岸の事などを、できるだけ詳しく説明した。

「ハハア。彼女は一週間前まで田舎にいて、シャトウ・ドウ町に伯母さんがいると、いったでしょう」

刑事は大きな声で笑って、更にいい足した。

「先月は、暹羅《シャム》の学生が引っ掛かりましたよ」

サリアニがそれを聞いて笑い出したが、中上川の唇は一層苦く結ばれるだけである。

その時、サリアニの息子が、息を切って飛び込んできた。

「パパ、大変だ。刑事さんも来て下さい！」

開け放された扉口《とぐち》から、グッタリとなった範平さんが、下僕《ガルソン》に運ばれて階段を上ってくる姿が見えた。顔の半分が、鼻血で真ッ赤である。

二八

範平さんが酒の気も手伝って〝十二番〟という家へ、二人の悪友と共に繰り込んだことは前に書いたが、彼が遂に二年間の禁断を破ろうとした瞬間に、思わぬ障害が起ったのである。

シュミーズ一枚になった女が、強いて良心を麻痺させようと努力してる彼の額を撫でながら、こういった。

「おお、妾の可愛いシナ人さん《モン・シエル・プチ・シノア》……」

学生街《カルチエ・ラタン》付近の女なら、日本的特徴の頗る強い範平さんの顔を見て、そんな粗忽《そそつ》かしいことはいわないが、〝十二番〟あたりの女は、日本人と中華民国人の区別も知らなければ、況してや後者と間違えられると前者が憤慨するなんてことは、想像もしていないのである。

激怒して範平さんは、呆れる女達を尻目にかけ、〝十二番〟を飛び出した。戸外は、あの熙々たる春日が、いよいよ酣わで、同じ時刻に中上川の頰を擽った春風が、範平さんの顔にもジャれついた。だが、それさえ邪慳《じゃけん》に振り払いたい気分を、彼はどうしようもなかった。なにもかも癪に障る日になった。日本クラブの会食の楽しさなぞ、疾《とう》にどこかへケシ飛んでしまった。天気の好いのも、誰の顔も笑ってるようなのも、新型の自動車が走るのも、素晴らしい美人が花屋から出てきたのも、みんな例えようもなく、癪の種なのである。大袈裟にいえば、西洋全体が癪に障ってきた。勿論、これは中国人と間違えられただけの理由ではあるまい。外国へ来れば、誰だってその経験は、五、六度もっている筈だ。

範平さんは達磨館へ帰るために、エトワアルから地下鉄《メトロ》に乗った。そうして、地下鉄特有の臭気やら、乗換えのための長い歩行やらに〝日本なら電車の乗換えは、すぐ向う側だ！〟、今更のように気を腐らせて、サン・ミシェルで地面の上へ出た。それから一直線に、達磨館指して急いできたのだが、もうじき自分の部屋の窓が見えるというところで、範平さんはふと考えたのである。

——えい。また中上川の部屋のイヤらしい声を、聞かせられるのか！　彼は眉を顰《しか》めて、立ち留まった。とたんに、気を紛らすために、酒が飲みたくなった。クラブの日本酒の酔いは、もう残っていなかった。

範平さんとしては、実に珍らしいことに、キャフェの椅子に腰を下したくなったのである。それも〝スウフレ〟や〝バルザール〟のような流行キャフェは、彼の趣味に合わない。彼は達磨館のすぐ前の、労働者ばかり行く小キャフェに足を入れた。

範平さんは、商標の知れないコニャックを、五、六杯立て続けに呷った。こんな酒は少しも好きではないが、灼《や》けるように腸へ沁みて行くことだけが痛快だった。

範平さんは酔わない気でも、顔が斑になって、赤くなった。眼がチラチラしてきた。そこで、勘定を置き、入口のスタンドに群がってる労働者を掻き分けて、外へ出て行く彼の脚はヨロめいていた。

多分、そんな様子が訝しかったのだろう。入口に繋いであった一疋のフォックス・テリヤが範平さんめがけて、消魂《けたたま》しく吠え立てた。

——こん畜生!

範平さんは怒って、足を揚げた。犬が、ギャンと啼《な》いた。

「貴様《セ・トワ》か?」

キャフェから、鳥打を被り、ジャケツを着た大男が、恐ろしい顔をして出てきた。

メロンほど大きい拳固が、範平さんの鼻へ飛んできた。いかに小柄といえ、三間も範平さんの体が跳ね飛んだのは、凄まじい腕力であった。勿論、彼は気を失った。

二九

範平さんの負傷は、想像よりもっと重かった。

医者がきて、ガーゼで顔を拭いた時、彼はもう正気になっていたが、いつもの範平さんの容貌は、どこにも見当らなかった。一見、鼻が溶けて、頬の方へ流れ出したように思えた。反対に眉間はパンのように膨らんで、小さな彼の両眼を、干葡萄のように埋めてしまった。

「ことによると、この鼻は、もとの位置には戻らぬかも知れない」

医者がそういった。

打撲傷のほかに、裂傷もあった。それも爪で掻いたような、生優しいものでなかった。加害者は、右手の中指に、鉄の箍《たが》のような、ボクサー・リングを嵌めていたからである。彼は牛乳運搬車の馭者《ぎよしや》で、同時に町の素人拳闘家でもあった。

そんな素姓がすぐ知れたのも、中上川の部屋へ、折りよく刑事が来合わせていたからである。加害者はまだキャフェで気焔を揚げていたので、その場から直にサン・ミシェル警察署へ連行され、まだ留置場にいる筈である。

範平さんは、勿論、臥たきりであった。

だが、その枕頭に殆んど付ききりで、鼻を冷やす氷嚢を換えたり、匙で牛乳を飲ませてやったり、至れり尽せりの介抱をする人間が、誰かというと、中上川亘なのである。GやTやHや、その他達磨館の日本人達も、交《かわ》る交る見舞いにはくるが、看護までしてやる者といっては、中上川一人である。一体これはどうした現象であろうか。中上川自身にも、その理由はわからないらしい。彼は血塗《ちまみ》れになって気絶した範平さんが、担《かつ》ぎ込まれるのを見た刹那《せつな》、ふと、こんな気持になってしまったのである。ふと一切の旧怨を忘れてしまったのである。

〝ふと〟と云う以外に、説明のしようがない気持である。尤も、ポオレットがまだ彼と一緒にいたら、友人の看護をする時もないわけだが、都合よく、彼女は三千フランの紙幣と共に、消え失せてしまったのだから。

もう一つの不思議といえば、中上川のそういう介抱を、あれほどものに拘泥する範平さんが、平然と受け容れてることだ。彼は図らずも、自分の枕頭に中上川を見出した時、たしかに意外な色を見せはしたが、それぎりなにもいわなかった。そうして、爾来《じらい》、こういう好もしい風景が続いているのである。二人の間に、二十日間のあの息苦しい不和が介在したことを、誰が信じ得よう。

「君」

と、範平さんが、優しい声を出して呼んだ。

「痛みますか」

すぐ立ち上って、ベッドの側へ寄った中上川の声も、負けずに優しかった。

範平さんは無言で、首を振った。彼の顔には、微笑がある。傷が痛むのではない。中上川の女はどうしたのか、それが訊きたかったのだ。

だが、考えてみると、それを訊く必要は、もう無さそうだ。中上川は今日で三日間も自分の枕頭を離れないではないか。そうして隣りの十一号室は、寂《せき》として声もないのである。

「お茶をくれ給え」

そこで範平さんは、そういい紛らせた。

子供のように、一口宛《ずつ》、匙で紅茶を含ませて貰ってる範平さんの顔はいいようもなく平和だった。

そこへノックの音が聴えた。

意外にも、あの刑事さんが訪ねてきた。加害者を連れてである。

三〇

「いかがです？《サ・ヴァ・ミュウ》」

スコ禿げで、短軀の、見るから呑気そうな刑事さんは、そういってベッドに身を屈《かが》め、範平さんに握手を求めた。それから、後方を向いて、

「おい、挨拶をしなさい」

と、顎をシャくった。

そこに、加害者の馭者が立っていた。

六尺近い大男で、牡牛ほど頸が太い。あの日と同じように、鼠色のジャケツを着て、天鵞絨《ビロード》のズボンを穿いてるが、顎鬚がザラザラ伸びてるところをみると、いま留置場を引き出されたばかりに違いない。そんな魁偉《かいい》な体軀をもちながら、彼の態度は、水の切れたチューリップのように、優しく萎《しお》れている。

「どうも、旦那、まことに《エ・ビアン・ムツシユウ・モア・ビユ・ウウ》……」

締りのない、痴鈍な唇を震わせて、彼は範平さんに向って、頭を下げた。オドオドして、謝罪の言葉も、半分しかいえないのである。

「この通り、本人は非常に後悔しとるです。貴方を日本人の立派な学者と知らんで、酒の勢いでついあんな乱暴をしたのです。今ではまったく罪を悔いとるです。就いては、もし、そういうことが願えるなら……」

と、刑事さんは頗る鄭重な言葉で、そう前提してから、この事件に被害者の寛大な処置を仰ぎたいといった。つまり、示談にしてやってくれというのだ。加害者の家族は貧乏で、唯一の稼ぎ人を拘留され、食うに困って、毎日警察へ嘆願にくる。しかも、示談金が三百フラン以下だったら、必ず調達するといっている。どうぞ、できることなら、示談解決にしてやって戴けないか。

だが、刑事さんは半分以上、嘘をいってるのだ。この事件が日本大使館へでも持ち出されて、外務省から警視庁へでも回されると、ちと厄介なことにならぬとも限らない。なにしろ被害者の母国は、国際聯盟に参加している国家のうちで、第二の海軍力を有している（という事も、実は今日署長から聞いて、初めて知ったのだが）。こういうことは、本来、示談で消し止めるのが常識だと、上司からいい含められてきたのだ。

「どうぞ旦那、お願いでございます」

加害者は、刑事さんの尾について、再び哀れな声を出した。

その姿を、憎悪に燃えた眼で睨みつけ、示談なぞは以ての外だと、心中で叫んでるのは、中上川である。彼は猛牛のような乱暴者も憎いが、刑事さんも憎くてならない。警察官が処罰を怠って、示談を勧めるとは、何事であるか。なんと綱紀の紊乱《びんらん》した国であるか。第一、女賊ポオレットを、いつになったら捕縛するというのか——

だが、範平さんは、そうでなかった。自分に危害を加えた男を、彼は奇妙に憎めないのである。萎れきった様子が、可哀そうにさえ思うのである。

思えば、範平さんが眉間へ受けた一撃は、不思議な一撃であった。頭を坊主刈りにしたり、菜食を始めたり、白酒黒酒を献げたりした——あの頃の狂おしい気持が、その一撃のために、瘧《おこり》のように落ちてしまったのである。鼻や眼は、繃帯で鬱陶《うっとう》しいけれど、心の中は明るく爽かである。

「よろしい。その男を許してやって下さい。示談金なんて、一文も要らんですよ」

範平さんの声には、宗教的寛大ささえあった。

それから二、三日経つと、範平さんの負傷は頗る経過が良くなった。鼻の形は、大丈夫旧に復すると、医者も保証した。ただ納まらないのは中上川で、彼はまだ示談解決に文句をいっている。

「まあ、そう怒り給うな。四海同胞だよ」

範平さんは、つい此間までは、口が腐ってもいわない言葉を洩らして、微笑《ほほえ》むのだが、中上川は民族だとか、国家だとかいう語まで用いて、なお反駁を続けるのである。

〔1937年1月5日〜3月2日「朝日新聞」初出〕

青春売場日記

女子人生ハードル予選

お祭りだろうか。それとも、ターキー[*9]でも、通るのだろうか。

××橋河岸の電車通りへ、顔容《かおかた》ちの醜《みにく》くない妙齢の娘さん達が、約千人ばかり、長蛇《ちようだ》の列をつくっている。こんな美しい行列は、東京でも、滅多に見られない。思い思いのマフラや羽織の色が、春の花園のように華やかだが、季節の北風が骨を刺すように、吹きつける。そのせいか、娘さん達の顔は申し合わせたように、固く緊張している。冗談やお饒舌《しやべり》をしてる者は、一人もない。

「まア、こんなに大勢来ているのに、あたし、採用されるか知ら」

と、地味な銘仙《めいせん》を着た、慎ましやかな娘さんが、そッと呟いた。

すると、その後から、

「大丈夫よ。きっと、入れるわよ」

と、見も知らぬ、立派な洋装のお嬢さんが、口を利いた。そうして、ハンドバッグから板チヨコを出して、

「待ってるの、とても退屈ね。あたし、佐川春実ッていうのよ。あなたは？」

と半分折って差し出したのは、名刺代りのつもりかも知れない。

二人は、それから友達になった。銘仙を着てる方は、真野禎子《まのていこ》さん——お互いに、名も住所も、明し合ったのである。

美しい行列は、お祭りでも、ターキー見物でもなかった。一同が目指す建物の入口に、××橋職業紹介所と書いてある。此処で、東京のすべての百貨店の、女店員募集が取扱われるのだ。今日は、日本橋の有名な昭和デパートの欠員募集で、採用は八十名なのだが、千人近くの娘さんが、集まっている。でも、今日なぞ、まだ少い方だ。浅草M屋の開店募集の時は、一万人も申込みがあって、三日間、交通巡査が出たほどの混雑だった。

「やっと、あたし達の順番よ。一緒に続いて、行きましょうね」

「ええ、どうぞ」

春実さんと禎子さんは、赤刷りの女子職業申込み用紙に、書き入れをする時がきた。

「原籍（セキノアルトコロ）、住所（イマイルトコロ）……まア、随分人をバカにしてるわね、振り仮名なんか付けて……。こんな単語なら、英語だって、フランス語だって、知ってるわよ」

と、春実さんは憤慨したが、彼女は麴町《こうじまち》のクローバー仏英塾の出身であるし、禎子さんだって、実科女学校として名高い「職専」を、卒業しているのである。いや、二人ばかりではない。千人近くの娘さん達の半数は、女学校を出ているのだ。デパートへ勤める気で、語学や家政学を習ったわけでもなかろうが、近頃は、蟹料理屋の女中さんでも、女学校出を望むと、ゼイタクな広告を出す世の中だ。

そんなわけだから、春実さんや禎子さん達に、常識試験なぞは、易々《いい》たるものだった。

「ヒットラーという名を、知ってますか」

と、訊かれて、

「はい、皮膚病のお薬でございます」

なんて、珍答はしない。推理、計算、判断なぞの諸試験も、スラスラと通って行った。

弱ったのは体格検査である。

洋装のひとは、シュミーズとズロースだけ。和服なら、下襦袢《したじゅばん》とおコシ一枚になって、衝立《ついたて》の蔭へ入らなければならない。

「肋膜《ろくまく》か、肺炎を、やったことがありますか」

お医者さんの打診の指が乳房の周囲でポンポンと音を立てる時、禎子さんは消え入りそうに、真ッ赤になった。女学校の体格検査のように、生優しいものではないのだ。呼吸器病は勿論いけないが、脚気《かっけ》、扁桃腺《へんとうせん》のある者も、嫌われる。

近眼がいけない。(眼鏡は、生意気だから)

耳疾《じしつ》があってはいけない。(お客様の仰有ることを、聞き違えるから)

色盲がいけない。(反物の色を間違えるから)

扁平足《へんぺいそく》がいけない。（立って働くと疲労が多く、店を休むから）

その他、身長一五〇センチ以上とか、齲歯《むしば》二本以下だとか、或いは脚線美まで要求する百貨店もあるくらい、厳選を極める。この関所で、また三分の一は、振り落されるのだ。

「まだ、人物試験ッていうのがあるのよ。いい加減クサるわねえ」

と、快活な春実さんがコボしたくらいで、禎子さんなぞは、長い睫毛《まつげ》を瞬いて、溜息を洩らしたのも、無理ではない。

およそ、百貨店ほど慾の深いものはない。こんなに、むつかしい条件を出したら、どこの家のお嬢さんも、残らず落第だろう。だが、それを承知で、採用の十倍も、娘さん達が押し掛けるから、是非もない。

最後の人物試験が、また大変だ。

醜くていけない、美し過ぎていけない——と云ったような、ムツかしい標準で、容貌、姿態、愛嬌、言語、応対の五点を、数人の試験員が、顕微鏡で覗くような、審査振りだ。

猫背の娘さん、仏頂面《ぶつちようづら》の娘さん、言葉に訛《なま》りのある娘さん——みんなバタバタと枕を列べて討死を遂げる。

「合格者には、いずれ昭和デパートの方から、通知が行くでしょうから」

と、係員が一同に云い渡した。聞けば、職業紹介所の合格者の四分の一だけが店で採用されるのだそうだ。云わば、これは選手予選で、決勝戦がまだ残っている。女子求職レースは、オリンピックに劣らぬ烈しい競争なのである。

「やっと、放免《ほうめん》になったわね。シンが疲れたわ。神楽坂《かぐらざか》で、お茶飲んでかない？」

息詰るような試験所を出て、ホッと一息、戸外の空気を吸った春実さんが、そう云った。

「ええ、でも……」

一日掛かりの仕事に、ヘトヘトになった禎子さんは、それに応じなかった。そうでなくても、内気な性質だし、家に母が待っているのだし……

「そう」と、春実さんも、強いて誘わずに、「じゃア、お互いに、パスを祈りましょうね。あたしあなたのような人と一緒に、職業戦線に立ちたいわ」

「あたしもですわ」

二人は、初対面の癖に、どういうものか、シミジミと友情を感じて、その儘別れるのが、名残り惜しかった。

「では、さようなら」

「ノウ。昭和デパートの売場で、再会を期すわ」

もう日の暮れかけた××橋河岸を、チリヂリに別れてゆくのは、彼女等二人ばかりではない。八百人中八十人――あの群れの誰と誰が売場に立って、働けるやら。

明るい求職者

春実さんは、それから、円タクを呼び止めて、

「四谷信濃町、五十銭。いいわね」

と、ヒラリと跳び乗ってしまった。

職業紹介所へ、職を求めにきた娘さんが、帰りに円タクへ乗るとは、理窟に合わない話だが、やがて車が外苑近くの邸宅街へ入って、ある宏壮な洋館の前で止められた。門標に、男爵[*10]佐川欣也と書いてある。云うまでもなく、上院議員で、大学教授の、あの佐川博士の邸宅なのである。

春実さんは、乱暴に、内玄関の格子戸をガラリと開けると、品のいい小間使が、両手をついて云った。

「お嬢様、お帰り遊ばせ」

なアんのことだ。春実さんは、佐川男爵の令嬢だったのか……

春実さんはその儘、庭に面した食堂へ行くと、ヒーターで程よく暖められた室内に、早咲きの梅の香が漂《ただよ》っていて、母親の和子夫人、弟の達也の二人が、父君欣也の湯から上るのを待っ

て、食事に掛かろうとするところであった。

「只今ア、ママ」

「遅かったのね。暗くならないうちに、帰って来なければいけませんよ」

「ええ、御飯まだ？　お腹ペコペコなのよ」

「なんです、お行儀の悪い。パパがお風呂からお上りになるまで、お待ちなさい」

と、窘める母親は、春実さんをまだ小さな女学生ぐらいに思っているらしい。

春実さんは、叱られても一向平気で、腹塞ぎにチョコレートを、ボリボリ食べていたが、突然何を思ったか、

「ママ。あたし、美人？」

と、藪から棒の質問をする。

「ホホホ。自分から、そんなことを訊く人がありますか」

「じゃア、あたし、醜婦《しゅうふ》なの？」

「醜婦だなんて、誰に云われました？」と、和子夫人も自分の生んだ子の顔の問題だから、ついムキになって、「他家《よそ》のお嬢さまと、ヒケをとることはないわ」

「すると、まず十人並みなのね。嬉しいッと」

「まア、十人並みで、そンなに嬉しいの」

と、母親は、すこし不服そうである。

「ええ。美人でも不美人でも、困ッちゃうのよ。不美人は勿論駄目だけれど、美人過ぎても、やッぱりイケないンですッて。美人はとかく、ツンとスマすでしょ？　それがお客様に、悪い印象を与えるんですッて」

和子夫人は、春実さんが腑に落ちないことを云うので、黙って娘の顔を凝視めている。

「それから、頭の良すぎるのや、教育のあり過ぎるのや、淑《しと》か《や》過ぎるのや……なんでも過ぎるのは、みんなイケないらしいの。つまり中庸《ちゆうよう》を得た、悪く云えばドッチツカズが、百貨店には一番いいらしいのね。世間の花嫁選択標準と、まあ似たもンだわ」

と、春実さんが調子に乗って、ベラベラ喋っていると、和子夫人は、

「春実さん、一体、それは何のお話？」

と、屹《きつ》とした質問を放つ。

「昭和デパート女店員応募の体験よ……あッいけない。みんな喋っちゃった」

慌てて口を抑えたが、もう遅い。

春実さんは、かねてから、世の中へ飛び出して、一働きしてみたくて仕様がなかったのである。女学校を出て、一、二年ブラブラして、歌舞伎座で見合いをして、大神宮で式を挙げるという人生軌道が、どう考えても無意味でやりきれなかった。結婚前に、広い社会を見ておきたい——自分の力で得た金銭を掌《て》に握ってみたい——これは春実さんに限らず、この頃のお嬢さん達の間に、共通した願望であろう。

〽娘十六恋ごころ……なぞというのは遠い昔の唄なのである。

で、春実さんは、活きた社会の実相を、一番手取り早く見られるという理由で、以前から、デパート・ガールを志願していたのであるが、男爵令嬢に似合わしからぬ振舞いとして、母親の和子夫人は、いっかな承知をしてくれなかった。しかし春実さんはどう考えても、自分の願望が誤ってるとは、思えない。これからの女性は、家庭知識ばかりでは、到底立派な主婦になれないとの認識から、ここに奮起一番、母上に内証で、今日、職業紹介所の門を潜ったわけなのである。

「まア、あなたは、なンて向う見ずなことをしてくれたの……おまけに、そンな場所で裸になって、体格検査まで受けるなんて、まア、まア」

と、和子夫人は、着物に火が点いたように、騒ぎ立てる。

「姉さん。デパート・ガールなんかになるなら、僕は交際《つきあ》わないぜ。友達に知れると恥かしいや」

と、中学三年生の達也君まで、猛烈に反対する。

「ナマ云うンじゃないわよ。そンな認識不足だから、華族[*11]のバカ様ッて云われるのよ」と、弟をヤリこめておいて、

「ねえ、母ア様。どうして女が社会で働いてはいけないの。あたし、母ア様がなんと云っても、こればかりは意志を曲げないことよ。断然、売場に立って働くつもりだから、そう思って頂

戴」

「飛んでもない。そんなことをしたら、佐川家の恥辱になります。断じていけません」

「ひどいわひどいわ、母ア様。せっかく試験まで受けたのに……」

と、春実さんも、負けずに大きな声を出して争ってるところへ、

「なんだ、騒々しいではないか」

と、父君の佐川博士が、湯上りの血色のいい顔を現わした。

「パパ、聞いてよ」

「あなた、聞いてください」

と、二人が交る替るに、事情を話すのを、佐川博士はニコニコ笑って聞いていたが、「なるほどね。ママに隠して応募したのは、たしかに春実が悪い」

「そら、御覧」

「だが春実の志望そのものは、あながち悪いとも云えんよ」

「わアいだ」

と、今度は、春実さんが、勝ち誇る。

佐川博士は男爵だが、法科の学生と始終接触してるせいか、時勢にも明るいし、生まれつき平民的な人でもある。令嬢が百貨店で働いてみたいという希望を、家名の汚れとも、また、娘ごころの気紛れとも、思っていない。今の世の中では、たとえ華族の令嬢でも、そういう気持

になるのが、寧ろ当然だと、考えてる。肝心な点は春実さんの決心の固さひとつにあるのだ。

「百貨店の売子も、買物に行って眺めるほど、ラクな職業でないことを知ってるか」

「そりゃア、知っててよ」

「誘惑も、なかなかあるという話だ」

春実さんは返事の代りに、男みたいに、ポンと胸を打った。

「それに、春実。お前のような生活に困らない娘が、真に働かねばならぬ娘の就職を、一口だけ奪うことになるのを、知ってるのか」

「ええ」

と、答えたが、実は春実さんは、そこまで考えてはいなかった。

「それなら、よろしい。パパが許すから、採用されたら、大いに売場で働くがいい」

「シメ、シメ！　もう、こっちのもンだわ」

と雀躍《こおど》りして喜ぶ春実さんを、和子夫人は軽く睨めて、「なんです、そンなお言葉を使って」と、叱ってから、「でも、あなた。わたし、それは不賛成ですわ。親類へ聴えも悪いし、第一、春実の将来が心配で困りますわ」

と、しきりに、良人に訴えるのを、佐川博士は、小さな声で、

「まア、やらせて御覧。どうせ、一月と続きゃせんから……」

山茶花の咲く家

牛込薬王寺町あたりは、窪地《くぼち》になってるせいか、なんとなく、日蔭に埋れてる気持がする。それに、震災に遭わないから、古い家屋が多い。だが、静かな点では、ちょいと類のない界隈である。

玄関を入れて四間——崖下の古い貸家に、真野禎子さんが、母親と二人で、暮してるのである。

「母ア様、山茶花《さざんか》が咲きましたわ」

縁側に立って、禎子さんは、三坪ばかりの庭を眺めた。寒々とした日蔭のなかに、白い、寂しい花が咲いてる。忙がしい年の暮れに、人目につかぬように、そッと咲いてるような花だ。

「そうかい。じゃア、切って、仏様へ上げるといいね」

と云ったのは、五十あまりの、体の弱そうな老婦人である。彼女は、何かにつけて、仏様にモノを上げたがる。信心が強いというよりも、仏間に飾ってある写真の主——つまり、亡夫のことを忘れないからだろう。

禎子さんの父親は、或る省の官吏だったが、これから出世というところで、惜しくも他界した。従って、遺族へ下る扶助料も、月当り五十円足らずで、いくら親子二人きりの生活でも、かなり苦しかった。禎子さんが、デパートを志願したのは、春実さんと違って、まったく経済上の理由からである。せめて自分の衣服費ぐらいは、自分で稼ぎたい――できれば、結婚費の貯蓄を拵えておきたい、という腹からであった。

（どうぞ、昭和デパートに、就職できますように）

山茶花を写真の前に飾って、禎子さんのお祈りしたことは、これ以外にないのである。

職業紹介所の試験があってから、もう三週間も経っていた。その間に、禎子さんは二度も、日本橋の昭和デパートへ、ハガキで呼び出された。呼び出されるくらいだから、採用してくれるのだろうと思うと、課長だとか、支配人だとか、エラそうな人が、紹介所の人物試験の蒸し返しみたいなことばかりをやって、それきり音沙汰がないのである。女店員はデパートの第一線とかで、こうまで銓衡《せんこう》に骨を折ると聞いて、気の弱い禎子さんは、もう落第したように、悲観している。その上、今日は、ヘンな男が訪ねてきた。昭和デパートの調査員だそうだが、根掘り葉掘り家庭の事情を訊ね、芸妓をしてる姉はないかとか、赤い思想にカブれた弟はいないかとか、戸籍調べのお巡査《まわり》さんよりも、細かいことを云った末に、

「御両親はお有りですか」

「履歴書に書いた通り、母親だけでございます」

と、禎子さんが答えると、その男は、不満そうに、カードに書き入れた。そこで、お母さん

が気になって、

「母親だけでは、いけないンでございましょうか」

「いけないと云うことはないが、両親揃ってる娘さんの方がいいですね。両親共欠けてる人は、絶対に採用しないくらいですからな……いや、お邪魔様」

そう云って帰ったのが、一時間ほど前である。それから、禎子さんは急に悲観し始めたのである。

「母ア様、とても駄目らしいわ」

と云って、鬱《ふさ》ぎだした娘を、母親はやっと賺《すか》してみたものの、腹の中では、娘に劣らず、思案投首をやってる。

そこで、この上は、冥土《めいど》にいる良人の加護を希《ねが》うほかないと、禎子さんに写真を拝ませ、自分も一緒に、南無大師遍照金剛《なむだいしへんじようこんごう》を唱え始めたのである。

山茶花の幽《かす》かな香りと、線香の細い煙り……静かな母子は、一層静かに黙り合っていると、突然、玄関がガラリと開いた。

「真野さん、速達！」

禎子さんが受取りに出ると、舶来《はくらい》の贅沢な封筒の裏に、軽やかなペンが躍る如く、佐川春実と書いてある。

「誰だろう？」

と、一寸思い出せずに、封を切ると、
禎子さん、あたし待ち切れずに、パパに頼んで、昭和デパートの専務さんに、調べて貰ったの。そしたら、今結果がわかったわ。あたしも、あなたも、見事パスよ！
ブラヴォー！　あなたの同僚　春実より
「母ア様、嬉しいッ！」
内気な娘が、恐ろしい大声をあげたので、縁側の猫が、慌てて庭へ駆け降りた。

百貨店の軍服

男なら、「祝入営」という旗を立てて、見送られるところだ。生活戦線に立つ女子軍の新兵さんが、約八十名、今朝、日本橋の昭和百貨店へ、入営したのである。

その中に、佐川春実さんと、真野禎子さんが入っていたのは、云うまでもない。

「いいですか、鍵は一人に一つ宛上げますから、失くさないようにしてくださいよ」

云わば女軍曹の組長さんは、大きな声で、そう念を押してから、一同に私物函の鍵を渡した。

そこは、女店員の更衣室である。家から着てきた衣服を、店服に着更える部屋である。いやしくも若い女性の更衣室だから、衣桁《いこう》があったり、乱れ箱があったり、少くとも箪笥《たんす》と鏡台ぐらいは置いてあるだろうと思うと、大変アテが外れる。板の間に、私物函という全鋼製《オール・スチール》の細長い箱が、まるで日光羊羹《ようかん》を縦に列べたように、林立してるだけである。それッきりである。お役所の書類保存室の風景と思えばまちがいはない。

「まア、すごく簡単明瞭な、洋服棚《クローゼット》だわね。これで一体、品物が入り切るのか知ら？」

春実さんは、ドレスを脱ぎかけて、心配した。私物函の中は、せいぜい一尺五寸の深さで、上に棚が一段と、衣紋《えもん》掛けが一つあるきり——それはいいとしても、この狭い箱を、二人で共用とは、驚いた。

「でも、仕方ありませんわ。どうせ今日から、あたし達、人に使われるンですもの」

と、禎子さんが側から、心細い声を出した。彼女には、春実さんの一つ隣りの私物函が当った。二人一緒の函なら、どれだけいいか知れないものを。

「早く店服、着てみましょうよ。あたし、楽しみだわ」

春実さんは、そう云ってる間に、白のブラウス、紺サージのツー・ピースに着更えてしまった。実費十二円八十銭、これだけは自弁で買うのであるが、まるで小学校の先生の着るような、質素で、簡単なドレスである。あまりシックな服を着ては、買物にいらっしゃるお嬢様やマダムに、失礼にあたるという百貨店当局の深謀遠慮から、こういう店服が生まれたそうだが、娘ざかりの女店員達の身になると、無念とも、残念とも、云わん方なきことになる。そこで、すこし甲羅を経た女店員は、風邪《ふうじゃ》の気味なぞと称して、和服を着る手を用いる。だが、今日の純真な八十名は、まだそんなトリックを知らないから、一斉に規定の店服に身を固めた。百貨店嬢の制服は、今では殆んど洋装となっている。

「あら、あたし、どうしましょう。スカートが穿けなくなってしまいましたわ」

禎子さんが、オロオロ声を出した。彼女は、春実さんと違って、平素、洋装なぞしたことがないので、ブラウスと上着を先きに着ちまって、マゴマゴしてる。それを春実さんは親切に介《かい》添《ぞ》えして、着更えさせながら、

「出陣の首途《かどで》に、泣顔を見せちゃ駄目よ」

まったく、出陣直前のモノモノしい形勢である。音に聞くスペインの女子軍も、こんな風かと思われるように、ズラリと列んだ店服の八十名の前に、聯隊長のような女店員監督が、威儀を正して現われた。

「さて皆さん。これからお渡しするこの店章《バッジ》は、我が昭和百貨店員の魂であります。これを輝かすも、曇らすも、悉く皆さんの努力と覚悟一つにあるのですよ。どうぞ、くれぐれも店章を粗末になさらぬように」

と、云って、最初の一つを恭《うやうや》しく渡そうとして、ポトリと床へ落してしまった。慌ててそれを拾い上げて、袖で二、三度拭いて、

「決して、かようなことのないように、御注意ください」

とゴマかしたのは、監督女史もなかなか老獪《ろうかい》である。だが、それを笑う者が一人もないくら

い、一同は厳粛な顔をしている。

「あのウ、もし失くしちゃったら、どうなりますの」

春実さんが、突然、質問した。

「誰ですか、そんな不謹慎なことを訊くのは……もし失くしたら、勿論、コレですよ」

監督女史は、掌を横にして、首を切る真似をした。

「わッ、すごい!」

春実さんの声は、幸い、女史に聞えなかった。

「さて、皆さん。服装規定を守り、店章《バッジ》の正規佩用《せいきはいよう》ができましたら、これで、皆さんは一人前の昭和デパート女店員であります。では、組長さんが、それぞれ売場へ御案内しますから、どうぞ充分にお働き下さい」

監督女史の訓示が終ると、かねて期したることながら、一同は、ドキリと胸が轟《とどろ》いた。いよいよ戦線へ立つのか。売場で、お客様と雌雄《しゆう》を決するのか。可怖《こわ》い。恥かしい。嬉しい
——まるで五目ソバのように、雑多な感情が、一時に押し寄せてきて、店員専用階段を上る脚が慄《ふる》えない者は一人も無かった。

ジョテさん第一課

勇ましいベルの音が、全体に鳴り渡った。

地階、一階、二階――七階から屋上まで、ベルの音は凜々《りんりん》と鳴り響いて、百貨店の一日の開始を告げた。

「もう、お店が開くンですね？」

二十五番の文房具売場に立たされた春実さんは、古参の同僚のS子に、声を弾ませて訊ねた。

「まだよ、時計を御覧なさいな」

なるほど、開店九時三十分までには、まだ十五分ある。

やがて、中央の円柱にある、拡声機から、荘重な男の声が響いた。

「最敬礼！」

各階千五百人の女店員と、八百人の男子店員は、この声と共に、一斉に、宮城の方を向いて、最敬礼を行うのである。

「敬礼！」

また号令が聞えて、一同、お辞儀をする。

「今のは、なんの敬礼ですの？」

「あれは、日本中のお客様へ敬意を表するのよ」

春実さんが、

（なるほど、百貨店は、腰が低いものだわ）

と、感心していると、

「敬礼！」

また、号令だ。

「あら、今度は、どなたですの？」

「御店祖様よ」

「ゴテンソサマ？」

御店祖様は、今から二百年前に、出羽《でわ》の国から天秤棒《てんびんぼう》を担いで、江戸へ出てきて、昭和百貨店の前身、出羽屋呉服店を開いた。出羽屋がなかったら、昭和デパートもないわけである。そこで、御店祖様に、大いに敬礼するのである。

すると、また、拡声機が響いた。

「誓約標語——今日は一層感じの良いサービスを致しましょう。今日は包装紙とテープの節約に努めましょう。今日は勤務中のおシャベリやお化粧を避けましょう。今日は……」

今日は今日はが、十五、六続いて、やっと、拡声機の音が止まった。

（まア、百貨店て、随分お作法のやかましい所ね。とても、学校の比じゃないわ）

と、春実さんが感心してると、再び、ベルの音が、高らかに鳴り渡った。

「第二鈴よ。いよいよ開店だわよ」

S子が教えてくれた。

（スワこそ！）

春実さんは、胸のバッジをもう一度眺めて、直立不動の姿勢をとった。今のベルの音こそ、女店員生活の真の開幕である。ジョテさん第一課の振鈴である。

グルングルンと、異様な音を立てて、各入口の鉄扉が捲き上げられると、さすがは一流の百貨店である。もう待ち兼ねたように、飛び込んでくるお客様が、相当あるのである。

三階売場にも、三分と経たないうちに、お客様の影が現われた。二人連れの男のお客である。何を買うのだろう？　どこの売場へ行くのだろう？

（どうか、あたしの売場へ来てくれますように！）

春実さんがそう祈っていると、一念天に通じたのか、二人はツカツカと、文房具ケースの前へ立った。

「いらっしゃいまし」

最初の言葉は勢いよく出たが、そこでグッと詰って、後が続かない。標準店員用語は、「いらっしゃいまし、毎度有難う存じます」である。

だが、お客様はニコニコしながら、春実さんの顔を見て、十銭の鉛筆を一本買った。

「有難う存じます。五十銭で、十銭戴きます。少々お待ちくださいまし」

うれしい！　今度はスラスラ云えた。レジスターへお金を渡して、教習時間に教わった通り包装して、引合《ひきあい》さんの判を貰って——やっとこれで、最初の商売が済んだ。十銭と雖《いえど》も、商売は商売である。

ところが、品物を受取ったお客様は、まだニコニコ笑いながら、売場を去らない。

「ほう。もうすっかり、事務にお慣れですな。実は今、一寸、試験させて貰ったです。失礼ですが、僕はこういう者で……」

差出された名刺を見ると、東京日報社会部記者という肩書がついてる。

「まア、どんな御用事ですの？」

「佐川春実さん。第一に、男爵令嬢たるあなたが、勇敢に売場へ立とうとした動機、心境に就いて聞かしてください」

春実さんは、驚いた。どうも新聞記者は機敏である。自分の素姓や百貨店入りのことを、どこで嗅ぎつけてきたのだろうか。

「ただ働いてみたいからですわ。他に、なんにもありませんわ」

「いや、そんなこともないでしょう。社会情勢の認識とか、或いは、失恋の結果とか……」

「まあ、ひどいわ！」

失恋なぞと云われて、春実さんは憤慨したが、対手は十銭の鉛筆を買った以上、お客様である。「今日はお客様のどんな御無理も聞きましょう」と、先刻《さっき》の誓約標語に、あったではないか。

「失礼いたしました。何でもお話しいたしますから、いくらでもお訊きくださいまし」

そこで、新聞記者は、根掘り葉掘り、いろいろな質問を始めた。春実さんは、少しも不快な顔をしないで、一々それに応答した。記者氏は頗る喜んで、

「やア、有難う。今日の夕刊の特ダネができました。序に、写真を一枚撮らせてください」

春実さんを売場に立たせて、もう一人の新聞社員が、カメラを向けた。

「笑ってください。はい、O・K！」

記者は、写真が済むと、サッと引き上げて行った。

「毎度有難う存じます」

春実さんは、そう云ってお辞儀をした。

だが、後が大変である。同じ売場のS子やT子は無論のこと、三階のジョテさん達がドヤドヤ集まってきて、

「まア、あなたは、佐川男爵のお嬢さんだったの？　まア、まア、まア！」

嬉しいお客様

禎子さんが回された売場は、二十四番のベビー用品部であった。春実さんのような明朗型は、学生のお客様の多い文房具部へ回し、禎子さんのようなシトヤカ型は、文化オムツや寝冷え知らずを売る場所へ配するのだから、百貨店の人事課は、まるで人相見のように、眼が利くのである。

「あなた、そんなにハリキリ過ぎると、後でとても草臥れるわよ」

古参の売子のM子が、禎子さんに注意してくれた。

「はア、有難うございます」

彼女は、朝、売場に立ってから、板のように緊張して、一瞬間も神経の休まる暇はなかった。言語、応対、姿勢、金銭受渡し――その他、ちょいと身動き一つするのでも、店の規則に外れはしないかと、ひどく気になるのである。頭がクラクラするほど、気疲れを感じるばかりか、足が棒のように痺《しび》れて、今にも倒れやしないかと思われる。ただ立っているくらいで、こんなに辛いものとは、想像もしなかった。

だが、慣れると平気になるのか、古参のM子は余裕綽々《よゆうしやくしやく》として、

「ちょいと、御覧なさいよ。文房具売場のあの華族のお嬢さんのところへ、もうガ印が大勢買物してるわ。モダンな女は、すぐ、人気が出るのよ」

「あの、ガジルシって、何でございますの」

「符牒《ふちょう》よ。学生さんのことを、ガ印っていうの。サ印が会社員で、好男子だったら、ノの字っていうの。その反対は、エナノっていうわ。まだ、他にも沢山、隠語《いんご》があるのよ」

「まア、みんな覚えるの大変でございますね」

禎子さんは、また心配を始めてる。そう云えば先刻から、ノダだとか、トイレだとか、一向意味の判らないことを、朋輩《ほうばい》達が口にしていた。

「大丈夫よ。隠語だけは、誰に教えられなくても、すぐ覚えちまうもんだから……あら、真野さん！　トイレだわよ。トイレトイレ！」

「え、なんですの？」

「お客様のことよッ」

なるほど、売場の前へ、お客様が立って、品物を弄《いじ》っていらっしゃる。禎子さんは、慌ててお辞儀をして、

「いらっしゃいまし。毎度有難う存じます」

すると、お客様は、伏目で品物を見てるようなフリをしながら、

「禎子さん。工合はどうですか。うまく勤まりそうですか。僕は気になって、そッと見に来ま

した」

「あら敏夫さん？」

彼女は思わずそう叫んだほど驚いたが、見る間にサッと頬を染めた。

鶴見敏夫君は、禎子さんの義理の従兄に当る青年である。禎子さんの死んだ父親に、学資の補助を受けて、帝大法科を出たのだが、秀才で、謹直で、未だに学校に残って、研究を続けているのである。そうして、禎子さん母子との間に、無言の婚約が結ばれてるような、親しい関係なのだった。

「大丈夫ですわ。すこし疲れますけれど、こんなこと、じき慣れますわ」

禎子さんは、敏夫君の顔を見ると、急に元気になったから、現金なものである。

「それならいいが……では、禎子さんの売上げを増すために、僕も何か一品、買って行きましょうか。何がいいかな」

「あら、だって、此処は赤チャンの用品ばかりよ」

「関わんです。そのヨダレカケを、一枚ください」

「そんなものを買って、どうなさるの？」

「なアに。納っておけば、今に役に立ちますよ」

そう云って、敏夫君は禎子さんの顔を見て、微笑した。とても意味深長な微笑である。

「まア」

禎子さんは真ッ赤になって俯いたが、敏夫君は意地悪く、催促する。

「さア、早く包んでください。一円二十銭ですね」

「はア。一円五十銭で、一円二十銭頂きます。少々お待ちくださいまし」

恥かしいけれど、仕方がない。禎子さんは店員標準用語で、未来の良人に、商売の取引きを済ませた。お釣銭と品物を受取りながら、敏夫君は、

「帰りに、一緒にお宅へ行きましょう。大通りの角で待っていますよ」

「ええ、どうぞ……毎度有難う存じます」

可笑しいやら、嬉しいやら、恥かしいやら、禎子さんの気持は、複雑だった。だが、不思議にも、敏夫君が来てから、あれほどの疲労が、一度にスッ飛んでしまった。

やがて、六時半の閉店ベルが、ジリジリ鳴り渡った。無事に第一日を了えたのと、敏夫君との約束と、二重の喜びで、禎子さんはイソイソと更衣室で店服を脱ぎ、退出時刻を書いた「家庭通信」を懐ろに入れて、店を出た。日本橋大通りは、もうトップリ日が暮れていたが、敏夫君は約束通り、待っていた。

「寒かったでしょう？」

「いや、あなたこそ疲れたでしょう」

二人は仲よく肩を列べて、電車の停留場の方へ歩き出した。すると後方から、速い靴音が聞えて、

「真野さん、待ってよ」

と、元気な声で追っ駆けて来たのは、春実さんである。

「ジョテさん第一日、めでたく、フィナーレだわね。お祝いに、お茶でも喫《の》まない？」

禎子さんは敏夫君がいるので躊躇《ちゅうちょ》したが、春実さんは平気なものである。

「あの方、あなたのフィアンセ？　紹介なさいよ。一緒に、お茶喫むわ」

やがて、三人は、通りの喫茶店の一隅に腰をおろした。

「そうですか。あなたは、佐川博士のお嬢さんでいらっしたのですか。それは、意外ですなア」

敏夫君は、佐川男爵の国際法の講義を一年間聴いたことがあるので、春実さんの身分が紹介されると、眼を円くして驚いた。だが、それを機会に、話の花は、それからそれへと咲いた。

「禎子さん。あんた、今日の経験で、何が一番辛かった？」

春実さんは、また面白そうに、百貨店生活へ、話を戻す。

「さア」

「あたしは、『毎度有難う存じます』が、一番困ったわ。どうしても、あの言葉が口から出ないンですもの」

「ホホホ。ほんとにね。でも、あれが口癖にならないと、一人前じゃないンですッて」

話はまだ尽きなかったが、禎子さんは帰りを待ってる母親が気になるので、やがて、敏夫君を促した。

「お目に掛って、大変愉快でした。では、あまり晩くならんうちに……」

敏夫君がそう云って、テーブルの上の勘定書をとろうとすると、素早く春実さんが、先取りをした。

「今日は、あたしがお二人を招待するのよ」

春実さんが、レジスターの前で、そう言ってる時に、黒い盆にお釣銭が出された。話に夢中になったのか、彼女はそれを見ると、丁寧に頭を下げて、云った。

「毎度有難う存じます」

レジスターの女が噴笑《ふきだ》した。

「いけねエ。こっちで、云っちまったわ。でも、あれが口癖になるようなら、あたしも一人前かな」

外へ出て、すぐ二人は春実さんと別れた。敏夫君は暫らくしてから、禎子さんに云った。

「ほんとに朗《ほが》らかな、感じのいい方ですね」

「ええ。ちょうど、あたしと正反対の性格らしいわ」

と、笑って答えたものの、禎子さんの声は、なんとなく暗かった。

最初の失敗

春実さんは、勤務が愉快で耐らない。こんなに愉快で、月給を頂戴して、その上、社会の実地見学をさせて貰って――デパート・ガールとは、なんて結構な職業であろうかと、自問自答することもある。

「いらっしゃいまし。毎度有難う存じます」

この標準用語も、心から朗かに、スラスラと出る。いつも快い笑顔で、お客様と応対ができる。

入店以来、もう一月になるが、まだ一度も事故を起したことがない。そればかりか、春実さんが現われてから、文房具売場の売上げが、三、四割殖《ふ》えたのである。

「男爵令嬢の手から、ノートを買ってやろう?」

「佐川春実ッて、とても勇敢ね。あたし万年筆買いながら、顔見てくるわ」

ガ印こと学生さんや、お嬢さん達が、春実さんの売場を目掛けて、殺到するのである。なにしろ、新聞の社会面に、三段抜きで、男爵令嬢デパート入りの記事が出たのである。売場に立って、朗かに笑う写真入りで……

従って、店の首脳部では、春実さんの評判が頗るいい。無料で店の宣伝をして、大いに商品を売って、それで評判が悪かったら、大変だけれど。

「やはり、インテリの娘はいいね」

専務取締役まで、春実さんのことを褒める。

だが、朋輩のジョテさん達は、必ずしもそうでない。

「身分のいい人は、得だわね」

と、嫌味混りの陰口が、そこここに聞えるのだった。

当人の春実さんは、一向平気で、春の野の雲雀《ひばり》のように、売場で活躍している。売上げの成績は、いよいよ良い。今月の売上げ賞は、春実さんが貰うかも知れない。

しかし、人間は失敗《しくじ》る時がくれば、失敗るものである。

春実さんは、今日、お昼の交代時間に、地下室の店員食堂へ行って、十銭のライスカレーと、五銭のケーキを食べた。店員だと、こんなに安いのである。その代り、お客様の召上るような立派なお皿に載ってもいなければ、上等な材料も使ってない。食堂とは名ばかりの、まず、モダン一膳飯屋と云った道具立てである。

食事をしてから、春実さんは、店員専用エレベーターで三階へ上らずに、二階の呉服売場へ出てみた。今の持場は文房具だが店員は全ての商品知識に通じておく必要があるので、一等重要な呉服売場を、休みの時間に見学しようと、なかなか感心な心掛けを起したのである。

文房具部なぞと違って、呉服部は、陽春の花園のように、華やかである。錦紗《きんしや》、羽二重《はぶたえ》の染絹物がチューリップの花壇とすれば、銘仙、大島の関東呉服はパンジーと蒲公英《たんぽぽ》の花畑でもあろうか。京織の帯地は、その間を流れる小河かも知れない。

春実さんは、美しい花園の小径を縫ってゆくと、すぐ自分の前を一人の品のいい御隠居様が歩いてゆく。大家の御母堂であるらしく、衣服も態度も、堂々たるものである。

「きっと、五八さんよ。敬意を表して、後から蹤いて行こうッと」

月末勘定の常顧客《じょうとくい》のことを、「五八さん」という。百貨店でハバの利くお客様である。だから、春実さんも、歩き越したりしないように、恭しくその後に蹤いて行くと、御隠居様は友禅《ゆうぜん》縮緬《ちりめん》の反物をちょいと手で撫ぜていたが、やがて素早く被布《ひふ》の中へ隠してしまった。

「あら、おかしな真似をなさるわ。勘定場へ、持ってお出でになる気か知ら」

と、思って、春実さんは、なおも御隠居様に注意していると、今度は、帯地の陳列場へ行って、またもや一本、被布の下へ引き入れてしまった。そうして、悠々《ゆうゆう》として階段を降りて、一階出口の方へ行こうとする。

「あら、ら！　万引《ノケ》だわ。まア、驚いた。すぐ摑まえなくちゃ！」

春実さんは、御隠居様の袂を捉えた。

「あの、少々お待ちくださいまし」

「御用ですかの」

御隠居様は、ジロリと、気味のよくない一瞥《いちべつ》を春実さんに注いだ。少しも騒ぐ様子がない。なんと図々しい婆《ばあ》さんだろう。盗人猛々《たけだけ》しいとは、このことだ。

春実さんは、現行の万引を捉えたので、大得意で、折りよく通りかかった二階売場主任に、老婆を引き渡しながら、「主任さん。万引でございます。あたしが、現場を見ました」

そう主任の耳に囁いた。ところが主任は、老婆の顔を見ると、急に態度を変えて、腰を屈めて丁寧なお辞儀をした。

「毎度有難う存じます。この女店員は、まだ新米で、御隠居様と知らず、お呼び止め申しまして、まことに相済みません。私に免じて御勘弁を願います」

「では、帰っても、よろしいかの」

「はア。どうぞ。毎度有難う存じます」

主任さんは、またペコペコお辞儀をした。御隠居様はいよいよ悠々として、出口へ行くと、立派な自動車が待っていて、その儘、ブーとお帰りになった。

春実さんは、開いた口が塞がらない。こんなバカな話が、世の中にあるだろうか。

「君、一寸話がある。事務室まで来給え」

その上、春実さんは、主任から呼びつけられた。

「困るではないか。あんな事をして」

主任さんは、可怖い顔をして、彼女を叱りつけた。

「でも、あたし、確かに万引するところを、見たのでございます」

「そんな事は、君に云われなくても知ってる。二階売場の店員が、一々報告している。あの御隠居様だけは、特別のサービスをしてあげることになっているのだ」

春実さんは、狐にツマまれたような顔をしている。

「まだ解らんのかね。あの御隠居様は、何不足ない御身分だが、あれが御病気なのだ。その代り、普通の万引と違って、持って行った品物を、月末の勘定書にして請求すると、チャーンと払ってくださる。君達も、包装の手間だけ省《はぶ》けるというものだ。そういう有難いお客様に、あんな失礼な態度を見せては困るじゃないか」

春実さんは、入店以来最初の叱言《こごと》を食った。彼女はスゴスゴ三階の自分の売場へ帰って行った。

だが、叱られはしたが、彼女は珍らしい社会見学をした。世の中は広い。ずいぶん変った人間が、居れば居るもんだ。何不自由ない御身分で、万引を遊ばすなんて。

進物事故

だが、ベビー用品部の禎子さんは、百貨店の中にあっても、やはり白山茶花のように、慎ましい娘だった。

「ちょいと、早く包んで頂戴な。急ぐんですから」

と、お客様から包装が遅いので、催促されることはあっても、

「貴様、女店員の癖に生意気じゃぞ、もっと、顧客に親切にせい！」

なんて、ウルサ型紳士から叱られるようなことは、一度もなかった。

伝票の書き誤りや、数字の不明瞭な書体を、一、二度注意されたことはあったが、これは新米のジョテさんの誰でも犯す過失だから、気にすることはなかった。彼女は、スポンサーや朋輩から気受けが悪くなかった代りに、また特に親しまれることもなかった。彼女は、春実さんと違って、どこの百貨店にもいる、平凡な、温順なジョテさんとして、黙々と働いていた。

しかし、禎子さんには、春実さんの知らない幸福があった。こうして、黙々と働いて、店から頂くお給金が、一定の額に達したら、それで何を買うか、なんのための買物をするか――彼女だけが知る悦びの期待であった。箪笥も欲しい。丸帯も欲しい。裾模様も欲しい。いや、炭取りと、味噌漉《こ》しも欲しい。すべては、新家庭に必要なものだ。

新家庭！　それは、一年後だろうか。それとも、三年後だろうか。鶴見敏夫君が、大学の研究室を出て、どこかの会社にでも働くようになれば、一年とは経たぬうちに実現される夢かも知れない。

「でも、敏夫さんは、なるべく永く、研究室にいらっしゃる方がいいわ。それだけ、博士にな

る日が、早く来るわけですもの」

そう思うから、禎子さんは、決して無理をして、結婚の日を急いだりしない。そうして、心から満足して、毎日の店務にいそしむことになるのである。

今日の勤務も、もう後一時間で、お終いの時刻になった。この時刻になると、すべてのジョテさんは、一日の疲労が次第に発してくるせいか、心の緊張が弛《ゆる》んでくる。お客様にゾンザイな応対をしたり、お回し品のレシートを落したり、甚だしいのになると、閉店ベルの鳴らないうちに、商品にカヴァーを掛けたりして、主任から大眼玉を食う。

だが、禎子さんは、今日は反対に、気がイソイソしてくるのだった。

「夕方、店へ寄ります。そうして御都合よければ、映画でも一緒に観ましょう」

こういうハガキが、今朝、敏夫君から届いたからである。

禎子さんは、窓の外の都の大空が、次第に暗くなってから、時々、眼を上げては、階段の方を注意している。せり出しのように昇っている大勢のお客様の中から、一瞬でも早く、懐かしい人の姿を拾い出そうと思うからだ。

どうも今日は、女客が多いと、禎子さんが、そんなこともないのに、心に不平を云ってると、やがて、見えた、見えた！

丸に十の字の帆が見えたのではなくて、鼠のソフトと黒っぽいオーヴァーの、懐かしい姿が見えた！

「遅くなりました。でも、閉店に間に合ってよかった」

敏夫君は、いつものように、温和な微笑を洩らした。

「待っててね。もうじきですわ」

禎子さんは、人眼を憚《はばか》りながら、なおも愉しい会話を続けようとすると、

「ちょっと。そのチャンチャン見せて頂戴な」

あな、憎やのお客様やな。四十ぐらいの奥様風の女が、羽二重のチャンチャンを、指で示している。

「いらっしゃいまし。毎度有難う存じます」

禎子さんはお客様の方へ寄った。売場に立ってる間は、恋人よりもお客様の方を大切にする義務があるから、仕方がない。

「じゃア、僕は、春実さんの売場で、買物をしてきます」

敏夫君は、そう囁いて、隣りの売場へ歩いて行った。

「ちょっと。これ、御進物になる？　赤チャンの誕生祝いに、上げようと思うンだけれど」

お客様は、人の気も知らないで、頻りにお話しかけになる。

「はア。よく御進物に出ますようでございます」

「十円以上に見えるか知ら」

「はア」

「じゃア、御祝と書いて、先方へ届けて頂戴。宛名はね、京橋区京橋二ノ……」

禎子さんは、配達伝票の上に、鉛筆を走らせた。

それで、お客様はお帰りになったが、禎子さんには、まだ仕事が残ってる。まず値段札をとり、函に入れて、紙と水引を掛けなければならない。

その忙がしい中で、彼女はチラと、文房具売場の方を、覗いた。敏夫君と春実さんが、なにか面白そうに、話し合っている。春実さんは、大胆だ。お客様と平気で、あんなに狎々《なれなれ》しく話している。あんな事は、店則違反で、他のジョテさんがやったら、すぐスポンサーに叱られるのだが、春実さんばかりは、昭和デパートの花形のせいか、見免《みのが》されているようである。

「まア、あんなに、愉快そうに……。敏夫さんも敏夫さんだわ」

禎子さんは、気が揉めてならない。春実さんは好きである。友達として、この店のジョテさんの中で、一番好きである。ほんとに快活で、気持のいい令嬢だ。それだのに、敏夫君が現われた時には、不思議と春実さんが嫌いになる。この前の喫茶店の時も、そうだった。今日は、どういうものか、特別に不愉快である。

彼女の眼は、紙と水引を見てる気でも、われにもなく、文房具売場の方へ走ってる。もうだいぶ結び慣れた水引も、今日はちっともうまく結べない。あア、じれったい！

「春実さんは、商売が上手ですね。エバー・シャープを一本買わされましたよ」

いつの間にか、敏夫君が、こっちの売場へきていた。とたんに、禎子さんの顔が明るくなって、スラスラと、水引が結べたのは、面白い現象である。

帰りに、敏夫君が大通りの角で待ち合わせて、それから二人は、軽い食事をとり、有楽町の映画劇場へ行った。禎子さんのさっきの不快は、一時に解消してしまった。二人はやはり、いつもの愉しい二人だった。

だが、その折角の愉しい思い出も、翌日には、真っ黒く塗り消されねばならなかった。

翌日の午後に、禎子さんは三階主任から呼びつけられた。

「あなたは飛んでもない事をしてくれましたね」

「なんでございますか」

「お祝の進物に、黒い水引を掛けるとは、何事ですか。今、お客様から電話で、サンザンなお叱言です。以後注意してくれなければ、困りますよ」

これは、重大なる過失である。誕生祝の進物に、黒い水引はよろしくない。あまり敏夫君と春実さんに、気をとられ過ぎた結果であろう。

ジョテさんの歓び

デパート女店員——即ち、ジョテさんなるものにとって、何が最も大きな歓びであろうか。

店の売上げが多くて、大入袋を頂戴する時は、もとより嬉しい。好きな柄の反物を店員一割引きで買って、着物に仕立てた時の気持も悪くない。その他、主任に認められたり、お客様からお褒めの投書がきたりするのも、それぞれ、ジョテさんのみが知る歓びである。

だが、東京中のジョテさんが、絶対大多数で「一番嬉しいこと」に思ってるのは、なんと云っても、月に三日の休日であろう。八の日の百貨店休業日であろう。

「数字の中で、8の字ほど、恰好のいい字はないわ」

彼女等は、皆そう云ってる。出来損いのお鏡餅のような8の字が、とてもスマートだというのだから、おもしろい。

八の日が、そんなに嬉しいのだから、天然自然に、七の日の晩も、愉快で堪らなくなる理窟だ。

「宝塚歌劇《ヅカ》を観て、ターキーを観て、帝劇を一寸覗いて、日劇へも回りたいンだけどなア」

春実さんは、お食後のメロンを食べながら、独言《ひとりごと》を云った。

「そんな慾の深いことを云って……一晩に、そんなに沢山観られますか」

お母様が、側でお笑いになった。

「だって、今週の演目《プロ》。みんないいのよ」

「いくらよくても、体が一つでは駄目ですよ。それに、もう晩いのだし、お父様もお家にいらッしゃるのだから、今夜は出るのを止めたらどう？」

と、お母様は、なるべく春実さんを、外へ出したがらない。

「つまンないの」

春実さんは、すぐ頬を膨らませた。今日は八の日の前夜である。しかも、ただの八の日ではない。二十八日である。二十六日に店から月給を貰って、まだ二日間しか経たない。すべてのジョテさんは、この最後の八の日が最も嬉しい。勿論、遊ぶ軍資金が豊かだからだ。

「ハハハ。御機嫌斜めだね。春実は、給料が費いたくて、ウズウズしとるのだろう?」

と、父博士の欣也氏は、さすがに慧眼《けいがん》である。

「モチよ。自分の正しい労働によって獲たお金ですもの。ママみたいに、働かないで、パパから貰ってるのと、すこし違うわ」

「まア、春実は」

と、お母様も些《いささ》か憤慨の色を示すのを、欣也博士は、

「それは、春実の認識不足だ。ママはママ業、主婦業……その他、一家の重役を幾つも兼ねている。大実業家のようなものさ。だが春実は、そんなにお金が費いたければ、今夜は、かねての契約を履行しないかね」

「かねての契約ッて、なに?」

「忘れるとは、不届きだね。自分の儲けたお金で、パパやママを御馳走すると云ったではないか」

「あア、そうそう。思い出したわ。O・K！　今夜これから、オゴるわよ。どこへ行きましょう？　銀座？」

「ハハハ。急に元気になったね。だが、銀座はこの次ぎにして、今日は新宿のフルーツ・パーラーぐらいで、負けといてあげよう。ママも、支度をしなさい。わしはこの儘でよろしい」

「姉さん。僕も連れてッてくれる？」

弟の達也君が、口を出す。

「心配しなくても大丈夫よ。お姉さまは、スゴい富豪なんだから」

と春実さんは、大威張りである。

お母様だけは、いくら新宿の散歩でも、御身分柄、一寸着替えをなさる必要もあるので、その間春実さんは、父上を対手に無駄話をして、待っていた。

「ねえ、パパ。働くッて事は、こんなに愉快なことだと、あたし、思わなかったわ」

「そういつも、愉快なことばかりも、続かんだろう。そのうちには、店を辞《や》めたくなる時が、あるかも知れんよ」

「そうか知ら。でも、パパは、どうせ一月と辛抱はできまいッて、ママに云ったのに、もう三月も続いてるわよ」

「お前は、運がいいのだ。お前と同じように働いてる人でも、涙の出るほど辛い思いをして、売場に立ってる人もあるだろう」

父博士にそう云われると、春実さんは、ふと、黒い水引の失敗の後で、シクシク泣いていた禎子さんを思い出した。禎子さんのことを考えたら、自然に、鶴見敏夫君のことが頭へ浮かんできた。

「そうそう、パパ。大学の研究室に、鶴見敏夫ッて青年がいる？」

「いるよ。なかなか秀才で、それに頗る真面目な男だ。彼なぞこそ、前途有望と称すべきだろう。だが、お前はどうして、鶴見君を知ってるのだ」

「お店の仲のいい女店員の親類の人なのよ。それで、紹介されて、知合いになったの。明日のお休みも、三人で井の頭辺へ、ピクニックに行くことになってるの」

「そうか。それはいい。会ったら、家へも時々遊びにくるように、云ってやれ。ああいう感心な青年は、わしも眼を掛けてやりたい。なんなら、お前の婿に貰ってもいいくらいだ。ハッハハ」

と、欣也博士は、敏夫君を激賞すること夥《おびただ》しい。

「いやアだ」

と、云ったものの、春実さんは、父上の冗談が、決して悪い気持がしなかった。

その時、和子夫人が服装を整えて、姿を現わした。

「お待ち遠様……。だけど、春実。お前、たいへん気前のいい事を云って、ほんとに、そんなお金を持っているんですの」

娘にオゴられるのは、開闢《かいびゃく》以来だから、お母様は不安である。

「ママッたら、ずいぶん人をバカにしてるのね。一昨日、月給を貰ったばかりで、目下、成金だわよ。さア、行きましょう」

と、先きに立って、玄関の方へ行く姉の後に蹤いて、達也君が、

「姉さん。ほんとに、そんなお金持なのかい？」

「そうさ」

「一体、いくら月給を貰ってるのさ」

「驚いちゃいけないよ。金二十四円也」

「なアんだ。それじゃア、僕のお小遣銭《こづかい》より、一円少いや」

早い人遅い人

午前十時、新宿駅正面入口集合。

そういう約束になっていたので、春実さんは慌てて、家を飛び出した。タマの休日なので、つい九時まで、寝坊しちまったのである。朝飯、お化粧、着付け——それだけを、三十分で済ませてしまったのは、流石《さすが》に職業婦人らしいスピードである。

お出入りの平和タクシーの車で、新宿駅へ急がせると、正面《ファサード》の時計は、まだ十時十五分前である。時間が有り余ると、油断して、汽車に乗り遅れたりするが、セカセカ急ぐと、反対に早く着き過ぎて困ったりする。丁度いいという事は、人生には滅多にないらしい。

(こんなことなら、もう一切《ひときれ》パンを食べてくるンだったわ)

春実さんは、妙なところで、意地の汚いことを考えた。

「もう来ていらッしたンですか、春実さん」

そう声を掛けられて、ビックリして後を向くと、今日はいつものポート・フォリオの代りに、ステッキなぞをついて、帽子も明るい春のソフトを冠《かぶ》った敏夫君が、笑って立っている。彼は省線電車に乗ってきたので、駅前広場ばかり見ていた春実さんは、気がつかなかったのだ。

「今日は……。あンまり急いだら、早く来過ぎて、損しちゃったわ」

「でも遅過ぎるよりいいですよ。僕は何事でも定刻五分前主義です」

「感心ね。でも、今日は定刻十分前よ。五分おマケ?」

「ええ。今日のピクニックは、とても楽しみでしたから……」

敏夫君はそう云ってから、柔和な顔を赧らめた。思わずそんな事を口にしてしまったが、彼は二、三日前に今日の約束が決められてから、研究室にいても、下宿へ帰っても、心が躍ってならなかったのである。禎子さんと郊外へ遊びに行ったことは、今までも度々あったが、これほどまでに大きな昂奮を持ちはしなかった。昨夜は、まるで小学生が遠足に行くように、眠られなかったくらいだった。

「お天気が良くて結構ですね」

彼は、そんなことを云って、態度をごまかした。だが、自然に視線が春実さんの方へ動いて行くのを抑えることができなかった。なぜなら、今日の春実さんは、昭和デパートの店服を着たいつもの姿と違って、仕立卸《おろ》しの格子縞《チエック》のスポーツ服が、まるでスタイル・ブックから脱け出たように、似合って見えるからだ。なんという上品で、スマートな令嬢だろう。駅を出入りする群集も、貪《むさぼ》るような一瞥を彼女に投げて行かぬ者は一人も無いではないか。

「遅いわね。どうしたンでしょう、禎子さんは?」

春実さんにそう云われて、ハッと気がつくと、時計は十時を五分過ぎていた。

「あの人は、よく時間に遅れます。スロー・モーションですから」

「あら、そんな悪口云って……云いつけてあげるわ」

春実さんは無邪気に笑ったが、敏夫君は禎子さんの来るのが五分や十分遅れても、ちっとも待ち遠しくなかった。いや、寧ろ遅れてきてくれることを、心の何処かで、望んでいたかも知れない。春実さんと二人で話してると、まるで薔薇の花園を歩くような、快感を覚えるからだ。

「春実さん。あなたは外国の映画俳優で、誰がお好きですか。やはり、クラーク・ゲーブルですか」

敏夫君は、彼女の趣味を探るように、訊いた。

「あんなの、嫌い！　あたし、もっと精練された、純情型がいいわ。上原謙を、もっと知識的《インテレクチユアル》にしたようなのが好き」

「ムツカしいンですね。いずれ華冑界《かちゆうかい》の貴公子から、そういう方が選ばれるんでしょう。それとも、もう、そんな婚約者がおありじゃないですか」

「結婚？　あたし、当分、結婚なんかしないの。あなたこそ、禎子さんと、いつ式をお挙げになるの」

「そんな事、全然、デマですよ」

と、敏夫君は急に真顔になって、言葉に力を入れ、

「禎子さんのお父様には、大変お世話になりましたが、婚約なんて、跡形もないことです。或いは、禎子さんのお母様が、そんな事を一人決めにしてるかも知れませんが……第一、僕と禎子さんは、血縁はないにしろ、親類同士ですからね」

「あら、違ったの。あたし、あなた方は、婚約者《フイアンセ》だとばかり、思っていたわ」

春実さんは、朗かに笑って、それを信じた。別に、禎子さんとの間に約束がない事が、嬉しかったわけではない。だが、好感のもてる青年に、売約済の赤札の貼ってあるのと、ないのと、どちらがいいと云えば、どんな令嬢でも後者を選ぶだろう。

「ええ。誤解です」

敏夫君は、重ねて、そう打ち消した。だが、心の中では、気が咎めてならなかった。禎子さ

んにも、禎子さんの母親にも、正式に婚約を交わしたことのないのは事実だが、無言の間に、お互いにそう信じていたことを、否定できるだろうか。堅くそう信じていたればこそ、表立って婚約なぞする必要がなかったのではないか。禎子さんの心も、彼女の母親の心も、自分にはわかり過ぎるほどわかっているではないか。婚約の無いのは事実だが、自分は結局、嘘をついているのではなかろうか。

気の小さい敏夫君は、そう考えると、自然、言葉寡《すく》なになって、首を垂れた。

「ほんとに、禎子さんたら、どうしたんでしょう」

十時二十五分過ぎの時計を見上げて、春実さんが呟いた時に、市電の停留場から、小走りに広場を横切ってくる、禎子さんの姿が見えた。

「まア、あんた、ずいぶん遅いのね」

「御免なさい。飯田橋で電車が脱線しちまって……」

そう云って、春実さんと敏夫君を見比べた彼女は、もう暗い顔をし始めた。

池をめぐる

桜の花こそまだ咲かないが、深い杉木立のところどころには、黄色い連翹《れんぎょう》や、白い辛夷《こぶし》の彩りが見えた。晴れ渡った大空を映した井の頭池は、春の微風が吹き渡るごとに、笑うような漣《さざなみ》を漾《ただよ》わせた。

南側の丘の上で、ピクニックのお弁当を食べ了った三人は、池の縁の小径をブラブラ歩きだした。ハムのように、敏夫君を中央にして、左右に春実さんと禎子さんが列んだのは、今食べたサンドウイッチの形と、よく似ている。

「いいわねえ、ヤッぱり郊外は……」

映画やレヴィユーの好きな春実さんも、自然の美しさには感心する。毎日、人間臭いデパートの空気を吸ってる肺臓の、洗濯をするような気持になる。

「銀座の散歩《プロムナード》と、どっちがいいですか」

敏夫君が、親しみのある揶揄《やゆ》を送る。

「軽蔑しないで頂戴。あたしだって、自然美を解する趣味ぐらい持ってるわよ」

春実さんは、肘で敏夫君を突いた。

「失言々々。あやまります」

敏夫君は、態《わざ》と帽子を脱いで、愉快そうに笑った。

二人の間は、今朝の新宿駅の会話以来、急に隔《へだ》てがなくなったように見える。電車の中でも、お弁当を拡げた時でも、それは著しく眼に立つ変化だった。二人はそんなことに気が付かないようだが、少くとも禎子さんの眼には、十倍の望遠鏡で覗いたように、ハッキリ大きく映るのである。

（ピクニックなんかに来るんじゃなかったわ）

禎子さんは、そんな事を腹の中で考えてるから、自然に顔が陰気になって、口数も利かなくなる。そうでなくても寂しい、日蔭の山茶花のような彼女が、これでは一層人目を惹《ひ》かなくなる。反対に、春実さんが、咲き誇ったダリアのように、強烈な色彩を、敏夫君の眼に熸《や》きつけるのも、無理ではないのだ。

「ねえ、ボートに乗らない？」

春実さんは、水禽《みずどり》の群れのようなボート遊びの人達を見て、自分も乗りたくなった。

「賛成！」

「あなた、漕げる？」

「勿論ですよ。これでも、向島で三番を漕いだことがあるんですからね」

「まア、見掛けに寄らないわね」

敏夫君と春実さんは、ボート・ハウスをめがけて駆け出した。

二人共、靴を履いてるからいいが、草履の禎子さんは、どうしても後に残されてしまう。

「ボートを、貸してくれ給え」

敏夫君が、貸ボート屋の親父にそう云うと、

「今、みんな出ちまったから、三十分ばかり待ってくだせえ」

「だって、そこに、一隻繋いであるじゃないか」

「こりゃア小型だから、二人しか乗れません。三十分経てば、大型が帰ってきます」

「つまんないの」

春実さんが、鼻を鳴らした。

「じゃあ、二人宛、交替に乗ろうじゃありませんか」

敏夫君が、名案を出した。

「それがいいわ。じゃあ、最初に誰と誰が乗るの？」

そうだ、誰と誰が一緒に乗るのだろう。一人が漕手《こぎて》の敏夫君とすれば、もう一人の同乗者は？……

「あたし舟に酔いますから、乗りませんわ」

禎子さんが、悲しそうな声を出した。彼女は隅田川の一銭蒸気に乗っても、気持が悪くなる性質《たち》だから、ついそう云ってしまった。だが、本心を云えば、少しぐらい胸がムカムカしても、敏夫君と一緒なら乗ってみたい。そうして、春実さんと一緒に、敏夫君を乗らせたくない……

「いや、そんな事云っちゃア。こんなボートで、酔やしないわよ。禎子さんもお乗んなさいね。……じゃア、ジャンケンで、順を決めない？」

「それがいいです」

敏夫君は、なんでも春実さんに、賛成する。

「ジャンケンポン！」

春実さんが、大きな声を出して、手を振った。禎子さんも、渋々、小さな拳固を拵えた。春実さんの顔は笑ってるのに、禎子さんは半分ベソを掻いてる。戦前既に士気沮喪《しきそそう》の有様で、これでは勝負に克《か》つのもムツカしかろう。果して、

「勝ったわ勝ったわ！」

鋏《はさみ》と紙で、春実さんの勝ちである。

「じゃア、行ってくるわ」

春実さんが舵の方に坐り、敏夫君がオールを握って、一、二度力強い漕ぎ《ストローク》を入れると、軽いボートは、水澄《みずすまし》のように滑り出した。

「バイ・バイ！」

春実さんがそう叫んで、臙脂色《えんじいろ》のハンカチを振った。さすが自慢しただけあって、敏夫君の漕ぎ方は見事である。ボートは見る間に小さくなって、瀟洒な丸木橋の下を潜り、右手に舵をとると、その儘、見えなくなった。

(こんなツマらない八の日は、初めてだわ……)

禎子さんは、ボート・ハウスの欄干《てすり》に凭《もた》れて、物想いに沈んだ。急に世の中が悲しくなって、抑えても、涙が頰を流れてくる。

白い、肉づきのいい指二本！

それが、彼女の眼の前へチラつく。先刻、ジャンケンをした時、春実さんが出した「鋏」の形だ。

（あの鋏で、あたしと敏夫さんの仲を、チョキリと切ってしまうンじゃないか知ら！）

禎子さんは、まるで神経衰弱患者のように、飛んだ妄想を始めた。

十分、十五分……二人は、なかなか帰って来ない。禎子さんの胸の中に、モヤモヤと、黒雲が拡がる。

（人のいない岸へボートを着けて、とても親密な会話を、始めたのではないか知ら！）

そう考えて、禎子さんの頭がクラクラするほど、切ない気持になった時、遠くで人声が聴えた。

「大変だア。ボートがひッくりかえったぞ！」

残される

「只今」

と、力のない声が、玄関で聴えた。

「おや、禎子かい？　大変早かったじゃないか」

茶の間にいた母親は、イソイソと立ち上って、迎えに出た。

「今日はお天気もよかったし、さぞ面白かったろうね」

母親は、八の日の休みを、心ゆくばかり享楽してきたに違いない娘に、そう云って、笑いかけた。

「ええ」

禎子さんは曖昧な返事をして、そのまま箪笥の置いてある三畳へ入ってしまった。着換えをするためであろう。

「こう春めいてくると、井の頭あたりは、随分人が出てるだろうね」

長火鉢の前から、隣室へ、母親は問いかけた。

梨《なし》の礫のように、返事がない。

「時に、敏ちゃんは、どうしたンだい？　帰りに一緒に来る約束じゃなかったのかい？　晩御飯は、あの人の好きなスキ焼にしようと思って、お肉が取ってあるンだよ」

母親は、もう一度、三畳へ向けて話しかけたが、寂として、声もないのである。

そこで、少しヘンだなと気がついて、煙管《きせる》をポンと叩いて、座を立った。

「おや、どうしたンだねえ」

襖を明けると、禎子さんは着換えも済まさないで、畳へ突ッ伏している。頸の後毛《おくれげ》が、少し顫《ふる》えてるようだ。

「まア、泣いてるのかい」

「知らないッ。あっちへ行って！」

平常《ふだん》温和しい娘に、似合わしからぬ剣幕だ。しかも、知らないと云いながら、涙の洪水が堰《せき》を切ったような声の調子だ！

「まア、どうしたっていうンだろうねえ」

母親は禎子さんの側へ躙《にじ》り寄って、背中を撫ぜんばかりに宥《なだ》め賺した。デパートの売場へ立つほどの娘さんでも、母の手の温みに触れると、まるで赤チャンのように他愛なくなる。

「あのウ……あのウ、敏夫さんが春実さんとボートに乗って……」

「佐川さんのお嬢様と、敏ちゃんがボートへ乗ったんだね。それから……」

「それから、あのウ……ボートが沈んじゃって……」

「えッ。それは大変……。二人とも、ブクブクしたんだね。敏ちゃんの命に、別条はないかい？ お前の泣くのも、無理はないよ」

と、お母さんは俄かに慌て出した。すると、禎子さんは顔を揚げて、

「違うわよ、母さん。ブクブクなんかするもんですか。膝までしか、水がなかったのよッ」

「おや、それはよかったね」

「ちっとも、よかないわよ。着物が濡れたもンだから、二人は、あのウ……二人はあたしを置いて……」

と云って、禎子さんは、またワッと泣き出した。

母親は訳がわからなくて、眼をパチクリさせてるのも道理――あの時、二人を乗せたボートが池を半周して、帰途に就く時だった。春実さんは敏夫君に、

「あたしにも漕がしてよ」

と云って、座《シート》を代るために、立ち上った途端、小さなボートは、忽ち重心を失って顚覆《てんぷく》した。幸い岸のすぐ傍でポチャンと水音のした時には、二人は杭《くい》のように、水の中へ立っていた。そうして、顔を見合わして、笑い崩れたのはいいが、困ったのは、濡れた服装の始末である。岸へ這い上った二人は、泥水の滴る靴を引き擦りながら、

「これじゃ、おかしくて、人中を歩けやしないわ。あたし、家へ帰るわ、あんたも一緒にきて、服をお乾かしなさいよ」

「そうですね。じゃア、そうさせて頂きましょうか」

二人は一番近い公園の出口から、円タクへ乗って、信濃町の佐川邸へ急がせたのである。車が中野あたりを通る時に、春実さんが、気がついた。

「あら、大変! 禎子さんを置いてきちゃったわ」

「ほんとだ! でも、あの人は着物が濡れてるわけじゃないから、省線で帰るでしょう」

と、敏夫君が事も無げに云ったのは、千慮《せんりよ》の一失《いっしつ》であった。

現に、禎子さんはお母さんをテコ擦らせるほど、この部屋で泣き咽んでいるではないか――

「そんなに泣かなくても、いいよ。敏ちゃんだって、子供の時からの仲好しだもの。それくらいのことで、お前を忘れたりするようなことは、決してありゃしないからね」

と、母親は頻りに、禎子さんを慰める。

「いいえ。春実さんと識合《しりあ》ってから、あの人の態度が、すっかり変ってきたのよ。今日なんか、あたしとはまるで口を利かないで、春実さんとばッかり話して……しまいに、二人でボートへ一緒に乗って、二人で一緒に沈んで……」

池へ落ちたことまで、こうなると、羨望の種となるらしい。

「お前も知っての通り、敏ちゃんは、亡くなった自家《うち》のお父様が学費を出してあげた恩もあるし、お互いに口へ出してこそ云わないが、お前と許嫁《いいなずけ》のようになってることは、当人もよく承知してるンだからね」

「承知してるンなら、今日みたいな事なさらないと思うわ。敏夫さんは、あたしが嫌いになったのよ。そうよ。よくわかってるわ」

「そんな事云って、お前……」

「いいえ、そうよ。あたしみたいな、旧式な、陰気な女は、嫌いになったのよ。朗かで、学問があって、お金持で、近代的な、華族のお嬢様が好きになったのよ。そうよ、そうよ……それにきまってるわ」

と云って禎子さんは、顔にあてた袂の中で、またワッと泣き出した。

母親は、もう云うべき言葉がなくなって、思案投首を始めた。門の外に豆腐屋のラッパが聴える。崖の下の家は、もう薄暗く暮れ始めたようである。

休憩時間

それから、一月経った。

花が咲いて、散って、若葉が萌えだした。十軒店《じゅっけんだな》に、武者人形が列び始めると、昭和デパートでも、新柄セルを売出した。今年は三割高だというのに、売行きは寧ろいいとは、不思議な話である。

午後の休憩時間に、春実さんは、売場のすぐ裏にある、女店員休憩室へ入って行った。

休憩室なぞというと、大変体裁はいいが、コンクリートの壁が露出したままの、狭い部屋の中に、ガタガタの長椅子が一台置いてあるきりである。悪く云えば、警察の留置場の内部と、あまり変らないようだ。

(まア、すごい!)

春実さんは、入店当時に、初めて休憩室へ入った時に、思わずそう心に叫んだが、未だに、この感じは失せきらない。部屋の殺風景さに、驚いたばかりではない。部屋の中にズラリと列んだジョテさん達の、深刻なる表情と仕草に驚いたのである。

休憩時間でありながら、休憩してる女店員は一人もない。折角与えられた三十分の時間を、彼女らは休みなく手を動かして、お化粧直しに費やすのである。一所懸命に鼻の下を長くして、パフで白粉を叩きつけてる彼女がいると思えば、お婆さんが豆を食べたように、モグモグと棒紅《ルージュ》を唇へ延ばしてる彼女もいる。手鏡や、コンパクトの鏡を覗き込む彼女等の眼付きの真剣さと云ったら、親が死のうが、雷様が鳴ろうが、ビクともしないと思われるほどだ。

芸妓さんでも、女優さんでもないのに、なぜ彼女等がこんなにお化粧に夢中になるかという事に就いて、是非ジョテさんのために、一言弁じて置かなければならない。これはつまり、「女店員はお化粧すべからず」という店則が、生み出した反動現象なのである。妙齢の女性に、化粧をする勿《なか》れなんて、云う方が無理である。そこでジョテさん達は、一寸見てはお化粧をしていないようで、その実、技巧の極を凝らした化粧術を発見したのである。つまり、真陰流《しんかげりゆう》の極意みたいにムツカしい技術だから、一心を籠めて、手間を掛けねばならない。化粧料も舶来の高級品に、月給の半額を割いても惜しまない。だからこそ、都会の女性中、化粧ではジョテさんに敵うものはないとまで、云われるのだが――

春実さんは、お化粧に手間取るのが嫌いな性分で、いつもは休憩時間を屋上へ出て過ごしてしまうのだが、今日は珍らしくこの部屋へ姿を現わした。

「真野さんは、来ていません？」

春実さんは、ベビー用品部の売子さんに、そう訊ねた。

「いま、交替の筈よ。そこにいるでしょう」

そのジョテさんは、真陰流の秘術を使ってる最中で、側目《わきめ》も振らばこそ。

「そう」

と云って、春実さんは四辺を見回したが、禎子さんの姿は見えなかった。

先月は休憩時間が食い違って、禎子さんに顔を合わす機会が殆んど無かったが、この頃ベビー用品部と同じ時間に交替ができるようになったので、春実さんは逸早《いちはや》く、親しい友の顔を見に来たのである。

(どうしたんだろう、禎子さんは?)

春実さんは不審に思って、休憩室を通り抜けた。ピクニックの日に、濡れた洋服を乾かしに、敏夫君が自分の家へ来て、父博士や母君とも識合いとなり、その後度々訪問に来るようになったが、真逆《まさか》それが禎子さんに致命的な打撃を与えていようなぞとは、彼女は想像もしていなかった。キビキビと頭の働く癖に、一面、子供のようにノンキな春実さんは、敏夫君に、「許嫁なんて、飛んだデマです」と云われると、その儘信用しているのである。

春実さんは屋上へ禎子さんを探しに行こうと、店員専用階段を昇りかけた時に、ショボリと窓に凭れて、外を見てる、女店員の後姿を見た。

「まア、禎子さん。あんた、こんな処にいたの? ずいぶん探したわよ」

階段を駆け降りるように、側へ寄ると、ハッとして窓を離れて禎子さんは、その儘無言で、下の階段へ行こうとした。

「禎子さん！　まア、どうしたの？」

春実さんは、グイと腕を掴まえて、彼女を窓際へ連れてきた。

「この頃、ちっとも逢わなかったから、沢山お話が溜ってるのよ。井の頭のピクニックの時は、ずいぶん面白かったわね。家へ帰って靴を脱いだら、靴の中に目高魚《めだか》が入ってたわよ。ホッホホ」

と、春実さんは面白そうに笑うが、禎子さんはちっともおかしくない。あの八の日の休日こそ、彼女にとって呪詛《じゅそ》の日だ。それ以来、敏夫君は崖の下の家へ、すっかり足が遠くなった。手紙を出しても、ハガキで簡単な返事しかくれない。そうまで敏夫君に心変りをさせたのは、誰の罪だ？　それを、知らないような顔をして、空々しく自分に話しかける春実さんは、なんという残酷な女だろう——と、鉄瓶をガスに掛けたように、手のつけられない沸騰《ふっとう》が、胸の中に起る。

「…………」

禎子さんは、返事をするどころか、プイと横を向いた。

「ちょいと、禎子さん。あんた。ほんとにどうしたの？」

さすがの春実さんも、漸く禎子さんの異様な態度に気がついて、肩に手をかけ、顔を覗き込むと、親しい友の憔《やつ》れた頬に、真珠のように大粒な涙が、一滴、二滴……縷々《るる》として、後を絶たない。

「まア……泣いてるの、禎子さん？」

「いいの……いいの。関わないで頂戴！」

「関わずにいられないわよ。どうしたのよ。訳を話してよ」

「春実さん。あなた、その理由をお訊きになるの？　あたしの口から話せ、と仰有るの？　残酷だわ！　あんまり残酷だわ！」

「残酷？　わかんないなア。誰があんたに意地悪したのよ。場合によれば、あたしがそいつをノシてやるわ」

世の中に、こんなトンチンカンな話はない。だが、禎子さんは、それだけ自分が嘲弄されてるように、いよいよ口惜しくなって、

「知りませんッ」

と、振り切って、その場を去ろうとした。

「ちょいと、禎子さん！」

春実さんが引き留めた時に、交替時間がきたとみえて、休憩室からドヤドヤと同僚が出てきた。

「あら時間だわ！　じゃア、帰りに『コマツ』で待ってるから、きっと寄ってね。そうして、

今の話をよく聞かしてよ。あたし、とても心配になってきたわ」
と、まだ察しのつかない春実さんは、禎子さんの耳に、心から、親切を籠めた声を、囁いたのである。

アン・ミツ

女学生がベーカリーへ行き、芸妓がお好み焼を贔屓《ひいき》にするように、ジョテさんはジョテさんで、愛用の店をもっている。百貨店の多い日本橋では、殆んどジョテさんばかりを顧客とする甘味ホールが、省線のガード下や、横丁の人目に立たぬところに、二、三軒あるのである。和洋の菓子に、お汁粉、ソーダ水――辛いものと云ったら、一枚の塩センベイも無く、酒客《さけのみ》が誤って飛びこんだら、眼を回しそうな店である。だが、一日の劇務で、グッタリ疲労したジョテさん達は、何よりもまず、糖分を摂って、カロリーを補給しようとする。だから、彼女達がお汁粉を三杯お代りしたって、笑ってはいけない。彼女等こそ天下晴れて、甘い物を食う権利があるのだ。

昭和デパートの女店員がよく行く「コマツ」も、そういう店の一軒だったが、勤務が終るとすぐに、春実さんは此処へ姿を現わした。

「アン・ミツ一つ頂戴！」

彼女はヘンなものを、註文した。蜜豆の上に餡《あん》をかけて、即ちアン・ミツ――最近の発明らしいが、東京の食物でこれ以上甘いものはあるまい。だが、ジョテさんは、十人が十人、これが大好物のようだ。

アン・ミツの匙を舐めながら、春実さんは禎子さんの来るのを、今か今かと待っていた。洋装の春実さんと違って、禎子さんは店服を和服に着変えなければならぬから、それだけ手間取るわけだけれど、それにしても、来かたが遅いのだ。

（どうしたンだろう……あの人、この頃まったく妙だわ）

そう彼女が考えてるところへ、入口が開いて、この店には珍らしい男が入ってきた。

「春実さん」

「あら、敏夫さん……あたしが此処にいることが、よくわかったのね」

「ええ、店へお寄りしたら、禎子さんに会いました。あの人が、あなたが此処にいるって、教えてくれました」

「で、禎子さんは？」

「今日は失礼すると云って、ズンズン帰って行きました」

「まア、へんな人！」

春実さんは、いよいよ禎子さんの気持がわからなくなった。だが、約束をスッポかされても、敏夫君が代りに来てくれたから、まだ埋め合わせがつく。

「あなた、アン・ミツ食べない？」

「なんですか、アン・ミツとは……それよりも、僕はあなたに少しお話があるんです」

と云って、敏夫君は店の中を見回すと、四、五人のジョテさん達が、アン・ミツを食べる手を休めて、好奇的にジロジロ二人を見てる。

「とにかく、外へ出ましょう」

敏夫君は赧くなって、椅子を立ち上った。

初夏の夕暮れは、もう七時過ぎなのに、どこやらに薄明を漾わせている。街路樹の若葉の匂いが、鼻に媚びて流れてゆく。二人は濠端へ出て、水に沿って歩きだした。

「話ッて、なんなの？」

春実さんは、そう訊いた。外へ出ると、敏夫君は急に黙りだして、いつまで経っても、口を切らないからである。

「ええ。いま、お話しします」

と、答えたが、敏夫君は、また無言の歩みを続けた。その癖、時々、云い出そうとしては、春実さんの横顔を見るが、よくよく気の弱い性分とみえて、また下を俯《む》いてしまう。

「あのウ……」

やっと勇を鼓して話しかけた。

「なアに」

「あのウ……此間仰有ったこと、あれは、真実《ほんと》ですか」

「此間云ったことッて?」

「つまり……あなたの身分だとか、財産とか、そんなことを問題にしないで、あなたの自由意志で、未来の良人を選択なさるというお話でしたが……」

「ええ、そうよ。今だって、その通りに考えているわ」

「そうですか。では……」

敏夫君は、第二段の用件に入ろうとして、また舌が動かなくなってしまった。まるで田舎の電燈のように、よく停電する男だ。羞恥心が強いばかりでなく、どこか気が咎めるところがあるらしい。

敏夫君が言いそびれている間に、二人の足はいつか、明るい東京駅広場へ来てしまった。敏夫君は一層云い出しにくくなった。

「春実さん」

突然、敏夫君が云った。

「なに?」

「これを、読んでください」

ポケットから一通の手紙をとり出すと、敏夫君はそのまま脱兎のように、駅の乗車口へ駆け込んでしまった。

「まア、ヘンな人！　今日は、ヘンな人ばかり揃ってるわ」

そう云って春実さんは、渡された厚い西洋封筒を凝視めた。

眠られぬ女

「まア……」

禎子さんの顔は、見る見るうちに、曇った。

「なにしろ、アンミツで散々甘いところを見せつけられて、それからレターを渡す光景でしょう？　こっちの方が、顔から火が出そうになったわ……ホッホホ」

同じ三階売場のM子とH子が、眼を光らして、笑った。

世の中には、オセッカイという種類の女がいる。デパートが百貨を網羅するように、ジョテさんの中には、必ずこういう女性がいるのだ。M子とH子は、あの甘味ホールで、春実さんと敏夫君の姿を見ると、御苦労様にも二人の後を尾行して、東京駅広場まで行った。そうして敏夫君が手紙を渡すところを見届けて、まるで天文学者が彗星《すいせい》を発見したような歓びかたで、翌日になると、早速、禎子さんに報告したのである。尤も、K子もH子も、禎子さんの敏夫君に対する胸の内なぞは、卯《う》の毛ほども知らない。知っていたら、真逆、こうまでアケスケに、実況放送をすることはできなかったろうけれど……

禎子さんは、一々、思い当ることばかりであった。あの日、折角、敏夫君が店へ訪ねてきてくれたのに、彼の顔を見ると、急にスネてみたくなった。そうして、心にもなく、あんな態度に出てしまったのだけれど、実は敏夫君が、

「いや、春実さんと会っても仕様がない。では、僕も帰りましょう」

と、云ってくれるのを、待っていたのだ。だが、敏夫君は、そう云わなかった。そればかりか、欣然《きんぜん》と春実さんのいる場所へ行って、一緒に散歩して、それから手紙を渡すなんて……

彼女は、あんなに優しい性格の敏夫君が、真逆、自分を蹂躙《ふみにじ》るようなことをするだろうとは、今まで信じていなかった。ほんの一時、春実さんの明るい美に眩惑されただけだろうと、腹の底では思っていたのだ。

(それは、みんなあたしの空頼みだったンだわ。あの人は、今度という今度、ほんとにあたしを見棄ててしまったンだわ……ああ!)

禎子さんは、そう考えずにいられなかった。

彼女は世の中がツマらなくなった。世の中がツマらないくらいだから、店の勤務なぞツマる道理はない。

「真野さん、そんなボンヤリした顔をしてては、困りますね。〝明るいサービス集まる顧客〟

という接待標語を忘れたンですか」

と、今日も彼女は、女店員監督《スポンサー》から注意された。もう店では、夏物陳列を始めて、呉服部では薄物、家具部では岐阜提燈や簾《すだれ》、新型の海水着を着たマネキンが、やがて一階売場へ現われようという季節なのに、彼女の心は冬のように暗かった。

(ああ、いやだ……あたし、もうお店をやめようか知ら)

彼女は、度々、そう思った。店の仕事に興味がなくなった上に、同じ階の売場に立つ春実さんの姿を見ると、胸がキリキリ痛んでくる。そうして、ツクヅク、この店へ勤めるのを、呪う気になる。

だが、彼女は、そう自由にジョテさんを廃業することはできなかった。最近の、激烈な物価《ぶっか》騰貴《とうき》で、お母さんの貰う遺族扶助料は、いよいよ窮乏を告げる。春実さんのように、道楽に勤務するのと違って、今では、彼女の月給は真野一家にとって、重要なる財源の一つなのだ。いかなる苦悩を忍んでも、母親を安心させるために、職場へ立たなければならないのだ。

可哀そうに、禎子さんは、この頃眼立って、ゲッソリ痩せた。

「あたし、この頃、ちっとも眠れなくって困るのよ。なんかいいお薬あって?」

禎子さんは休憩時間に、薬品部のT子に訊いた。

「沢山あるわよ。ベロナール、ルミナールなんて、とても効くわよ。国産品のネムクナールも、値段の割合いに、優秀よ」

「そう、じゃア、それを売って頂こうか知ら、ほんとに、眠くなる？」

「そりゃア、眠くなるわよ」

禎子さんは、店員一割引きで、〝ネムクナール〟を買うことにした。すべてを忘れて一晩でもグッスリ眠りたいからである。もし、永久に眠ることができたら、彼女はむしろ本望かも知れない。

文ちがい

春実さんは、敏夫君から厚い西洋封筒入りの手紙を渡されて、家へ帰ってから自分の部屋へ入って、ソッと読んだ。

いくら彼女が無邪気な性格でも、青年からタダならぬ様子で、手紙を渡されてみれば、その内容がどんなものであるか、読まないうちから、大凡《おおよそ》、想像がつく。しかも、その青年たるや、彼女自身も、決して不快には感じていない敏夫君である。

（申込《プロポーズ》の手紙だったら、パパに早速話してみるわ。パパが、もしいいと云ったら……）

彼女の顔に、微笑が浮かぶ。そうして封を切ってみると、三十枚ほどの原稿用紙に、細々とペン字を書き込んだ、長い手紙である。

「まア、長い手紙……こんなに沢山書くことがあるのか知ら」

そう呟いて、第一頁《ページ》を読み始めた春実さんは、いきなりプッと噴笑した。

〝法的秩序ノ保障行為ニ就テ〟

手紙の冒頭に、そういう題が書いてある。どうも変なラヴ・レターだ。続けて後を読んでみると、春実さんの頭が痛くなるような法律上の用語ばかり出てくる。どうやらこれは、敏夫君の専攻の学術論文らしい。それにしても、どうしてこんなものを、彼は春実さんに、献げたのだろうか。

(ああ、そうだ……これは、きっと、パパに読んで貰いたいンだわ。自信のある論文ができたから佐川教授に読んでくれという謎だったンだわ。あの人、気が小さいから、自分では頼めなかったのよ)

彼女は、そう解釈した。それにしても、手紙がラヴ・レターでなかったのは確実で、普通のお嬢さんだったら、或いは、夢で蟇口《がまぐち》を落したぐらいの失望を感じたかも知れないが、その点は春実さんは朗かである。求愛の手紙実は法律論文ということが、考えれば考えるほど、可笑しくて仕様がない。

「ホホホホ、鶴見さんたら、あたしンところへ、こんなものを送ってきたわよ。パパ見て上げてよ」

春実さんは、父の書斎へそれを持って行った。

「ほウ。此間わしに、法学協会雑誌へ研究を発表したいと云っていたが、大方それだろう。それにしても、直接わしの処へ送ってくればいいのに、つまらん遠慮をする青年だ」

佐川博士は、温顔を綻ばせて、早や一、二枚、原稿の頁を繰り始めた。

それきり春実さんは、敏夫君の手紙の件なぞは、すっかり忘れてしまった。だが、不思議なことに、それ以後敏夫君は、フッツリ春実さんの前へ姿を現わさないのである。手紙もくれなければ、電話も掛けて寄越さない。まるで音信不通の人間になってしまった。

だが、それもその筈である。

彼は研究室でも、アパートの自室でも、毎日頭を抱えて、大いに呻吟《しんぎん》しているのだ。

「んウ……。なんたる重大な過失だ。粗忽《そこつ》にも程がある。僕のような細心な男が、こんな失態を演ずる筈はないのだが……つまり、これが天罰というやつだろう。自分の良心に背いた行為を企てた懲《こら》しめに相違ない」

そう呟いて、彼は髪の毛を掻き挘《むし》らんばかりの悔恨《かいこん》に暮れる。

敏夫君が春実さんにラヴ・レターを書いたのは、事実だった。彼は禎子さんに済まないと思いながらも、近代的美人であり、同時に有力な大学教授の令嬢である春実さんを、自分の妻にして、学界で早く出世ができたらという野望を、心の隅に持った。

しかし、あンまり虫の好過《よす》ぎる考えだけに、当人も大いに気が咎めた。ラヴ・レターは書いてみたが、思い切って郵送する勇気はなかった。あの日も、もし禎子さんが一緒だったら、彼は決してそんな大胆な真似はしなかったに相違ない。禎子さんが妙にスネたので、彼は春実さんと二人切りで散歩することになり、遂に機会を見出したのだ。

手紙を渡して、脱兎の如く東京駅へ駆け込み、まだドキドキする胸を抑えながら、電車に乗った敏夫君は、ふと右のポケットへ手を入れると、渡した筈の手紙が指尖に触れたので飛び上らんばかりに驚いた。イケナイ！　あまり慌てたので、左のポケットに入れて置いた法学協会雑誌へ送る原稿と、間違えたのだ。

敏夫君は、春実さんに合わせる顔がないように思った。事情を説明して、その論文を返して貰うなんて、気の弱い彼には、出来ない芸当だ。と云って、その論文は愛の手紙に劣らず、一心籠めて書き上げた労作で、学界に真価を問うべく彼の心血を傾けたものなのだ。今頃は、大方、春実さんの紙屑籠へ捨てられたろうと、思うと彼は泣いても足りない気になるのである。

「虻蜂《あぶはち》取《と》らずとは、この事だ。つまり、禎子さんのことを忘れた天罰だ！」

彼は今更のように、後悔した。そうして禎子さんにも顔向けのできない気持で、この頃は大学の研究室へ毎日籠っているが、心は怏々《おうおう》として愉しまず、あまり研究も手につかないのである。

そこへ、突然、彼の許へ、電話が掛ってきた。

「モシモシ。あんた、敏夫さん？　急用があるの」

聞き覚えのある春実さんの声だ。だがいつもと違って厳粛な、詰問するような声だ。脛《すね》に傷もつ敏夫君は、ハッと胸を轟かせた。

暗い静養室

百貨店の中に、静養室というものがある。買物にいらっしたお客様が、病気にでもなると、この部屋へお臥かし申上げる。一流病院の特別室よりも、もっと立派な部屋で、薬代も看護料もタダである。そのせいか、相当に利用者が多い。特売場で奮闘の結果、脳貧血を起したり、食堂で蜜豆を五杯食べて急性胃カタルに罹《かか》ったり——そうかと思うと、とたんに産気付いて、静養室でヤスヤスと分娩をなさるような勇敢な婦人もある。

だが、百貨店には、もう一つの静養室がある。この方は、模様がガラリと変って、まず三流病院の三等ぐらいの設備だ。薄暗い灰色の部屋に、鉄製の粗末なシングルベッドが一台横たわっているきり。花だの額だのというものは、勿論一つもない。百貨店はサービス第一であるから、お客様は決してこの部屋へお入れ申上げない。では、誰を入れるかというと、店員を入れるのである。店員だって病気をする。特に、繊弱《かよわ》い女店員は、病気になる機会が多い。勤務振りに影響するから、少しくらいの病気は我慢して、職場に就いてはいるのだけれども……

今日の午後、昭和デパートの店員静養室は、やはり一人のジョテさんを収容していた。ベッドに身を横たえている彼女の額は、鞣革《なめしがわ》のように蒼白く、冷たい汗の玉を結んでいる。鼻で微かに呼吸《いき》をしているが、昏々と深い睡《ねむ》りに陥っているらしい。

「禎子さん……禎子さん」

枕頭で、気遣わしそうにそう呼んだのは、春実さんである。寝ているのは、一時間ほど前に、売場で突然卒倒した禎子さんなのであった。どうした事か、彼女は勤務中に、フラフラと蹌踉《よろめ》いて、その儘床へ倒れてしまった。折りよく、ベビー用品部には、一人の顧客もきていなかったが、文房具売場は例によって、二、三人の学生《ガジルシ》が春実さんの前に、屯《たむろ》していた。

「大変よ。ベビー用品部の真野さんが、卒倒したわよ」

と、同僚から聴くと、春実さんは、

「失礼ッ」

と、学生に売りかけていた万年筆を、矢庭に引ッ奪《たく》って、ベビー用品売場へ飛んで行った。そうして、騒いでいる女店員を掻き除け、まず禎子さんを静養室へ抱え込んだのである。

医者は、脳貧血だろうと云って、その手当を命じた。だが、薬品部のT子の言葉が、それからそれへと伝わって、騒ぎを大きくした。

「真野さんは、自殺じゃないかと思うわ。だって、先刻、蒼い顔をして、ネムクナールを一壜買いに来たんですもの」

医者は慌てて手当を仕直し、T子は売場主任から、そんなものを売った事に就いて、大眼玉を食った。

「心臓に変化が少しもないから、生命には別条ないと思うけれど」

という医者の言葉も、春実さんを安心させることはできなかった。彼女は禎子さんの店服を脱がせ、胸を冷やし、脚を温め、夢中になって介抱をした。此間うちから、禎子さんの沈んだ挙動に不審を懐《いだ》いていたが、果してこんな騒ぎを起したので、もう矢も楯もなく友の身の上が愛おしく、店務なぞはてんで打棄《うっちゃ》らかして、静養室を離れない。この様子では、今日は半休ということになって、精勤賞は貰えなくなるだろうが、そんなことは問題ではないのだ。

(一体、なんだって禎子さんは、自殺なんか企てたンだろう。そんな煩悶《はんもん》があれば、あたしに一言話してくれればいいのに)

春実さんは、どう考えても、原因が腑に落ちなかった。

静養室には、二人切りである。大通りの電車の音が、鎖《とざ》された窓から時々聴えてくるばかりで、部屋の中は、シンと静まり返っている。

禎子さんが、ウーンと微かな声を立てて体を動かした。

「苦しい?」

春実さんは顔を覗き込んだが、まだ昏睡してるとみえて、返事がない。だが、禎子さんが体を動かした拍子に、ベッドの上に置いてあった店服が、パタリと床へ落ちて、折った紙片がポケットから飛び出した。

瞬間に、サッと或る考えが、彼女の頭に閃いた。

（あッ、遺書だわ）

封がしてあるわけではないし、場合が場合であるし、彼女は躊躇なくその手紙を読み出した。

――敏夫さん。妾《わたし》はすべてを諦めました。妾のような何の取柄もない愚かな女は、到底貴方の妻になる資格がない事がよくわかりました。

――貴方のお手紙に対して、春実さんが必ずよい返事を下さることを、お祈り致します。

――春実さんこそ、貴方の令夫人に相応しい女性でありましょう。

――デパートで働いて、やがて新家庭をもつことを、妾は心秘かに描いていました。でも、すべては運命であります。妾は何もかも諦めました。そして、一生をこのデパートに献げ、一人の女店員として死に……

（あら、やっぱり、遺書だわ！）

春実さんは、飛び飛びに長い手紙を読んで、最後の文句にきた時、そう思った。手紙は書きかけとみえて、それで終っている。日付けも書いてない。だが、歴然と、それは敏夫君に宛てたものである。春実さんは、敏夫君が自分に宛てた手紙というところだけが意味不明だったが、今となっては、鏡に映したようにハッキリと禎子さんの心境がわかった。

（まア、なんてお気の毒な人だろう！）

彼女は猛然と、禎子さんに同情を起したと共に、すぐ電話室へ飛び込んで、大学研究室の敏夫君を呼び出したのである。

敏夫君は本郷から、慌てて円タクを飛ばしてきた。禎子さんが毒を服んだと聞いて、彼はブルブルと震え上り、今更のように、禎子さんの子供の時からの親しみと愛を想い出し、もし彼女が死んだら、自分も生きてはいられないような気持になったのである。

「ま、まだ呼吸はありますか」

静養室の扉を開けると、敏夫君は声を弾ませて、そう訊いた。

「ええ、今のところはね。でも、いつ絶えるかわからないわ」

春実さんは、少しオマケを云った。

敏夫君は罪人のように首を垂れ、いつまでも、禎子さんの物云わぬ顔を凝視めていた。やがて彼は、春実さんの声に驚かされた。

「これをお読みになるといいわ」

儼然《げんぜん》と春実さんはそう云って、禎子さんの遺書を渡した。

敏夫君がそれを読んでる間に、彼女はソッと静養室を出た。そうして店員専用エレベーターに乗ったから、三階売場で降りるかと思うと、そうでなかった。地階の更衣室へ行って、彼女は店服をワンピースに着換えて、そのまま外へ出て行き、駐車のタクシーの扉を開けた。

春実さんの車が、自宅へ着いた時分だったろうか、昏々と眠っていた禎子さんが、パチリと眼を開いた。

「あ、気がつきましたか」

「あら、敏夫さん……」

静養室の二人の驚きは、大きかった。

「宥《ゆる》してください、禎子さん。僕が悪かった。あなたが自殺を企てるほど苦しんでいようとは僕も思っていなかったンです」

「自殺？」

「ええ。催眠剤なんか服んで！」

「あら、そんなもの服みゃしないわ。この頃、眠れないから買っては置いたけれど、まだ手もつけずに、そこにあるわ」

「おやッ？」

なるほど、店服のポケットに、帯封の切れないネムクナールが入っていた。医者の最初の診断通り、彼女の病気は単純な脳貧血だった。尤も、この頃の不眠が続いた上に、昨夜はあの悲痛な手紙を徹夜して書いたので、身体が極度に衰弱していたのは事実だったが……

エピローグ

「ハッハッハ。やっぱり、パパの予言した通りだったな」

書斎で、佐川博士はシガーの煙りと共に、笑いを吐き出した。

「そうね。やっぱりいつも愉快なことばかり続かなかったわ。自然に店を廃《や》めたくなる日がきたわ」

春実さんは、いつか父親の云った言葉を、鸚鵡返《おうむがえ》しに繰り返した。

彼女は、あの日限り、昭和デパートを退いた。自分の気紛れから、真に働かねばならぬ女性の席を奪っていたのを、心苦しく思ったばかりでなく、危く同僚の恋まで奪いかけたのを知って、彼女は急に働くのが嫌になった。だが、彼女に続いて禎子さんまで店を退いたので、昭和デパートは名花二輪を一時に失ったようなものだ。だが、禎子さんの退店理由は、平凡である。

全てのジョテさんと同じように、結婚のためである。運命の戯れから、敏夫君の研究論文が、佐川博士の眼に止まって激賞され、私大講師に就職の途が開けた。些かながら、新家庭をもつ収入ができた。しかも、禎子さんの結婚の媒妁人《ばいしやくにん》に佐川博士夫妻が立ってくれるとは、なんと幸先きのいい人生の首途だろう。だが、そうなるまでに、春実さんがどれだけ裏面の工作をしたか、彼は知るや否や？

「でもね、パパ。あたし、デパートを廃めたら、とても寂しいわ」

春実さんは、ほんとに寂しそうな顔をして父親に云った。

「ハッハハ。よほどデパートの好きなお嬢さんらしいね。と云って、もう女店員はお前も懲りたろう。では、パパがいい智慧を貸して上げよう」

「あら、なに？」

「来月の船で、パパが万国学術会議へ行く時に、お前も一緒に西洋へ連れて行こう。欧米のデパートをよく見学してくるといいな。序に広い人生のデパートを見学してくるのもよかろう」

春実さんは無言で、パパの首玉へ飛びついた。


〔1937年1月〜6月「主婦の友」初出〕

青空部隊

一

「草津よいとオコ、一度はお出で
　ドッコイショ……

と、南洲が謡《うた》いだすと

「お湯の中にもねエ
　花がア咲くよ

と、北洲が続けて、〝チョイナチョイナ〟は、二人の合唱となる。〝チョイナチョイナ〟で、すこし気分が出て、北洲がペンチで電線を叩くと、震えた泣き声のような、チュン、チュンという音が、遠くまで空を伝わってゆく。

——なんて陽気な工夫さんだ。

という風に、往来の人達は、空を見上げて、笑っていく。カーキー色の作業服に、巻ゲートル、地下足袋。ペンチ・サックの袋を腰にさげ、九メートルの電柱の突端で、上役や監督の代りに、お天道様と雲の顔を見ながら働くのが、彼等の職場だ。七分《ぶ》の胴綱《ロップ》を電柱から腰へ巻いて、出初式の哥兄《あにい》のように、宙へ反り返るところは、なかなか勇ましい作業だが、それで女に惚れられたという話も、まだ聞かない。夏の烈日の直射と、冬の寒風の吹き晒《さら》しは、地上の人の想像以上にコタえる。給料は安いし、勤務は長いし、決して割りのいい仕事ではないが、呑気といえば、それが取柄の職業かも知れない。

二人は、東京電話会社の工夫である。

「南洲。よく山が見えるなア」

十月半ばの大空は、眼に浸みるように青い。野球の放送のセカセカした声が、どこかの屋根の下から、湧き上ってくる。が、それは却って、菊日和《きくびより》の長閑《のどか》さを増すようなものである。

「うむ。俺のところからは、テッペンだけしか見えねえけれど……」

南洲は、下の腕木のところで働いているのだ。

「足柄山ッてえのか、丹沢山ッてえのか、いやにハッキリ見えるぜ。富士山は雪が降ってやがらア」

そんな近くに山があったかと思う様に、相模の山脈がクッキリと、紫紺の浪を描いて新雪の富士山は、洗濯の利いたワイシャツを着た男の様に、颯爽たる表情を見せている。

「なア、北洲」

「なんでえ」

「うちの方の山は、もう降ったかな」

「雪か。さア、まだダラズ」

思わず北洲は、国訛りを出した。

二

南洲と北洲、維新の大豪傑と、清元の外題《げだい》のような名前だが、なかなか以て、そんなエラ方でもなければ、イキな人物でもない。南洲は本名を隅野藤助といって、群馬県南周防《すわ》村の出身である。北洲の名は渡辺半次郎、隣村の北周防村で生まれた。これだけ云えば、綽名《あだな》の来歴を説明する必要もなかろう。尤も、彼等の故村《こそん》の習慣で、南周防村の者を「南の衆」、北周防村の者を「北の衆」と呼び合うので、隅野藤助と渡辺半次郎が東京へ出てからも、自然それが口を衝いて出る機会があった。でも、それじゃあンまり田舎臭いから、

「おい、南シュウ」

「なんでえ、北シュウ」

という風に変ってゆくうちに、逆に大豪傑と粋なお座付きの名を、僭称《せんしょう》するに至ったものらしい。今では二人とも、国の友達へ出す手紙なぞには、麗々とこの字を封書に書く……隅野南洲、渡辺北洲。

二人は、小型な青雲の志を懐いて、七、八年前に、東京へ出てきた。もともと野良仕事を嫌になった結果であるから、東京では、是が非でも、洋服を着る職業に就きたかった。そこで新聞の職業欄を見ると、経験、学歴を問わず、努力勤勉の人を求むというような、事務員募集の広告が沢山出ている。努力勤勉なら、決して人様に負けない気で、片端しから広告主を訪ねてみた。すると、東京という処は、よくよく人手の足りない都会とみえて、即座に二人を採用してくれる。その代り、保証金を二十円出せ、三十円出せという。そういう保証金を五、六度納めて、つまりこれは雇主《やといぬし》の生活を保証するためのお金だと気がついた時には、二人が田舎から持ってきた金は、もう一文も無くなっていた。

そこで、彼等は料簡を入れ変えて、汗を出す職業の口を探した。新聞を配達した。牛乳車も挽《ひ》いた。蕎麦屋《そばや》の出前持にもなった。円タクの助手もやった。

だが、別れ別れに働いてた二人が時々、顔を合わすと、きまったように、同じ嘆声を洩らすのだった。

「どうも、気が落ちつかなくていけえねえ。どれもこれも、腰掛けみてえな職業ばかりだ。新聞を何百枚配達しても、配達夫が配達官に進級するわけにゃ行かねえ。これア考えものだ」

「まったくだ。百姓してたって、うまく行けば、小作農から自作農に、出世ができる。いつまでもその日暮しをしていちゃ、村の者に顔向けができねえ。第一、働いてる自分が面白くもなんともねえ。俺達は一生やっていられる職業を探さなくちゃウソだ」

二人の体には、まだ農夫の血が流れてるとみえて、土着農耕は好きだが、遊牧は嫌いなのであろう。都会の浮浪生活は、彼等の性に合わなかった。

で、或る日、二人は思い切って、東京電話会社の工務課の工手養成所《こうしゅ》へ、志願書を出す気になったのであった。念願の事務員とは、よほど針路が変ってきたが、電話会社は大会社だ。まるで官省のような、大組織を持ってる。工手が技師に出世するわけには行かないが、工手取締役まで立身する道は開けている。取締役になれば、コールテンのチョッキに金鎖《きんぐさり》を光らせて、月給も百二、三十円までは頂戴できるのである。

運よく二人は、養成所へ入れられた。三カ月の実習を了えると、一人前の工手になった。工手というのは、工夫のことである。監獄が刑務所と変る時分から、電話工夫が電話工手になった。腹掛けのドンブリから煙管を出すところを、カーキー服のポケットからバットを出すように変った。南洲と北洲も、カーキー服と学生帽と、日給七十銭を貰って、地上三十尺の職業戦線へ立つことになった。収入としては、今までの浮浪職業と比べて、決して良いことはない。しかし、働き心地は悪くない。たしかにこれは、ほんとの職業だという気持がする。そればかりでない。思いがけない役徳が、この職業に付いていた。

三

アパートの引込み線の故障を直しに行く時なぞは、ずいぶん面白い。

「南洲、どうしてアパートってところは、こう、女ばかり住んでるのだろうな」

電柱の脚釘《きゃくてい》を攀《よ》じる時には、一階の部屋が見える。腕木まで登りきると、二階の窓が、ズラリと眼下にい列ぶ。どの部屋も、どの窓も、カーテンが閉じていないとすれば、たいてい女の姿がチラチラする。

「ことによったら、俺達ア、女専門のアパートばかり、歩いているのかも知れねえぞ」

はじめは、二人ともこんなことを云っていた。昼間のアパートにいるのは、内縁の妻か、安価な二号か、遅番の女給さんなぞであることを、まだ知らなかったので。

「おい、見や、北洲……」

或る時、南洲が低い声でそう囁いて、下から北洲の地下足袋をつついた。

「なんでえ」

「なんでもいいから、早く見な」

眼顔で知らす窓の中を見ると——驚いた。

「呆れたもンだな」

「東京の女ッて、恐ろしく図々しいもンだな。まだお天道様が出てるじゃねえか」

「ほんとによ。せめて幕でも閉めて置けば、勘弁できるが……村の酌婦《しやくふ》でも、こんな真似はできめえ」

と頻りに慨嘆して、仕事を遅らすような風景に、間々、出遭うのである。

外の方を向いて、着物のお召替えのところだとか、アラレもない大の字の昼寝姿だとか、そんな風景なら、一日に二度や三度は、必ずお目に掛かれるというものだ。

実際、人間の眼の角度というものは、不思議なものである。人間が人間を眺める角度は、およそ定《き》まってくるとみえて、仰角五十五度以上になると、もう注意がボヤけるらしい。そんな方角から人間を見降すのは、普通、鴉《からす》か雀《すずめ》か、青空にきまってる。都会の女性は、電車や街頭では裾や袖口の乱れを気にして、恐ろしく神経を使う代りに、私室へ帰ったら随分ノビノビしないと、第一、体が保《も》たないわけだ。そこで、いよいよ四十五度以上の方角を疎かにする事となる。馬へ乗って隊へ通う軍人さんなぞも、塀越しに、よく面白い風景にブツかるそうだが、南洲と北洲は電柱の上に乗ってるのだから、その経験は馬上の比ではない道理。

なにも、アパートに限ったわけではない。電柱あるところ、必ず人間の生活ありと云えるから、二人が東京全市の屋根の上を歩いてる間に、ずいぶん種々《いろいろ》のものを見た。むしろ見飽きたと云っていい。節穴から他人の秘密を覗いてれば、窃視狂《せつしきよう》になるが、なにしろ二人のいる環境は、青空の下だ。謂わば、それは青空稼業だ。飛行家や、仙人や、神様と同じように、下界を眺めるのが、商売になると、湯屋覗きのようなコセコセした料簡と、およそ縁が遠くなるのである。

いつか二人は、心境甚だユッタリとして、東京で立身出世の希望なぞ、どうでもよくなった。洋服を着て会社へ通うなぞは、まったくオカシな夢になってしまった。初任日給七十銭が五銭宛ジリジリ昇って、今では一円十銭という処へ漕ぎつけたが、工場勤めの熟練工月収何百円という景気を見ると、あまりいい気持はしないながらも、他に転業しようという心は毛頭ないのである。

「今更、地面の上で働く気にはならねえやなア、北洲」

「そうとも、南洲。屋根の下へモグるなんて、おかアしくって……」

そこで、職場へつくと、自然、鼻唄の一つも、飛び出して来ようと云うものである。

四

暑からず、寒からず。

青空稼業も今が絶好のシーズンみたいで、南洲と北洲も、『草津ヨイトコ』を二、三遍繰り返すと、それきり仕事に身を入れて、無言になってしまった。

山の手の、震災で焼け残りのこの界隈は、家屋もみんな古いが、樹木が多くて、高いところから見下す眺めも、悪くない。大きな庭の屋敷があると思うと、それに押し除けられたように、三十円級の貸家が、ゴミゴミ列んでいる。二人が仕事しているのは、その貸家部落の屋根の上であった。

「打ちました、打ちました……ヒットヒット……あ、アウト……」

また、野球放送の声が高くなる。今日はBクラスの試合だが、アナ君もどうやらBクラスとみえて、ミスが多い。

南洲はスパナで腕木の角鋲《びょう》を締め了えて、仕事も一段落ついたので、下へ降りて一服しようかと、腰のロップを解きかけた時、見るともなしに、すぐ眼の前の二階を見た。

実は、旧式な硝子《がらす》戸の嵌った、古ぼけたその二階で、さっきの若い娘が、例によって、青空を対手の着物お召替えをしていたのである。パッと白かった小さな胸……雛罌粟《ひなげし》のように紅かった長襦袢……足袋を履く時のアブない立膝……此処に人有りとも知らぬが仏のありがたい風景を、この職業に入りたての南洲なら、息を殺して眺めたかも知れないが、今はもう余裕綽々、釣竿《つりざお》に雑魚《ざこ》が掛ったほどにも思っていない。だから、チラと眺めて、仕事にかかり、すっかりその娘の存在を忘れていたのだが、今、見るともなしに、もう一度その二階へ眼を走らせたのは、なんかの縁でもあったろうか。

——おや、ヘンな真似をしやがるな。

南洲はそう思って、脚釘を降りる足を止めた。

娘はいつか身装《みなり》を整えて、一番の晴着らしい訪問着に、胸高に丸帯を締め、さてこれから行先きは有楽街か、それともアミの家か、いずれにしても、イソイソと外出の姿を見せるだろうと思ったのに、再び畳の上へ坐って、長々と脚を伸ばした。キチンと膝頭と爪先きを揃えて、何をするかと思うと、着物の上から、膝のあたりを、細紐でグルグル巻いて、力一杯結んでいる。冗談じゃアない。そんな所を結《ゆわ》えたら、外出しても、往来を歩けやしないではないか。

上の半分が透明硝子で、下の半分が磨《すり》硝子という、大正遺物の武骨な硝子戸越しに、二階の中を覗いていた南洲は、戸外の明るさに視力が遮《さえぎ》られて、ハッキリ娘の様子が見えなかったが、白足袋がチラチラ動いて小机の上へ踏み上ったことだけは、よく判った。

——いよいよ訝《あや》しいぞ。

と、彼が電柱から半身を乗り出して、思い切って部屋の中を覗き込むと、鴨居へ掛けた赤い扱帯《しごき》が輪になって、怖さに眼を閉じた娘の白い顔が、ヌッとその中へ突き入れられようとする瞬間で——ドサドサ、ドサッと、貧弱な雷が落ちたような音を立てて、南洲はトタン庇《びさし》へ飛び降りた。危く地面へ墜落しそうなのを、やっと踏み耐《こら》え、硝子戸をガラリと開けると、地下足袋のまま二階へ跳び込んだ。

「バカな真似をするンじゃねえ！」

娘は呆気にとられて、赤い扱帯に両手で摑まったまま、眼をパチクリさせて、南洲の顔を見てる。

「スンデのところだったぜ。冗談じゃねえ」

そう云って南洲は、グッと娘の手首を摑んで、小机の上から、引っ張り降した。膝の自由の利かない彼女は、茎の折れた花のように、そのまま畳へ崩れたと思うと、ワーッと急に泣き始めた。

「大きな音がしたが、どうかしたのかい」

這うように階段を昇って、ヨボヨボした婆さんが上り口に顔を出したが、部屋に立ちはだかった南洲の姿を見ると、ギョッと眼を瞠《みは》って、震え声を出した。

「ド、泥棒！」

「慌てるンじゃねえ、婆さんッ」

南洲は、自分の方が慌てた声を出して、眼顔で娘の様子を、婆さんに示した。

「梅子、お前、まア一体……」

鴨居からブラ下った赤い扱帯と、泣き伏した娘の姿は、婆さんにすべてを語るに充分だった。

「そんなにお前……そんなに思い詰めて……梅子、梅子……」

オロオロ声で、娘の背中へとりついた婆さんは、今度は自分が堰を切ったように、歔欷《すすりなき》を始めた。

「……済みません……お母さん……済みません」

娘の泣き声は、そう云いながら、一層高くなった。

南洲は手持ち不沙汰に、この愁嘆場を見下していた。

「どうしたンでえ、南洲」

半分開いてる硝子戸の間から、ノッソリ北洲が首を出した。

五

朝十銭、昼夕十五銭と書いたビラの下で、南洲はいい気持そうに、盃を口に持って行った。

「なにしろ、人一人助けたてえのは、俺も生まれて始めてだ。ハハハハ」

そこで、いつもの定食十五銭のほかに、お銚子を一本奮発したのである。サンマの塩焼と小松菜の胡麻ヨゴシを肴に、すこし酸ッぱいけれど、日本酒には相違ない液体を、チビリチビリ傾けている。

「偉いわよ、南洲さん。きっと、明日の朝の新聞に出るわよ」

「いや、新聞にゃ出ねえさ。俺ア名前も云わずに、その家を出て来ちまったンだから……」

「まア、名前も云わずに？」

「そうさ。云ったところで、仕様がねえじゃねえか」

だが、内心大いに得意の様子で、南洲は後ろの壁に凭れた。

「感心だわ、南洲さん！」

いよいよ感を深くして、お春ちゃんは声を高めた。その表彰という積りか、滅多にしないお酌を、南洲のためにサーヴィスすべく、徳利を持った。

お春ちゃんは、天狗食堂の娘である。昔は一膳飯屋という名だったが、縄暖簾《なわのれん》を撤廃して、醬油樽を椅子に直して、定食というものを始めるようになってから『食堂』なるものが俄然殖えた。天狗食堂は、そのうちでも小規模な方で、お父さんとお母さんとお春ちゃんの三人で、結構手が回るほどの営業振りである。と云って客種はなかなかバカにならない。大学生も来れば、勤め人も来る。円タクの運ちゃんにガスの集金人——いずれも洋服を着てる人種で、南洲や北洲なぞは、下の部に属するのは勿論である。

二人はこの近所の路地の奥に、共同で貸間を借りて、朝だけは自炊しないと、弁当箱へ入れる飯に困るが、晩はたいてい天狗食堂で食べることにしている。食堂は他にも一、二軒あって、飯のモリのいい点だとか、おカズが旨い点に於ては、天狗食堂を凌駕する店がないこともないのに、自然、二人の足が此処へ向くというのは、おカミさんが呑気で、気が置けないというばかりでない。勿論、お春ちゃんの引力が然らしむるところである。

その癖、南洲も北洲も、仕事先きなぞでは、他の女の噂はいくらもするが、お春ちゃんの事は滅多に云わなかった。あれほど仲のいい二人ではあるが、お春ちゃんの問題になると、妙に遠慮やコダワリが出てくる。お互いに腹の中を察していて、キレイに譲ってやりたいような気もするし、なんとか邪魔をしてやりたい料簡もあって、どうも面倒でいけない。どっちかが先きに手を出せば、案外、話は簡単に済んでしまうかも知れないのだが、お嬢様とお嬢様の間に置かれた最後のお菓子みたいに、遠慮のカタマリとなって、いつまでも片付く気色《けしき》はないのだ。

だが、今度は形勢が少しばかり違って、南洲が昼間の手柄話を語り始めると、お春ちゃんはすぐ隣りの椅子に、若々しいお尻をおろして、一心に聴き入るのである。自然、南洲もテーブルへ乗り出して、此方法でその様子を語るのだが、手足を動かす度に、裾が触れたり、息がかかったり少くともこれは、彼女と南洲との接近を物語るものだと、北洲が横眼で観察した結果は、そうなるのである。

「で、幾歳ぐらいなの、その女？」

お春ちゃんの好奇心と同情心は、愈〻《いよいよ》燃え立ってくる。彼女はまだ二十に一つ足りない齢なのである。

「そうさね。あれで、二十一か、二かね。なア、北洲？」

と、話しかけたが、親友は、

「うむ」

と、生返事をして、一度読んだ夕刊を、また読み返している。

「容貌《きりよう》はどう？　美人？　きっと美人だと思うわ、そういう事をする女《ひと》は」

「さア。よくは見なかったけれど、色が白くッて、鼻が高かったから、美人ていうのかなア。だけど、なんだか陰気そうな女だったぜ」

と、南洲が答えると、北洲が急にムックリ首を上げて、

「とてもお春ちゃんのようにア行かねえッてさ」

と、それだけ云って、また夕刊に眼をやる。

「いやアだ……。だけど、一体、どうして首なんか縊る気になったンでしょうね。妾はね、きっとその女の恋人が、肺病かなんかで死んだもんだから、自分も後を追おうとしたンだと思うわ」

「今時、そんな女はいねえよ、お春ちゃん」

「そんなことないわよ。妾、自分のほんとに好きな人が死んじまったら、きっと一緒に死んでやるわよ。ええ、きっと死んで見せるわよ」

「お春。つまらない事を云うンじゃないよ」

と、割烹着《かつぽうぎ》を被たおカミさんが、配膳台の向側から叱ったが、自分も空椅子に腰かけて、話の座に加わる。

「でも、南洲さんはいい事をなさいましたよ。そうやって、娘一人の命を助けておやりになったンだから、今に必ずいい酬《むく》いがありますよ」

「どうだかね、おカミさん」

と、南洲はあまり賞められて、テレた顔だったが、お春ちゃんはまだ昂奮が覚めない様子で、

「そうよ。謂わば、南洲さんは命の親でしょう。だから、そのお嬢さんは南洲さんのことが忘

れられなくなるわ。今にきっと、あんたの処へお礼にくるわよ。それが縁になって、二人が浄《きよ》い恋愛に落ちて、やがて楽しい家庭をもつようになって……」

と、ウットリと視線を天井へ走らせたのは、曾《かつ》て見た映画の美しい筋でも聯想《れんそう》するのだろうか。

「冗談じゃねえ。とにかくあれで、門構えの貸家に住んでるお嬢さんだよ。電話工手なんぞに惚れるわけがねえじゃねえか」

少しニガリ切って、南洲はそう云った。惚れてくれるなら、二間間口の食堂のお嬢さんぐらいが恰度《ちょうど》いいのだ。そのお嬢さんが、人の気も知らず、他の女とのロマンスを空想して嬉しがってるなんて、すこし話が違い過ぎるというものだ。

「なんとも知れねえぜ。南洲は根が悧巧だから、インテリみてえに見えるからな。なア、お春ちゃん」

俄然、勢いを盛り返した北洲が夕刊を抛り出して、テーブルへ乗り出した。

「止せッ。俺ア嫌れえだよ、あんな女は」

「おめえが嫌いでも、先方が好きになったら仕様があるめえ。第一、あの時の様子じゃア、おめえもマンザラで無さそうだったぞ。お春ちゃんの前だもンだから、隠してやがらア」

「馬鹿野郎。誰がなんちッても、俺アあんな女は嫌れえだ。デエ嫌れえだ。俺が嫌れえだというのに、余計な世話焼くな」

「これ兄貴、あんまり無理すンな」

「うるせえッ」

と、しきりにイキリ立つ南洲を、お春ちゃんは不服そうに眺めていたが、

「ちょっと、南洲さん。あんた、そういう可哀そうなお嬢さんに、ちっとも同情してあげる気はないの。ずいぶん薄情なのね。そんな人、妾、嫌いよ」

「そういうわけじゃねえさ。同情はするけど、つまり、やっぱり、あの……その……」

哀れや南洲、パピプペポみたいなことを云って狼狽し、地上三十尺で働いてる時の悠揚たる面影は、どこかへ忘れてしまった。それを悦に入って眺めてる北洲の顔が、よほどまたミモノである。

その時、ガラリと勢いよく硝子戸を開けて、

「あア、腹が、減った。早いとこ、頼むよ、お春ちゃん」

と飛び込んできたのは、南洲や北洲の汗臭い作業服とは事変り、藍鼠《あいねず》色のスーツにカッターシャツ、無帽の髪の毛を油気なしに波打たせ、嫌味のないスマートな様子は、銀座を歩かせても、颯爽としそうな青年である。

「まア、鈴木さん、ずいぶん晩かったのね」

と、早速お春ちゃんは配膳台へ、おカミさんは料理場へ姿を消したが、南洲と北洲は急にムッツリした顔を見合わせた。

「今日はヤケに天気がよかったから、人が出ましたね。僕も半日ぎめで、奥多摩のドライブを乗せて、今その帰りなんですよ」

と、青年は愛想よく、顔見識りの南洲と北洲に話しかけるが、二人は、

「そうですか」

「へえ」

とだけしか、返事をしない。

鈴木という青年は、円タクの運ちゃんで、やはり天狗食堂の常連の一人である。愛想がよくて、サッパリして、感じのいい男振りで、誰にでも好かれる青年だのに、南洲と北洲は、不思議によく云わない。ことによったら、愛想がよくて、サッパリして、感じのいい男振りである点が、気に食わないのでもあろうか。とにかく、お春ちゃんは鈴木がくると、いつも優しいサーヴィスをするのは、紛れもない事実のようである。

「ねえ、鈴木さん。南洲さんは今日とても偉い働きをしたのよ。自殺しかけた女の人を、救ったンですって」

お春ちゃんは膳を運んでくると、すぐそう云った。南洲と北洲の眼には、丼の中の飯の分量が、どうやら少し多いように見える。

「それア、よかったですね」と、合槌は打ったが、鈴木の声はあまり感動も示さず、

「そう云えば、僕も二、三度、自殺女を助けたことがありますよ。先月は、車内でカルモチン

を服んだ女があってね」

と、事も無げに云う鈴木の方が、長々と手柄話をした南洲より、奥床しく見える。

「まア、あんたも女を助けたの！」

お春ちゃんは、果然、鈴木のテーブルへ坐ってしまった。

「薬を服んでるところが、バックミラーに映ったから、すぐ最寄りの警察へ車を着けたんですよ。なアに、手当が早かったから、じきに癒っちまいました」

「で、その女どうしたの？　どんな女だったの？　美人？」

お春ちゃんは、またもや情熱を眼に輝かせ始めたと同時に、南洲と北洲の存在は完全に忘れてしまったらしい。

「おい、行こう」

「うむ、帰ろう。勘定！」

先刻はだいぶ食い違った南洲と北洲の友情が、ここで悲しくも、ピッタリ合った。

六

架空ケーブルの新線工事があって、南洲と北洲の属してる平井組の四、五人が、その街路の隅へ天幕を張った。

一日二日と、時間のかかる工事には、ブロー・ランプも使うし、重たい工具も沢山持ってくるので、登山のベース・キャンプといったような、屯所《とんしょ》が必要になってくる。普通の故障なら、二人ぐらいで、チリリンと自転車を飛ばすのだが、こうなると、青塗りの手押し車を四、五人で押して、現場へ会社のマーク入りの天幕を張らなければならない。

仕事は厄介だが、天幕を張った時には、昼休みの馬鹿話の娯しみがある。それも、工事が大きくて、技手や工員が付き纏う時は、窮屈でいけないが、今日ぐらいの工事なら、水入らずの工手仲間が、いい気持に時間をサボれるのである。

「俺も、目刺しを買ってくれアよかった」

「うむ。この頃の鮭は塩ッ辛くていけねえ。さア、遠慮なく食ってくれ」

五人の仲間が、天幕の下に車座になって、コークスの火で、魚を焼いてる。彼等はみんな特大のアルミの弁当箱へ、ギッシリと飯だけ詰めてくる。そうして鮭や目刺しや、時には煮豆などを買っておカズにする。それも天幕工事の娯しみの一つだ。

「娘ッ子の命を助けたてえのは、なんと云っても、俺一人だろう」

南洲は口一杯飯を頬張りながら、またしても、自慢話を始める。

「此頃は電柱へ昇ると、キョロキョロ下ばかり見てやがるから、いい気なもンだ。そのうち胴綱《ロップ》を外して、ズリ落ちるぞ」

北洲が側からヒヤかす。

「まったく高けえ処へ上ってると、いろンな目に逢うなア。俺アまだ人の命は助けたこたアねえけれど、泥棒なら捕まえたことがあるぜ」

と、目刺しを持ってきた工手が、話し始める。

「電線泥棒だろう？」

「なアに前科何犯という空巣狙いだ。上で仕事してると、下がガヤガヤするから、見ると、お巡査《まわり》と弥次馬が泥的を追い掛けて、大騒ぎしてやがる。騒ぐ筈だ。路地へ追い込まれた泥棒が急に消えちまったンだ」

「ほう」

「だが、俺がヒョイと側《わき》を見ると、菓子屋の看板の裏に、ムックリ尻を擡上《もちあ》げてる奴があるじゃねえか。テッキリ其奴《そいつ》だと思って、上から教えてやったよ。後でK署へ呼び出されて、署長さんから、三円貰ったぜ。なんでも大物の空巣狙いだったそうだ」

「泥棒なら、俺も見つけたことがあるぜ。だが、俺ア気の毒だから、黙っててやった。だっておめえ、相当の家の奥さんが、八百屋の車から、茄子《なす》を掻払《かっぱら》ッてやがるンだ。八百屋と立ち話をしながら、三ツ四ツ、エプロンの隠袋《かくし》へ忍ばせるところが、上から見ると、丸見えよ。ツクヅク女はアサましいと思ったぜ」

「上にゃア眼が無えと思ってやがるンだよ。いつかH内閣ができる時に、俺が組閣本部へ臨時架設に行ったンだ」

「ほう。また泥棒か」

「フザけるなよ。話のケタが違わア。俺ア外線の工事をしてたから、電柱《はしら》の上から、裏二階がよく見えるンだ。新聞記者も、本部の人も、その部屋へは来ねえ。Hさんと奥方と二人切りで、何かしてるンだ。よく見ると、金ピカの大礼服に着変えてるところなンだ。Hさんて人は、越中を締めてるぜ。サルマタじゃねえ」

「つまらねえところを、気をつけやがったな」

「だが、金ピカ服を着ちまうと、見違えるように、立派になったよ。さすがに、総理大臣だな。奥方も、前や後ろに回って、見惚れていたぜ。やがて、奥方がポンと一つ、ご亭主の肩を叩いた。するとどうでえ、Hさんがニッコリ笑って、奥方にキッスするじゃねえか」

「嘘をつけ。Hさんは謹厳で評判の人じゃねえか。第一、齢だってもう七十に手が届くンだぜ」

「だっておめえ、ゲンに俺が現場を見たンだから仕方がねえ。嘘だと思ったらHさんに会って訊いてこい」

「ハッハハ。こいつは大笑いだ」

他の四人の工手は、腹を抱えた。

話がヨタってくるのは、昼休みの時間が終りかけた時の常である。

「ボツボツ仕事にかかるかな」

南洲は弁当箱をしまって、帽子を被り直した。今日は電柱へ上るよりも、地上の仕事が多い。地面へ蹲踞《しゃが》ンで、ペンチで電線を切ったり、揃えたりする事は、息が詰るようであまり面白い仕事ではなかった。

そこは、人通りの少い坂路であった。大きな榎《えのき》が、半分黄色くなって、時々思い出したように、パラパラと葉を落してきた。薄陽の射してた空も、いつかドンヨリ曇ってきた。羅宇屋《らうや》*12の気笛が、もの悲しく聴えてきた。

その時、坂の上から、トボトボした足つきで、医者の薬壜を持った婆さんが降りてきた。南洲はどこかで見覚えのある顔だと思ったが、咄嗟に思い出した。

「おい、オバさん」

彼はペンチを捨てて、立ち上った。自殺しかけた娘の母親だったのである。

「おやッ、まア！」

婆さんは腰が折れるかと思うほど、丁寧に身を屈めて、

「まことにあの節は、すっかり狼狽《あわ》てておりまして、お住所《ところ》もお名前も承《うけたま》わらず……ご恩になりました貴方様へ、お礼に伺うこともできず……」

「いいよいいよ、オバさん。そんな事よりも、娘さんはその後どうだい。まさか、二度とあんなバカな真似はしねえだろうと思うけれど」

南洲は些か得意で、腕組みをしながら婆さんに、大きく頷いてみせる。この様子を仲間に一

寸見せたいと思ったが、生憎、天幕の中に誰もいなかった。

「へえ。お蔭でその方は思い止まったらしゅうございますが、毎日クヨクヨ鬱ぎ込んで、体を悪くしまして、実は今もお医者様へ薬取りに参った帰りなんでございます」

「それアいけねえね。いろいろ深い事情があるンだろうけれど、あんまり親に心配かけるンじゃねえって、そう云って下さいよ」

「ありがとう存じます。あの……ムサ苦しい処でございますが、一寸お立ち寄り下さいませんでしょうか。娘からも、妾からも、改めてお礼を申上げませんと、気が済みませんですから」

「冗談じゃねえ。まだ勤務中ですよ。それに、お宅は管内の端っこで、あすこまで出掛けるのは大変だよ」

「いいえ、貴方。あの家にもいられなくなって、すぐこの裏へ引越して参ってるンでございますよ」

七

その日の暮れるまでに、婆さんは二度も天幕を訪ねてきた。三時のお茶受けの時間に、餅菓子と土瓶を持ってきて、工手達を悦ばせた。帰りに是非寄ってくれと懇々頼まれたが、こうなると、仲間の手前南洲は妙に固くなって、逃げるように出張所へ帰った。

だが、婆さんは、翌日も同じように、懇願を繰り返した。勿論、お茶受けを持ってくることを忘れはしなかった。餅菓子がセンベイに変っただけのことで……。

「やい、南洲。あんまり勿体をつけるなよ。一寸、顔を出してやれば済むンじゃねえか。婆さんに、足を使わせるのが気の毒だ」

北洲までも、そう云うので、一同が天幕を畳んでこの工事場を離れる時に、南洲はやっと婆さんの家《うち》を訪ねる気になったのである。

ところが、妙なもので、あれほど行き渋った南洲が、一度訪問の皮切りが済むと、今度は三日に揚げず、坂下の盆地の路地へ、入って行くようになったのである。仕事を終って綿のように疲れてる筈なのに、彼は大急ぎで一風呂浴びると、小ザッパリした和服に着変えて、勇気凜々と、婆さんの家へ出掛けて行く。

「どうしたい、南洲。だいぶ足繁く、通うじゃねえか」

北洲が心配するような、ヒヤかすような調子で訊くと、

「どうも、あの母子《おやこ》が可哀そうで仕様がねえンだ。いずれ、理由はユックリ話すがね」

と、云っただけで、イソイソと飛び出してしまうのである。

それから四、五日すると、

「北洲。済まねえが、当分、晩飯は婆さんところで食うことにしたから、おめえは一人で食ってくンな。なアに食い潰《つぶ》しに行くンじゃねえよ。ちょっとはあの家の生活《くらし》の足しになるように

食費を払ってやるんだ。なんしろ、あの母子ときたら、とても可哀そうなんだからな」

南洲は、弁解するようにそう云った。

だが、置いてきボリを食ったような北洲は、メッキリ夜寒の加わった今日此頃、下宿に一人でコオロギの声を聞いてるのも、面白くない。

自然、天狗食堂の椅子に、馬力をかけてネバルような仕儀となるのである。

「お春ちゃん。済まないけれど、アガリをもう一杯……」

今夜も、定食を食ってから、一時間も経つのに、北洲はニスの剝げたテーブルに凭れて、夕刊を読んでみたり、楊枝で歯をホジくってみたり、煉炭火鉢に手を炙《あぶ》ってみたり、いろいろ時間を消す工作を行った挙句、もう少しネバル気で、飲みたくもないお茶を註文したのである。

「はい」

だが、お春ちゃんは嫌な顔もせず、早速、熱い番茶を盆に載せてきた。

食事の時間が過ぎたので、店にはお客といえば、北洲一人である。おカミさんも奥へ引ッ込んで姿が見えなかった。

「もうじき、お酉《とり》様ね。北洲さん、行ってみる?」

お春ちゃんも退屈なのか、テーブルの向側へ、そのまま坐った。

「一人で行っても、詰らねえからね」

キミでも一緒に行くならという意味を、言外に仄《ほの》めかした積りだったが、

「そうね。ほんとに、南洲さんて人も、ドーかと思うわ。あんなに仲よくしてたのに、急にあんたに無情《つれな》くするンですものね」

お春ちゃんは勘違いしたらしい。

「そういう訳でもねえだろうけれど……」

「ねえ、北洲さん。あんた如何なると思う？」

「どうなるッて？」

「いいえ、そのお嬢さんと南洲さんのことよ。妾は今にきっと、二人は夫婦になると思うわ」

「だって、対手は女学校を出たお嬢さんなんだぜ。いくら貧乏しても、電話工手を婿に貰やァしねえだろう」

「なんとも判らないわよ。女学校出て蟹料理屋の女中になった人が、お友達にあるわよ。第一命の恩人じゃないの。身分なんか問題じゃないわよ」

お春ちゃんに云われなくても、或いはそんな事になり兼ねないと、北洲も思わないではなかった。だが、あながちヤキモチというわけでなく、北洲はその想像をするのが嫌だった。山峡《やまかい》の村から、東京の青空稼業に落ちつくまで、もう七年も手を繋いできた二人ではないか。女房を貰うなら一緒の日にしようと、いつも話し合ってた二人ではないか。

「きっとそうなるだろうと思って……だから妾は、最初にああ云ったでしょう？」

お春ちゃんは先見の明を誇ったが、北洲は顔を顰めた。

「止そう、その話は……それより、お春ちゃんは、もうそろそろ縁談の始まる時分だね。お嫁に行くのかい？　それとも、お婿さん貰うのかい？」

「妾、どっちでもいいの。姉さんが他所で働いてるから、姉さんの気持一つで、どうにでもなるのよ……だけど、妾、クサってるのよ」

お春ちゃんは首を曲げて、髪の中を掻いた。向日葵《ひまわり》のように陽気な彼女にも、どうやら煩悶の種があるらしい。

「なにを心配してるンだい。相談に乗るぜ」

「だって、お父さんもお母さんも、頑固でしょうがないンだもの……察してよ、北洲さん」

「察しるよ」

「妾は、会社員だの、官員さんなんかの所へ、ちっとも嫁《い》きたかないのよ。店へ来るお客様でも、あアいう人達は一番シミったれで、妾大嫌いよ。だのに、お父さんやお母さんたら……」

「じゃア、どんな職業の男がいい？」

期待に充ちて、北洲が訊くと、お春ちゃんは、言下に云った。

「あんたみたいな人」

「えッ」

「そうよ。自分の腕一本で働いてる人が、妾、大好きなのよ。みんな気性がサッパリしてるわ。それに、妾、奥さんなんて云われたくないの。おカミさんて云われるような家がいいの」

薄給でもサラリーマンという娘さんが多いのに、お春ちゃんの理想は、一見識備えている。この貧乏な食堂へ出入りする男性の数が多いから、自然、眼が肥えたのかも知れない。とにかく、南洲の場合と違って食堂の娘と電話工手の縁談なら、そう不釣合いなわけもないのだ。南洲がそのお嬢さんと結婚して、俺がお春ちゃんと夫婦になったら、勘定がよく合うわけだな。

北洲は腹の中で、そう思った。思った途端に、急に顔がホテってお春ちゃんと差し向いでいるのが、窮屈になった。二分、三分……北洲はいつまでも、黙っていた。お春ちゃんも、真似するように、口を噤《つぐ》んでしまった。

「俺、もう帰るよ。だいぶ晩くなった……」

「あら、まだいいじゃないの……あら、雨が降ってきたわよ」

硝子戸の上の段から、濡れて光った洋傘《こうもり》が過ぎてゆくのが見えた。時雨《しぐれ》らしい降りではあったが――

「いいよ。じゃア、また明日」

北洲は家へ帰って考えねばならぬ事が、沢山ある気持だった。

「お待ちなさいよ。じゃア、妾の傘貸したげるから……」

お春ちゃんは急いで、奥から蛇の目を持ってきた。それをパッと開いて、北洲の手へ渡す時に、一秒の二十五分の一ぐらいのタイムだったが、暖かい指と指とが絡まった。北洲は嬉しかった。

「あのね、お春ちゃん」

そこで、彼は勇気を振い起して、先刻から訊きたいことを、訊く気になった。

「この頃、鈴木君来るかい？　あの、運チャンの人さ」

「いいえ、ちっとも。あの人も南洲さんみたいに、命を助けた女の家へ行って、ご飯を食べてるのかも知れないわ」

八

「ご馳走さまでした」

南洲は、茶風台《ちゃぶだい》の前で、お辞儀した。

「あら、ご馳走さまだなんて……」

お盆を膝に立てて、お櫃《ひつ》の側に坐っている中里梅子さんが、口の中で云った。食費を払って食ってるのに、礼を云うのは、蓋《けだ》し丁寧過ぎる。だが南洲は、此頃急にエチケットを重んじて、他人に言葉使いが上品になったばかりでなく、自分のことも『オイラ』だの『オラ』だのと云わなくなった。

「ボクに関わずに、ご飯を上って下さい、梅子サン」

まず、こんな調子である。

「ええ。でも、お母さんが帰ってから、一緒に頂きますから……」

「オバさんは、どこへ行ったンですか」

「あの、ちょいと……」

「隠さずに云って下さい。また、金策に歩いてるンじゃないですか」

「はア……」

そう云って、梅子さんは俯向いた。

「一体、いくらあればいいのですか」

「いえ、関いませんの。どうぞ、ご心配なさらないで……」

「いや、心配せずにいられませんよ。云って下さい、いくらなんですか」

「いいえ、いいんですの」

「じゃア、これだけ云って下さい。貴方が店で紛失《なくな》したというダイヤモンドの値段です。それを教えてくれてもいいでしょう」

南洲が怨み顔でそう訊いても、梅子さんはモジモジして、黙っていた。

「何十円なンですか」

「あのう――」と、まだ、考えていた梅子さんが、やっと答えて、「三百円なンです」

「三百円？」

「はア」

今度は、南洲が黙り始めた。

中里梅子さんは、日本橋の或る貴金属店の売子であった。もともと彼女は、職業婦人にならなくても、母一人子一人が細々食って行かれる資産があったのだが、七、八年前の株安時代を持ち切れず、すっかりそれを費い果して、三年前から売場に立つことになったのである。娘一人の家だから、養子を貰うべきだが、こう落目になっては来てくれる婿さんも見当らず、十人並みの容貌《きりよう》を持ちながら、今年二十三という齢まで、結婚も考えないで暮す『淋しい女』の一人であった。

だが、店の勤務は疎かにしないで、別に事故も起さず勤め上げてきたのだったが、此十月の始めに、思いも掛けない災難が起きた。梅子さんの売場のケースから、ダイヤが一粒紛失したのである。その日は生憎、指環やブローチを買ったお客様はあったが、石ばかり入れた函へは誰も手を触れた筈はなかった。だから、お客に嫌疑を掛けるわけには行かないとすると、自然、店員の方へ眼が光ってくる。元来、貴金属店は店則が普通商店よりも遙かに厳重で、たとえ証拠があろうと無かろうと、こういう事件が起きた場合には、責任店員は解雇という内規になっている。そこで、梅子さんもバッサリ不名誉に首を馘《き》られたが、もともと育ちのいい娘だから、身に覚えのない悪名を負わされては、二度と世間に顔向けができない気持になった。一つには身の潔白を証拠立てるため、二つには『淋しい女』の絶望を清算するために、彼女は赤い扱帯を鴨居へ掛ける行為を選んだ――少くとも、梅子さん自身の語る自殺の理由は、こうであった。その後彼女は、母の諫めで、無謀なことは思い止まったが、再び人中に立って働くような勇気がどうしても起らず、いつも家へ引ッ込んで考え込んでいる。従って、収入の道がバッタリ切れたので、こんな裏長屋へ引ッ込んで、毎日売食いのような有様である。だが母親は、貴金属店へ損害賠償をして、娘の顔の立つようにして、仮令その店でなくても、ショップガールとして働く勇気を出させようと、遠い知己《しるべ》なぞを頼って、頻りに金策をしているのである。

でも、一時は憂鬱のあまり、床に就くほどだった梅子さんも、南洲が出入りするようになってから、よほど元気づいてきた。彼女は命の恩人と思うせいか、南洲が作業服を着て働く人間であることなぞ、一向苦にしないようである。いつも充分の尊敬と親しみとを以て――まるで、急に一人の兄ができたような態度を見せている。いかに南洲が、苦心惨憺、上品なヨソ行きの言葉を使ったとしても、こんな結果が生まれるものではない。やはり、地上、三十尺の青空で鍛えた南洲の魂が、昔の身分や教育の相違と離れて、彼女の魂と交流したのだという風に考えて置きたいのである。

「隅野さん」

と、やがて梅子さんが、口を切った。南洲さんなんて云わないだけでも、彼女の会話は新鮮な魅力がある。

「はア？」

「妾、貴方にお礼申しますわ」

「なんですか、改まって」

「いいえ、あの時助けて頂いたことばかりを、いうのじゃありませんの。妾、男性ッてものは、とても利己的で、物質的で、薄情なものだと思っていました。でも世の中には、貴方のような男性もいると知って、とても明るい気持になりましたわ」

梅子さんは、まだ膝の上のお盆を弄りながら、そう云った。

「いや……そんな感心な男じゃねえです」

あまり買い被られると、南洲として、都合の悪いこともあるのである。

「隅野さんは、いまにお国の娘さんでも、お貰いになるンでしょう。田舎では、子供の時から許嫁がよくあるンですッてね」

「飛んでもねえ、そンなものがあるくれえなら、おめえさん……」と危く言葉の地金を出しかけた南洲は、やっと持ち直して「ボクも心配せんですよ」

「あら、ほんと？　なら、東京でどんな女でもお貰いになれるわけね。貴方はきっと幸福な家庭をおつくりになれますわ。お羨ましいわ、ほんとに……」

「それよりも、梅子さん、貴方はどうなさるンですか」

南洲は些か殺気立ったような顔をして、質問した。

「妾？　妾は諦めていますわ……こんな家へ養子にくる方がある道理はないし……」

そう云って、彼女は淋しい片頬を曇らせた。薄く刷いた白粉の跡が、夕闇の花のように、却って媚めいた。

「そんな事はねえです。梅子さんやオバさんは眼が高いから、学校を出た人間かなんかでなくちゃア……」

「いいえ、決して……第一、こんなに零落《おちぶ》れて、身分だのなんのと云えば、人様に笑われますわ」

「じゃア、どんな男でもいいですか。早い話が、巻ゲートルに地下足袋を履いてるような男でも……」

「そんなこと、問題じゃありませんわ。でも妾、駄目ですわ……妾なんか……妾は……、妾は……」

どういう積りか、梅子さんは急に畳の上に突ッ伏して、ワッと泣き始めた。

南洲は、まるで彼女の自殺を救った時と同じように、波打つ背中を、黙って眺めていた。

「途中で降り出されて、困りましたよ」

格子が開いて、婆さんが帰ってきた。二人は雨の降り出したことも、知らなかったらしい。

梅子さんは急いで、泣顔を隠した。

「留守を致しまして、申訳ございません」

婆さんは南洲の顔を見ると、両手を突いてお辞儀をした。

「それよりも、オバさん、お金の都合はうまくつきましたか」

「おや、梅子が申上げましたか……そんな事まで、ご心配かけまして」

と、婆さんはまたお辞儀をして、

「いいえ、貴方……こう零落れてきますと、どこもかしこも、対手になってくれる家はございません」

トタン屋根を打つ雨が、パラパラと音を立てた。南洲は腕を組んで、考え込んだ。

九

日本の電話事業も、ざっと五十年の歴史をもつので、工手仲間の世界は、バスの従業員なぞに比べると、よほど古風な空気が流れている。一口に云えば、家族主義――昔の請負制度の名残りであろうか、組というものがあって、一組数人の四、五組が一局に属し、その頭を工手取締役という。

だが、誰もそんなムツかしい名を呼ぶ者はない。皆、『オヤジ』と呼んでる。年輩五、六十の人物で、会社の印半纏《しるしばんてん》を着ているが、いつも懐中に二、三十円は入れていて、工手達が前借りの申込みをしても、ムゲに断るような真似はしない。W局の工手溜りで、南洲がこの『オヤジ』を摑まえて、なにか話している。

「オヤジさん。ちっと、おねげえです」

「金か。いくらだ」

「ええ。三本ばかり」

「少し多いな。まあいいや、それくれえなら有るだろう」

オヤジは半纏の下に着ているチョッキから、紙入れを出した。そうして紙幣三枚を、サッと潔く、南洲に渡したが、彼は受取らなかった。

「オヤジさん。三本なんで……三百円なんで」

「馬鹿野郎。どいつもこいつも、頭の工合が狂ってやがるな。いま北洲の奴に、五十両貸せと云われて、呆れけえったところだが、今度はおめえが三百両か。ハッハハ。冷たい水で、顔でも洗ってきな」

オヤジはゲラゲラ笑って、工務部の事務室の方へ行ってしまった。

――アッサリ断りやアがる。

南洲はペッタリ、土間の縁台へ腰を落した。ブリキ落しの角火鉢の中に、半分灰になってる炭火を、味気なく眺めた。どうせ承知してくれないとは思ったが、オヤジより他に金を借りる宛がないから、切り出してみたのだが――

「寒いな、南洲」

これも浮かない顔をして、北洲が火鉢の側へきた。南洲はジロリと眺めて、

「おめえ、オヤジに五十円申込んだってな」

「誰から聞いた」

「誰でもいいよ。一体、その金を如何しようてんでえ」

自分のことは棚に上げて、南洲は渋い面をしてみせた。

「済まねえ、南洲」

北洲は頭を掻きながら、

「おめえに隠す気はなかったが、天狗食堂のお春ちゃんに、春着でも買ってやる積りだったンだ。実は、ことによると、あの娘と夫婦になるかも知れなくなっちゃッたんだ。おめえはあのお嬢さんがいるから、いいだろう。悪く思わねえでくれ」

「そうか。そいつはお目出てえや。序に俺の方も悪く思わねえでくれ」

そこで南洲は、自分の方の進行の工合を話した。恋愛が始まって以来、同じ部屋に起臥《おきふし》しながら、屏風を隔てて暮しているような気持だったが、話してしまえば、また旧《もと》の二人だった。

「うまく、その家の養子になれるといいなア、南洲」

「おめえも、早くお春ちゃんと一緒にしてやりてえよ。今まで云ってたように、同じ日に婚礼ができるようにな」

二人は顔を見合わせて、ニヤニヤ笑った。だが、南洲は急に声を曇らせて、

「それにつけても、金が欲しいよ。三百円あれば、あの母娘がどれだけ喜ぶか知れねえンだ」

「俺はたった五十円でいいンだ。どうにかならねえかな、南洲」

二人は同じように、口をへの字に曲げた。

こんな日はあまり働きたくないのに、やがて、障害の申告がきた。北洲の番であった。彼は元気なく自転車に乗って、加入者の家へ行かねばならなかった。

局からそう遠くない、大邸宅の多い界隈だった。台所へ回って、故障の様子を訊くと、女中さんから、ガミガミ叱られた。

「ほんとに、朝から不自由してるンですよ。よッぽどあんた達怠けてんのね。二本も電話があって、両方聴えないなンて、随分よ」

平常《ふだん》なら、こんな生意気な女中に負けている北洲ではないが、今日は黙って仕事に掛った。電話機にも内線にも異状はなく、引込線に繋がる端子盤の障害だった。

北洲は高いコンクリート塀の外の、九メートルの電柱へ登った。いつもは高いところで作業してると、カラリと気がはれるが、今日はそうは行かない。眼の下に、お城のような洋館が見える。立派なガレージがある。庭も千坪はあろうか。池の側の金網の中に鶴がいる。

——こんな家に住んでる人は、五十円ぐらい屁でもねえだろうな。

彼はそう思わずにはいられなかった。故障や新設で、立派な加入者の家も何遍か見たが、この邸のようなのは、そうザラにはなかった。先年死んだ有名な実業家、S田S蔵が晩年にアメリカの建築家に設計させた邸宅なのである。

故障は単純だった。北洲はペンチを腰の皮袋に押し込み、ソロソロ脚釘を下ろうとする時、洋館の二階の正面の窓にチラと人の顔が動いた。男だか女だか、一人だか二人だか、それも判らない程だったが、途端に白い手がカーテンを摑んだと思うと、サッと窓が閉された。

——なんでえ、バカにしてやがらア。まるで、俺が隙見でもしてたように、扱いやアがる。だから金持の家は気に食わねえってンだ。北洲は侮辱されたように、舌打ちしながら、脚釘を降りた。ヨクヨク今日は、気色の悪い日に違いない。

十

その晩、勤務から帰って、湯屋へ行ってきた二人は、なんとなく意気銷沈《しょうちん》していた。いつものように、南洲は中里梅子さんのところへ、北洲は天狗食堂へと、イソイソ足を運ぶわけには行かないのである。

「おめえ、出掛けねえのか、南洲」

「行くこたア行くけど、どうせ行くんなら、三百円持ってってやりてえよ」

「わかる……実はそれで、俺も今夜は気が進まねえンだ」

二人は畳へゴロンと寝転んで、徒らに、バットをフカしているのである。

「と云って、飯を食わねえわけにも行かねえ。ボツボツ出掛けようぜ……ああ、儘にならぬが世の慣いイか……」

北洲は浪花節入りの愚痴を列べて、起き上った。

「ちょいと、お客様ですよ」

と、階段の下から宿のおカミさんの声が聴えてきた。

お客様なんてものは、一年も前に仲間の工手が、国へ帰る暇乞いにきたきり、およそ縁のない二人なのである。

「訝《おか》しいな」

「誰だろう」

と、云い合ってるところへ、入口の唐紙がいやに静かに開いて、和服を着た若い男が敷居際でお辞儀をする姿が見えた。

「渡辺半次郎様と仰有いますのは、こちら様で……」

「渡辺はわたしですが……」

北洲は呆気にとられた顔で、客を眺めた。シャれた縞の羽織に対の着物で、髪の毛の中央からツヤツヤと分けた、色の生白い若者である。誰かに似てると思ったら、天狗食堂へくる運チャンの鈴木ソックリだ。ただ、鈴木からモダン味を無くして、旧劇の女形《おやま》のような繊弱さを加えたような男振りである。

「貴方様が渡辺様で……」と、男は改めて平蜘蛛《ひらぐも》のように平伏して、「局の方やら、方々伺いまして、やっとお所がわかりました。突然上りまして、まことに申訳ありません。手前は……手前の名を申上げなければ、大変失礼なンでございますが、名前だけは勘弁を頂きまして、実は……」

と、云いかけて、その男は蒼白い額をハンケチで拭い、呼吸を弾ませて、云い澱《よど》んだ。北洲は男の顔が恋敵《こいがたき》の鈴木に似てるせいか、歯切れの悪い態度が疳《かん》に障って、

「なんですか、用なら、早く云っておくンなさい」

「はい……では、思い切って申上げますが、今日、貴方様はY町のS田家へ、電話の故障を直しにお出でになりましてございましょう？」

「ええ。行きましたよ。それが如何したンです？」

若者は愈〻オドオドしながら、

「は、はい……あの時、貴方様は電柱の上へお上りになりまして……」

「当りめえさ。こっちの商売だもの」

「はい……それから、邸宅《やしき》の窓をご覧になりました」

「冗談じゃねえ。なんにも見やしませんよ」

「いいえ、お匿しになりましても、よく存じて居ります……あの事を、後生一生のお願いでございますから……世間へは絶対に秘密にして頂けませんでしょうか」

若者は必死の色を浮かべて、北洲の顔を見上げた。

「ハッハハ。見ねえものを秘密にしろッて云われても、困るね」

「そう仰有らないで……あれが世間へバレますと、わたくしはお店をすぐ馘になります。いえ、わたくしは如何でもよろしいとしても、奥様が大変なことになります。奥様も大変後悔遊ばしまして、これに懲りて今後は一切身を慎むから、貴方様に固く口留めをして頂くようにと、実はそのお使いに上ったようなわけで……」

「なんだか、サッパリわかりませんよ。一体、あんた達は何をしたンだい？」

「どうか、もう此上お苛《いじ》めにならないで……今日の事は、ご覧にならないものとして、お忘れ下さいますよう……つきましては、これはほんの口汚しの粗菓でございますが……」

男はそう云って、ソソクサと袱紗《ふくさ》から菓子折を出して北洲の前へ置き、平蜘蛛のお辞儀をして立ち上った。

「おい、そんなものを置いてッちゃいけねえよ」

と、北洲が呼び止める間に、若者は逃げる鼠よりも速く、階段から外へ駆け出して行ったのである。

「一体、どうしたわけなんでえ」

狐にツマまれたような顔で、やっと南洲が口を利いた。

「俺もサッパリ見当がつかねえ……ヤケに大きなカステラを持ってきやがったな」

北洲は生まれて始めて貰ったこんな贈物を、もの珍らしく持ち上げてみた。

「この折じゃア、五円はとるな。時に、俺ア腹が減ってきた」

と、南洲がそれを覗き込む。

「卑《いや》しいことを云うなよ。じゃア飯前に一片《ひときれ》やらかすかな」

北洲は水引を解いて、木函の蓋を開けた。そうしてフカフカと柔かそうに盛り上ったカステラの上の白い紙を、製造元の広告だろうと思って、畳の上へ撥《は》ね除けた。

「おい、ちょっと待ちねえ」

南洲がそれを拾ったのには、理由があった。捲かれた紙の端から、妙なものが覗いていたからである。

「おッ。これア紙幣だぜ、おい、百円紙幣が五枚入ってるッ!」

「えッ!」

北洲は菓子の折を抛り出して、南洲の傍へ跳び寄った。

ある、ある! 五円や十円と違って、なんとなく荘厳に黝《あお》ずんだ百円紙幣が、たしかに五枚ある!

「おい、北洲。これア、賄賂だぜ。口留料だぞ。全体、おめえはなにを見たンだよ。ハッキリ云いねえ」

そういう南洲の声は、昂奮に震えている。

「そ、それが、どう考えても、わからねえンだよ……つ、つまり……俺アなンにも見ちゃアいねえンだから」

北洲はすっかり面食らって、これもオロオロと震え声で、しきりに吃音《ども》るのである。

十一

翌朝、局へ出勤する前に、北洲はカステラの函を持ってY町のS田の邸へ、飛んで行った。

「こんなものを貰うわけがねえンだから、返しにきましたよ」

台所でそういうと、昨日の口の悪い下働《したばたらき》女中は、

「あら、そう。奥で訊いてくるから、そこに待ってなさいよ」

と、横柄な顔で引ッ込んだが、やがて、女中頭のような、キチンとした服装《なり》の中婆《ちゆう》さんが現われて板の間に両手をつかえ、

「お忙がしいところを、態々《わざわざ》恐れ入りましてございますけれど、この品はまるで当家では心当りがございませんので、お持ち帰りを願いとう存じます」

「でも、これを持ってきた男の云うにア……」

「いえ、誰がなんと申しましても、当家には関係がございません。それだのに、余計なことを申上げるようでございますが、これはきっとなにかのお礼のようなものかも知れませんから、ご遠慮なくご処分遊ばしたら、いかがなもんでございましょう」

と、なんだか意味のあるような、無いようなことを云う。

それから何度も押し問答が続いたが、結局、無関係を楯にとられてみると、北洲はカステラの函を持って、S田家の門を出るより仕方がなかったのである。

——警察へ持ってゆくか、それともこのまま頂戴するか。

北洲は、ハムレットのように、考え込む。

五百円のうち、三百円、南洲にやったら、俺の首ッ玉に齧《かじ》りついて、悦びやがるだろうな。残り二百円のうち五十円でお春ちゃんの着物を——いやいや、これだけあれば、世帯道具を一式買い集めることも出来るな。

どう考えても、警察へ届けるのは気が進まなかった。第一、これは遺失物ではない。贈物である。そんな事に一々オカミのお手数を煩わしたら、恐れ多いではないか。

結局、北洲は、紙包みの方を作業服のポケットに入れて、カステラは工手溜りで、お茶受けに開けることにした。

「北洲。てえした気前を見せるな。遠慮なく、ご馳走になるぜ」

仲間達の悦ぶこと、一通りでない。だが、それよりも、小蔭へ呼んで、三百円渡した時の南洲の悦びに比べると、問題でなかった。

「済まねえッ、北洲！」

果して、南洲は北洲の首ッ玉を、二百十日のポプラの樹のように、揺り動かした。お蔭で北洲は身柱《ちりけもと》が痛くなって、弱ったほどである。

その晩、宿へ帰った二人は、風呂へ行くのも惜しい気持で、急いで和服に着変えると、肩を列べて、外へ出た。

「北洲。お春ちゃんに、よろしくな」

「フフフ。止せやい。それより、あのお嬢さんに、土産でも買って行けよ。今夜は、話がハズむぜ」

ドシンと肩を一つ叩かれて、南洲はいい気持にヒョロヒョロした。

初冬の夜は、磨いだように晴れ渡ってる。希望の星が爛々《らんらん》と輝く下を、二人は右と左に別れた。

十二

南洲は電車通りの甘栗屋で、一円の袋を奮発した。北洲に云われなくても、今夜の気持では梅子さんにお土産を忘れる筈はなかったのである。

彼はセカセカと下駄を鳴らして、坂を下った。いつかそこで天幕を張って、二日間の工事をしたのである。そのお蔭で、梅子さんの母親に再会して、それから毎晩出掛けずにいられないような縁が結ばれたのである。だが今晩は、特別である。仄かに暖かい甘栗の袋が手にあるばかりでなく、懐中に三百円というものが控えている。黙ってこれを渡したら、あの母娘はどんなに驚くだろうか。

トラック屋と荒物屋の間の路地を曲って、窪地へゴミゴミ立ち並んだ長屋の軒下を十間ばかり歩くと、梅子さんの家になる。玄関なんて気の利いたものではないが、格子戸の嵌ってる上り口の手前に、出窓がある。いつもは、今時分もう雨戸を鎖しているのに、障子へ明るく電燈が映ってるのを、南洲は気付いた。と、同時に、低い声だが、力の籠った調子で、なにか話してるのが聴えた。

「……僕が悪かったんです――僕がバカだったンです」

僕という以上、男にきまってるが、どうやら妾《あたし》といった方が釣合ってるほど、優しい声であった。

――悪い時に、客がきてやがるな。だが、じきに帰るだろう。

南洲は空腹を我慢して、路地を出たり入ったりしていた。十分ばかり経って、また窓の下へ行ってみると、男の声はアリアリと外へ聴えるほど、高く昂奮していた。

「梅子さん。どうぞ僕を信じて下さい。もうどんな事があっても、あんな過ちは繰り返しません。だから、どうぞどうぞ、最初の二人の気持に返って、僕と結婚して下さい?」

アッと驚いて、南洲は障子へ耳を寄せた。

「でも、妾……」

梅子さんの声は低くて、半分しか聴えなかった。南洲はイライラして、遂に青空のタシナミを忘れ、窃視狂の発作を起した。指尖きに唾をつけて、障子の隅に穴を明けたのである。

黙って首を垂れてる母親の姿が見えた。その次ぎに、ハンケチを眼に宛ててる梅子さんが、坐っている。そうして、梅子さんの前に両手をついて、肩を震わせている男の横顔を見て、南洲は思わず声を出しそうになった。シャれた縞の羽織に着物……女形のような繊弱な体つき……昨夜カステラを持って北洲を訪ねてきた男ではないか。

「オバさんも、どうぞお口添え下さい。僕も心を入れ替えて、一所懸命お店で働きます。やがて一軒自分の店を持つようになって、きっとお二人をラクにさせてあげたいと思います。だから、オバさん……」

「ねえ、梅子。新吉さんもあア仰有るのだし、家なんかへ養子にきて下さる方は滅多にあるわけはないし、承知をしてあげたらどうだえ」

梅子さんは、暫らく黙っていた。

「新吉さん。ほんとに、もう、あんな事しないッて誓って下さる？」

「ええ、勿論です」

「きっとね……」

そう云って梅子さんは、また顔へハンケチを宛てた。シクシクと、歔欷が始まった。但し女性は、絶大な満足を感じた時に、よくこんな泣き方をする。

南洲は完全に中へ入る機会を失った。こういう場合こそ、真にノックアウトを食わされたと云えるだろう。彼はスゴスゴと溝板を踏んで、路地を出た。

その時、後ろからカタカタ下駄の音をさせて、梅子さんの母親が出てきた。急いで、誂《あつら》えものにでも行く途中らしい。

「おや、隅野さん。今夜はお遅うございましたね。さア、どうぞ」

「止しやしょう、オバさん。それより、顚末《わけ》を聴かして下さい。あの男と梅子さんとのイキサツをね」

「まア、では……」

婆さんは南洲が立聴きをしたと知って、歩きながら、事情を話し出した。

新吉さんなる男は、梅子さんと同じ日本橋の貴金属商の店員で、疾《と》うから二人は恋仲だったのである。だが、新吉君が註文品を持ってS田家へ出入りするうちに、彼の美貌に眼をつけたS田未亡人に誘惑されて、遂に関係を生じた。彼女は『帝国婦人クラブ』の会長を勤める位で、淑徳《しゆくとく》で鳴っている女性だから、世間の眼を忍ぶために、新吉君とのランデ・ヴウも、外では一切行わず、いつも自宅の二階の居間で、宝石類を買うような振りをして、巧みにカムフラージしていた。ところが、どういうわけか、それが世間にバレそうになった。(電話工手に発見されたと思った――なんて事は、新吉君も母親や梅子さんに話さなかったらしい)すると未亡人は周章狼狽《しゆうしようろうばい》して、急に新吉君と手を切ったのである。新吉君も始めて自分が玩弄《がんろう》された事を知って憤慨したが、今更のように、裏切った梅子さんに済まなく思って、今日、懺悔と謝罪に来たのだった。

「そうですか。よくわかりましたよ」

南洲は、他愛もなく悦んでいる母親に対して、そう云うより他なかった。

「だが、梅子さんがお店で紛くなしたという、ダイヤの一件は、どうなったンです。そのために、梅子さんは首を縊りかけたンじゃなかったんですかい？」

「いいえ、貴方。それも嘘ッ八なンでございますよ。今日、新吉さんの話で、それが分ったンですが、新吉さんに捨てられたと思ったもンだから、死ぬ気になったンでございますよ。それほど梅子は新吉さんの事を想っていたんでございますよ。ホッホホ」

「なアんだ」

実際、こんな悲しい『なアんだ』は尠《すくな》いだろう。

南洲は黙って、しきりに考え込みながら、無意味に婆さんと歩調を合わせた。

「でもまア、一寸でも、お寄りなさいませんか」

「いや、止しやしょう……オバさん、これはお土産に持ってきたンだが、お嬢さんに渡して下さい」

南洲は、甘栗の袋を出した。そうして、グルリと踵《きびす》を返して、二、三間行ったが、急にまた戻ってきて、婆さんを呼び止めた。

「そいからね、これもお嬢さんに上げとくンなさい……ほんの少しばかりだが、婚礼のお祝いだッてね」

南洲は懐中の紙包を婆さんの手に渡すと、今度は後も見ないで駆けだした。

末尾

染めつくような青空である。どこにも雲はない。ただ、季節の空ッ風が、ヒュウヒュウと吹きつけて、地上三十尺の稼業が、身に応《こた》える時になった。

「昨夜《ゆうべ》はモテたか、南洲」

電柱の上段で、北洲が声をかけた。南洲は昨夜、宿へ帰らなかったのである。

「大モテでえ」

ペンチで銅線をブツリと切りながら、南洲が答えた。

「俺の方も、大モテでえ」

北洲も負けずに、そう云い返した。実は、昨夜は『ノ井』[*13]へ泊ってきたのである。

朝帰りの二人が、局の出勤の途中に語り合った昨夜の顚末は、悲しくも一致していた。

北洲が昨夜、天狗食堂へ行くと、お春ちゃんは飛びたつ様な笑顔で彼に云ったのである。

「北洲さん、喜んで頂戴。お父さんもお母さんも……やっと承知してくれたわ。妾の望み通り、この暮れに鈴木さんと一緒にさせてくれるって……妾《わたし》、腕一本で働く人を亭主にして、おカミさんと云われるようになれるンだわ」

悲しい〝なアんだ〟を呟いたのだが、お春ちゃんは朗かな生まれつきで、北洲がお目出とうと云いながらベソを掻いた顔を見せても、一向頓着しなかった。それのみか、鈴木君が結婚と同時に新車を買入れて、車主運チャンとなるのに、金が足りぬから、貸してやってくれる親切人はないかとまで云うのである。

「俺に任しときねえ」

つい、北洲はそう云ってしまった。すぐ宿へ引返して、二百円持って行ってやったのである。だが、これぎり彼は、天狗食堂の軒は潜らないだろう。

もともと往来で拾ったような金ではあったが、少し気前がよ過ぎたのを、二人とも今朝になって後悔してる。一文も残らないばかりか、昨夜の遊蕩費だけ足を出した勘定で、今月はまた『オヤジさん』のご厄介だ。

——だが、まアいいや。南洲の奴もカミさんを持てなかったんだ。俺一人じゃねえや。

——北洲もフラれやがったンだ。俺も諦めなくちゃいけねえ。

二人は、同じようなことを考えてる。金も女も一緒に取り逃したが、高い所へ登ったら、カラリと気が晴れた。青空の友情は、当分続くだろう。これからは、なるべく下界を見下さないようにしよう。

「草津よいとこ、一度はお出で——

南洲が突然、声を張りあげて、謡いだした。

「お湯の中にもねエ

花がア咲くよ

北洲が抜からず後を続けて、〝チョイナチョイナ〟は、二人で合唱した。木の葉が落ち尽して、山がよく見える。山はどれも真ッ白だ。二人の故郷の上州の山々も、もうとっくに雪が降ってるにちがいない。

だが、なんという今日の空の青さだろう。

〔1937年9月「オール讀物」初出——1948年8月『青空の仲間』と改題し単行本化〕

女給双面鏡

一

「彼奴に、早苗《さなえ》なんて名をつけたのが、俺の一生の誤りだった」

と、宮本早苗の父親は、よく嘆息した。

「だけど、なにも名前のセイではないでしょう。双葉山っていう優しい名の相撲が、日本で一番強いっていうじゃありませんか」

するとと母親は、その度に、こう答えるのである。

名は体を表わすというが、あまりアテにならない。どこかのお役所の小使に、伊藤博文という名の男がいるそうだ。そうかと思うと、入江たか子という娘が、容貌の醜いのを恥じて、井戸へ身を投げたりする。

だから、宮本早苗の早苗という優美な名が、彼の一生を支配するわけもない筈なのに、父親は頻りに迷信を担ぐのだ。それというのも、早苗という名をつけた責任者が、自分だと思うからに違いない。

早苗の産まれる時、父親は、生憎、商用で、関西へ行かなければならなかった。母親は大きな腹を抱えて、心細がった。

「とても貴方の帰っていらっしゃるまでは、保ちませんよ」

「なアに、心配することはない。お産の騒ぎには、男なんていない方がいいぜ」

「それにしても、せめて生まれる子の名前ぐらい考えて置いて下さいよ。どうせ、お七夜までに帰れやしないでしょう」

「だって、男の子だか女の子だか、分りもしないのに、名前がつけられるかい」

「念のため、両方考えて置けば、どっちか役に立ちますわ」

「きまってらアな。だが、そんな面倒なことをしなくても、どっちにも通用する名があれば、文句はなかろう」

「そんな重宝《ちようほう》な名がありますか」

「あるとも。早苗という名だ。これなら、男にも女にも、向くじゃないか。どうだい、俺の智慧に恐れ入ったか」

父親は、ひどく得意になった。

女の子ならいいが、男の子にはなんだか女臭くて、そんな名を嫌だと母親は云ったが、高田早苗という立派な法学博士があると聞かされると、そんな偉い人に肖《あや》かればねえと、早速承知をしてしまった。

やがて、父親の留守中、子供が産まれた。赤ン坊というより青ン坊と云いたいような、脆弱《ひよわ》な嬰児《あかご》ではあったが、とにかく男の子には相違なかった。

「まア、色の白い、可愛い赤チャンでございますこと。お名前は？」

「早苗とつけました」

「いいお名前ですわね。いかにも美人らしくて——。大きくおなりになったら、お嫁の口が降るようにありますよ。ホッホホ」

「いいえ、奥さん。男の子なんでございますよ」

「おや、これは失礼」

お世辞屋の隣りの奥さんが、一期の不覚をとったが、こんな間違いは、早苗の生まれた早々から何度あったか知れなかった。

名前が優しい上に、肉体まで優しく出来上ってるので、とかく性《セックス》の錯覚を起すらしい。早苗は色が白いばかりでなく、眼が細く、首が細く頰ッぺたに指で掘ったような笑窪《えくぼ》まであるので、愛嬌タップリの子供には違いないが、どうも日本男子の卵には見えなかった。

三ツ四ツになって、外で近所の子と遊ぶようになっても、対手はいつもミイ子ちゃんだのハル子さんだのという連中ばかりで、お手玉やママゴトに熱中する。

小学校へ行くようになれば、男の子の中へ入って、自然、気性も変るだろうと、両親は軽く考えていたが、これが大間違いで、ある日、学校から泣いて帰って来たから、父親が、

「友達と喧嘩するようになったか。大出来、大出来」

と、賞めてやったら、アニ図らんや、同級生の女の子に苛められたという話。

「意気地のねえのにも、程があったものだ。それでもお前は男の子か」

父親はその頃から、そろそろ文句を云い始めたが、母親は、

「温和しい方が、手が掛からなくてよござンスよ。健一のように腕白でも困りますからね」

兄貴の健一というのは、名代の暴れン坊だった。早苗と同じ腹から生まれたとは、どうしても思えない子供だった。

やがて早苗も、区内の甲種商業学校へ入る年齢になった。父親は金物問屋の番頭で、子供を大学まで通わせる資力はないから、兄の健一も、その学校へ入れたが、もう卒業して、デパートで働いている。早苗もその後を追って、ヘル地の校服に、ズックの鞄を肩から下げて、商業学校へ通うことになってたが、初登校の日から、父親に叱られた。

「早苗！　洋服着て、内股《うちまた》で歩く奴があるかッ」

一年、二年は、どうやら無事に過ぎたが、三年生になった時、学校から呼出しがきた。父親は、お店を朝だけ休んで、学校へ出頭すると、面会室へ出てきたのは、校長さんでも、教頭さんでもなくて、カーキー服を着た、髭の立派な人物だった。

「宮本君のことじゃが、どうも困ったもので」

「はア。なにか不埒なことでも――」

と、父親は、息子ももう十六だから、不良染みた真似でもしたのではないかと、まず胸を轟かせた。

「いや、その心配の必要はいらん。反対に、温和し過ぎて困っとるです」

「はア」

「休操の時間には、必ず欠席するです」

「それは驚きました。一向存じませんで」

「その他、器械体操、木馬跳びなぞを、いつも逃げ回っとる」

「怪《け》しからんことで」

「ところが、昨日梁木を渡る時に——ご存じかね、十メートルばかりの高い橋じゃ。他の生徒は何の苦もなくドシドシ渡るのに、宮本君ばかりは、どうしても渡らん。わしが厳しく命令したら、梯子《はしご》の下で、遂にシクシク泣き出したです」

「それは、どうも」

「わたしもそれを見て、これは捨て置けん、これは父兄の方と協力して、女々しい性質を叩き直さんことには、将来が案じられると思うたです」

「ご尤もで」

それから体操主任は、十分ばかり、諄々《じゅんじゅん》として早苗の父親を、諭した。

その注意を聞かなくても、常々、息子の柔弱さに腹が立ってる父親は、カンカンに怒って、早苗に厳重な叱言を食わせた。

今度は、いくらか身に浸みたろうと、父親も安心していたが、その翌日から早苗は、学校へ行くと云って家は出るが、体操の時間はおろか、すべての学課を休んで、好きな少女歌劇や映画館で日を暮すようになった。

やがて、それが父親の耳に入って、

「そんな奴は、学問させても無駄だ。奉公にやっちまえ」

と、知合いのメリヤス問屋へ、小僧に住み込まされた。早苗は寧ろそれを悦んだが、半年も経たないうちに、お払い箱になった。サイドカーに乗るのが怖くて、倉庫で昼寝をしてたのを番頭に発見されたからだ。

メリヤス問屋から金物屋、運送屋、乾物屋――どこへ奉公しても、早苗の尻は長く坐らなかった。力業《ちからわざ》ができないのを、骨身を惜しむ怠け者と見られて、じきに解雇されちまうのである。

「一体、お前はどんな仕事なら、やってみたいというんだ」

父親はツクヅク呆れたという顔で、家へ帰ってきた早苗に訊いた。

「そうですね。髪結さんのような商売なら」

「馬鹿野郎」

父親は女の腐ったような息子の料簡に愛想を尽かして、横ッ面を張り飛ばした。早苗はその場から家を飛び出した。母親が後から追い駆けてきて、三十円渡してくれた。

二

（もう、親の世話にはならない！）

早苗は一生に一度かも知れない大奮起をして、われとわが胸に、そう叫んだ。

（俺だって、男だ！）

早苗も、この春には、徴兵検査を受けて、乙種ではあったものの、壮丁《そうてい》の仲間入りをしていたのだ。検査官の前で、全裸体になったが、別に不思議な顔もされなかったところを見ると、彼が男性たる条件を欠くことはなかったらしい。

自立更生の腹を定めた早苗は、四谷の安宿に泊って新聞の職業欄を頼りに、働き口を探して歩いた。

（いつでも雇ってあげるが、保証金は持ってるだろうね）

どの広告主も、そんな事ばかり云う。

たまたま、これは確実だと思う雇主は、着流しの早苗の姿をジロリと見ながら、

「市内に、確実な身元引請人が二人あって、朝六時から夜十時まで、いかなる労苦も厭わず働いて、食事は麦飯、定休年二回、月給八円――それでよかったら、採用しよう」

というのを、半分聞いて、早苗は怖気《おぞけ》を震って帰ってくる。

大学出も就職難だというが、早苗のようなハンパな学歴の男は、さらに始末が悪いらしい。小学校を出たての小店員志望者なら、かなり需要があるのだが、早苗の年齢は、帯に短し襷に長しで、小僧さんにも勤め人にも不適当だ。

(どうして、こう、仕事というやつは、ないもんかなア)

今日も昼飯を食いに入った食堂で、早苗は新聞の職業欄に眼を曝しながら、そう思った。

今までの経験で、雇入れ広告の字面を見ただけで、行ってみる必要があるかないか、カンで判るようになっていた。

どれもこれも、思わしいのは一つもない。だが、職業欄はギッシリと石を詰めたように、広告で埋まってる。

『女中さん入用《いりよう》』

『派出婦大募集』

『ダンサーを求む』

と、ズラリと列んだ広告が、すぐ眼につく。

(女はいいなア。こんなに口が沢山あって……)

早苗は、別にむつかしい条件もなく、すぐ職業にありつける女性が、羨ましくてならなかった。女中や派出婦ばかりでない。新聞を見ても往来を歩いても一番多く眼につくのは女給募集の広告だ。

どんなキャフェにしろ、酒場にしろ、女給さん入用の札を貼ってない店はない。その札が、雨風に曝されて、字体がボヤけてるところを見ても、年がら年中、永久に需要がある証拠だ。おまけに、『素人の方歓迎』だの、『無経験の人O・K』だのと、寛大な採用方針を示すばかりでなく、この頃では、女給という字を一切用いない。

『社交係招聘、固定給外歩合、美服給与、淑女として家族的優遇します』

なんて男の雇入れには、思いも寄らないお世辞まで使っている。

(ああ、女に生まれてくればよかった!)

早苗は、食堂の椅子で、大きな溜息を洩らした。

昔から、女にスタリはないというが、まったくそうだ。女なれば、どうにか食って行ける。イザとなれば、最後の物に手をつける。男にはそういう便法がない。男の最後の物なんて、死体になってから、十五円で解剖学教室に買って貰うのがオチだ。

早苗は、食べ荒した定食の膳を、情けない顔をして眺めた。盛り切りの丼飯がスッカリ食べ尽されて、やっと十粒ばかり、方々にコビリついている。なんとそれが、一つ一つ女の顔に見えるのである。女なら飯に不自由しないと、あまり一所懸命に考えたので、そんな錯覚を起したらしい。

(ああ、ツクヅク女は羨ましい……だが、待てよ。僕は子供の時から、女の生まれ損いと云われてきたのだ。してみれば、マンザラ女に縁のない人間でもない筈だ。なんとかして、男を廃

業する道がないとも云えない。これは、絶望するのは、ちと早過ぎるぞ）

早苗は、妙なところで、勇猛心を振い起した。と云って、そう手軽に男の国から、女の国へ帰化する道があるかどうか。ホルモン学と整形外科がいくら進歩しても、まだそこまでは手が届かぬそうだ。

三

それから、二年経って後のこと——

東京西端の盛場、真珠区の法界横丁というところに、キャフェ・クレナイという家がある。酒やお通し物を頼んでも、一向持ってきてクレナイかというと、決してそうでない。頼みもしないビールのお代りや、果物、おつまみ物の類を、遠慮会釈もなく運んでクレル方の店で、本字で書けば『紅』だそうだが、経営振りも店構えも、まずこの土地二流の下と思って頂きたい。

その『クレナイ』に、今晩から、新しい女給さん——いや、社交係りが現われた。

「今度のひと、随分モダンだわね。銀座あたりにいたのか知ら」

「此店が始めてだって、云ってたわ。まったく、何にも知らないらしいわよ」

「あんなにスタイルのいいひとは、珍らしいわね。妾もあれくらいお臀《しり》が小さいと、ドレスを着てみるンだけれど」

「でも、手はイヤに大きいわよ。だもンだから、始終、眼につかないように隠してるわ」

古参の女給さん達が、そんな評判をしている。昨日来たかと思うと、今日はいなくなるように女給さんの出入りは激しいから、新しい朋輩が現われても、あまり問題にはしないのだが、今度の女は、よくよく人眼を惹くところがあったに相違ない。

女給達にしても既にそれだから、お客が黙っていよう筈がない。

「おい。素晴らしいのが来たな。あれア、きっとダンサー崩れだぜ。このテーブルへ、呼んでくれよ」

定連のOさんなる人物が、会社の仲間らしいのと二、三人で来ていたが、早くも彼女に眼をつけた。

「ほんとにこのシトは、浮気だよ」

と云いながら、Oさんの馴染みの女給さんは金切り声を立てて呼んだ。

「早苗さアん」

「はアい」

入口近く立っていた彼女は、ニッコリとこっちを向いて笑ったと思うと、シズシズと歩いてきて、淑かにお辞儀をする。

「まア、掛け給え。早苗さん、か。いい名だなア。一杯行こう」

と、Oさんは無理に彼女を隣りへ坐らせてコップをつきつける。

「早苗さん、さア！」

「早苗さん、僕も！」

と、他の二人も、勢いよくビールを干して、面白半分、コップを列べる。

「あら、妾、そンなに頂けないンですよ」

と、大きな笑窪を両頬につくって、婉然《えんぜん》と笑った彼女の顔を、熟々と見れば、化けたりな化けたりな、かの宮本早苗の世を忍ぶ女姿であった。

もともと色が白いのだから、そんなに塗らなくてもいいのに、やはり気が咎めるのか、舞台の女形のような厚化粧に、柳の葉を半分に裂いたような描き眉、トランプのハアトのAのようにクッキリと鮮かな口紅。眼の眩《くら》むような太い紫の棒縞の着物に、臙脂色の花模様の帯を胸高に締めた姿は、誰が見たって色気溢るるばかりの若い女性だが、それではまだ不安心とばかりに、髪から着物へ、ジャンジャン香水を吹き散らしたから、傍へ寄った男は、匂いだけでフラフラせずにいない。

一番眼立つのは、彼女――いや彼の髪であった。まるで宝塚かＳ・Ｋのレヴィユーガールのように、青々と襟元を刈り上げて、七三に分けた毛を、滴るばかりに後に撫でつけている。このお蔭で、早苗の様子がひどくモダンに見えて、法界横丁あたりのキャフェには、惜しい代物に思えるのである。どうもこの頃は、女の子が男の真似をするから、男が女の子に化けるのは、まことに好都合の世の中となっているが、それでも早苗がこれだけの長さに髪を伸ばすにはまる二年かかった。

彼が食堂の椅子に坐って、窮余《きゅうよ》の一策、女に化けて職業戦線に立とうと決心した時、一番困ったのは髪の問題であった。近頃は精巧な素人用カツラが出来て、洋食の出前みたいにオカモチへ入れて配達するが、なにしろ一個六十五円とられるから、早苗の手には了えない。第一、あれは一種の婦人帽のようなもので、島田帽、丸髷帽といった按配に、芸妓《げいしゃ》衆や有閑夫人が、それぞれの用途に従い、一時的に頭へ乗せるように出来てる。早苗の目的は、もっと遠大であるから、天然自然の地毛でないと困るのである。そこで彼は、女装二カ年計画を樹てて、その間いかなる艱難辛苦《かんなんしんく》も忍んで、毛の伸びるのを待つと同時に、女の衣裳持物一切を買い整える金を貯えた。その努力を以てすれば、なにも女になんか化けなくたって、どうにか世渡りを覚えた筈だが、そこまで気がつくような男なら、始めからもっといい智慧を出したに違いない。

それはとにかく、二カ年計画が見事に成就して、頭から足の爪尖きまで、スッカリ女の姿になりきって、往来を歩いてみたが、誰も不審な顔をするものは一人もないばかりか、電車に乗ったら、中年の男が手を握った。もうこれなら大丈夫と、兼ねて希望の女給さんを志して、法界横丁の『クレナイ』を当ってみると、呆気ないほど簡単に、その場から雇ってくれた。

名前を訊かれた時に、ついウカウカと本名を云ってしまって、これはシマったと考えたが、『クレナイ』のマダムは、

「女優さんみたいなシャレた名だわね。あんた、その名で流行るよ。どうせ、本名じゃなかろ

うけれど」

と、云った。だが、なるほど、マダムの眼は高かった。

「早苗さん！　早苗さん！」

と、先刻《さっき》から、Oさんの一座では、早苗ばかり売れて、他の女給さんは些かムクレの体である。

「ちょいとオ……あンまり見せつけないでよオ」

と、一人の女給がOさんの肩を小突《こづ》いた。いつの間にか、Oさんは早苗を膝の上へ乗せて、小耳になにか囁いてるところであった。

「ホホホホホ。知りませんわ、そンなこと……」

早苗はそう云って、立ち上ろうとしたが、Oさんの両腕が堅く捲きついて放れない。酒と煙草の匂いに、どうやらOさん齲歯でもあるとみえて、溝泥のような臭気の呼吸が、早苗の鼻へ、真ッ向から吹きつける。それはまだ我慢ができるが、腰のあたりに伝わってくる体温と触覚が、ナメクジとゲジゲジが一挙に襲ってきたようで、どうにもやりきれない。だが、ここが我慢のシドコロだと思って、一所懸命に辛抱したが、Oさんの手が八ツ口から侵入して、胸部を散歩し始めたので、

「ひやーッ」

と、大きな声を出した。気味の悪いのと、男の正体が暴露しかけたのと、両方の驚きだから、

素晴らしく大きな声であった。それに驚いて、流石のOさんも手を放した隙に、早苗はやっとそのテーブルから、逃げ出すことができた。

「案外、ウブな子じゃよ」

と、Oさんは後見送って、ニヤニヤ笑ったが、早苗の驚きと戦慄はどんなウブな女給さんより強かった。嘔気《はきけ》を催さんばかりに、ヘンな気がして、暫らくは往来へ顔を出して、深呼吸を続けたほどである。

(これア女渡世《とせい》も、なかなかラクじゃないぞ)

早苗は、そろそろ悲観しないでいられなかった。

女給といえば、お酌をして、マッチで煙草に火でも点けてやれば、それで済む商売と思っていたが、そうウマくは問屋が卸さなかった。どうやらキャフェのお客さんというものは、女給を折鞄かなんぞに心得て、とかく膝の上へ置きたがるものらしい。それもいいが、Oさんのように、胸へ手を入れたり、ホテルへ行こうなぞと云うのは困る。ホテルへでも連れて行かれたらどうすればいいのだ。忽ち正体露顕して、飯の食い上げになってしまうではないか。

入口の長椅子に腰かけて、早苗が物想いに沈んでいると、そこへ、ドヤドヤと三人連れの客が入ってきた。

「いらっしゃいませ」

早苗は気を取り直して、彼等が陣取ったボックスへ行った。

「紅茶、三つ」

今夜が初陣の経験ではあるが、どの客も皆アルコールを註文するのに、紅茶とはシミッタレタお客だと、早苗は思った。どうせこんなお客はチップも置くまいから、それを運んで行った時も、テーブルの上へ、茶碗を置いただけで、早苗はすぐ引っ返そうと思った。

すると、一人が図々しく、

「君、火を点けてくれよ」

と、煙草を口に啣えた。

仕方なしに、マッチを擦ってやって、早苗はまた長椅子へ帰った。そうして、棕櫚《しゅろ》の鉢植えの蔭から見るともなしに三人のお客を見ると、どれもこれも、驚くほど若い男達だった。一人が金ボタンの制服を着て、あとの二人は派手なセビロ姿だが、三人とも、どこかの大学生に相違なく思われた。だが、早苗の驚いたのは金ボタン服の一人が三人のうちで一番年若で体も小さいのに、断然、他を威圧してるばかりでなく、まるで、映画の二枚目俳優のような好男子であることだった。

(男でも、惚れ惚れする)

早苗はツクヅク、そう思った。漆黒な髪を、リーゼント・スタイルに撫でつけた横顔は、品よく鼻が隆《たか》く、眼がパッチリして、口許が小さくて、その上、色が抜けるほど白い。まるで、貴公子を絵に描いたような青年だ。彼は他の青年のように、あまりお饒舌りをしないで、時々、射据えるような眼で、早苗の方を、チラリチラリと眺めた。早苗はなんだか、自分がほんとの女になったような気がして、顔が紅くなったのは、我れながら可笑しかった。

彼等は十分ばかりすると、もう帰り支度を始めた。

「勘定！」

早苗は慌てて駆け寄って、云った。

「六十銭頂きます」

美貌の青年は、五円紙幣をテーブルの上へ投げだしながら、早苗に、

「君、なんていう名？」

「早苗と申します」

「そう」

と、鷹揚にうなずいた青年は、黒葡萄のような瞳で、ジッと早苗を見て、優しい微笑を送ったと思うと、もう出口の方へ歩き出した。

「あの、お釣銭でございます」

と、早苗が追い駆けて行った時には、三人の姿は、いつか狭い法界横丁の人通りに紛れ込んでいた。

(四円四十銭のチップか。ありがたいな。あんなお客が、毎晩来ればいい)

エゲツない０さんに引き替えて、あまりに颯爽たる今の青年の遊び振りが、すっかり早苗の

気に入った。あんなお客も来るのだから、女給商売はやっぱり悪くなかった。二ヵ年計画は、無駄ではなかった。

(それにしても、なんて美しい顔の青年だろう。僕が女だったら、ああいう男に惚れるな)

四

妙なもので、早苗が女装生活を始めてから、気持までだんだん女めいてきた。元来、男らしくない奴、女の腐ったような野郎と、父親から折紙をつけられた人間ではあったが、男の風俗をしてる間は、なんと云ってもまだ、横丁で立小便をヤラかすぐらいの勇気があった。だが、この頃では、シャガム方のW・Cへ行かないと、用が足せないというほどになっている。

一事が万事――

キャフェ・クレナイは、二階の奥に薄汚い六畳の間があって、そこへ住込みの女給さんが、五人寝泊りをする。一人前一畳と五分の一という面積へもってきて、鏡台や風呂敷包みを列べ、壁は日蔭町みたいに着物やドレスをブラ下げ、やっとその間隙に寝床をとるのであるから、深夜の混雑は想いやられる。

咽るような若き女性の体臭が、モーモーと立ち罩《こ》めて、露わな肌のあるいは白く、あるいは黄色く、また赤き風景は、まるで熱帯の花園に等しき有様であるが、その中にたった一人、男性として起居を共にする早苗は、嘸《さぞ》かし悩ましき限りであろうと察しられるけれど、事実はまさに反対であった。

(ああ、女性とは、なんとアサましき動物であることよ!)

第一夜で、早苗は四人の女給さんのみならず、女性全体に愛想を尽かした。どうも女給さん達が寝つくまでの言語態度、あるいは寝相の悪さと云ったら、言語に絶するものがあった。大の字、オの字、Kの字と、種々な書体の姿勢を見せる。お客の前に出てる時と、女ばかりの時とでは、こうまで違う彼女達になれるのかと、早苗はツクヅクその変化振りに呆れた。嗚呼《ああ》、女よ! バケモノよ! すべての女は、男の前にいる時はバケているが、同類が集まると、俄然かくの如く、正体を現わすのに違いない。

早苗は、そういう風に考えてしまったので、スッカリ女嫌いになった。だから、女給部屋で雑魚寝をしたって、彼が地蔵様であるかのように安全である。まったく世の中は都合よくしたもので、彼が煩悩《ぼんのう》の念でも起そうものなら、忽ち化けの皮が剝げて店を追い出され、また路頭に迷わねばならぬことになったろう。

そこで早苗は、いよいよ女らしくなる一方である。他の女給さんより、よっぽど慎ましく、淑かで、女性的だ。しかし、これが他の男性的なる諸嬢の感情を害することになったらしい。

「早苗さんは、いやにスマしてるわね」

「ほんとにさ。まるでいいトコのお嬢さんみたいに、肌一つ人に見せたことがないわよ。上品振ってさ」

「妾も、あんなシケた女嫌いさ」

と、早苗の評判が、あまり面白くない。

早苗としては、ウカツに胸でも拡げて、お乳《ちち》のないのを発見されては大変だから、一図に身《み》嗜《だしな》みをよくしてる。それが上品振ると誤解されるのは是非もないが、ここにニッチもサッチも行かない困った事ができた。

「早苗さん、お湯へ行かない？」

と、或る日、朋輩から誘われた時、早苗はハッと驚いた。用意周到に女に化けた積りだったが、浴場へ行く対策だけは、スッカリ失念していたのである。

「風邪ひいてますから、今日は止めて置きますわ」

と、その日はどうやら誤魔化《ごまか》したものの、日本人たる以上、湯に入らないで生きては行けない。ましてや女給商売、日に一度の入浴は判で捺したような習慣になってる。午近くまで寝込んで、起きたらすぐお湯屋へ行って、お化粧とお饒舌りに一時間を送るのが、彼女等にとって一日中のタノシミみたいなもの。それを、毎日、拒絶し続けてる早苗は、いよいよ以て、朋輩からヘンな眼で見られることになった。

「どうしてお湯へ行かないンだろう？」

「きっと、妊娠してるのよ。それを妾達に知られたくないからよ」

なぞと、飛んでもないデマまで、飛び始めた。

当人の早苗にしても、今日でもう半月も湯に入らないから、気持の悪いこと夥しい。垢が溜って、体が痒《かゆ》いような気がするばかりか、臭気まで催してきたのには、我れながら我慢がならない、と云って、思い切って湯屋に行くにしても、暖簾の前で二の足を踏むに定《き》まってる。その服装《なり》で男湯の扉《ドア》を開けたら、入口が違いますよと、番台から叱られるだろう。女湯の方は、脱衣場までは無事に通れるだろうが、それから先きがコトである。二年掛かりで伸ばした髪も、紅も白粉も、親から貰った赤裸々の姿を欺くことはできない。忽ち女湯大騒動となって、稀代《きだい》の痴漢現わると、翌日の新聞を賑わすことであろう。

(住込みでなければ、こんな苦労もしないで済むのに……)

早苗は、アパートから通勤する女給さんが、羨ましくて耐らなかった。アパートに棲んでいれば、朋輩から白い眼で睨められる心配もなく、第一、入浴の問題が直ちに解決する筈だ。アパートの風呂場なら、滅多に混浴はないし、風呂場なしのアパートへ行ったとしても、その時は、早苗にある成算があったからだ。

(でも、今の稼ぎ高では、アパート生活なんて、とても覚束《おぼつか》ない……いっそ、こんな店は飛び出してしまおうか)

その晩も、早苗は、そんな物想いに沈んでいたので、お客の註文を間違えたり、グラスを壊したりして、バーテンから叱られた。そこで、いよいよクサって、入口へションボリ立って、

往来を見てると、

「早苗ちゃん、元気がないじゃないか。どうしたの？」

と、肩を叩かれたので、ビックリした。

「あら」

それは、いつか紅茶三杯で五円置いて行った、あの美男の大学生であった。今日は友達も連れず、ただ一人で、『クレナイ』へやってきたらしい。

早苗は彼の顔を見ると、急に気持が明るくなったようで、イソイソとテーブルへ案内した。

「暫らくだったねえ。試験で忙がしかったもンだから、来られなかったンだよ」

青年はX大学の制帽を脱ぐと、美しい指尖きをおシボリで拭きながら、優しくそう云った。

「でも、ほんとに、よく来て下さいましたわ」

早苗はお世辞でなく、そう云わずにいられなかった。どうせお客は同性諸君のことであるから、好きも嫌いもあった筈ではないのに、この青年ばかりは、忘れられない印象を残して行った。先刻、店へ入る時に、『早苗ちゃん』と呼んで、自分の名を覚えていてくれたことが、ゾクゾクするほど嬉しいのだから、不思議である。

青年は、今夜は紅茶を註文しないで、ハイボールを二杯も三杯も飲んだ。顔に似合わず、なかなか酒量があるらしい。その上、早苗の分にカクテールを註文して、頻りに飲め飲めと、薦めた。早苗もいい気になってグラスを重ねるうちに、次第に気分が出て来て、他の女給さんが行うようなイチャッキを、自分も真似したくなってきた。

「ねえ、いいでしょう……お名前教えてよ。ね」

ベッタリと青年の体に身を寄せて、日向《ひなた》のキャラメルのようなベタベタした声を出すのである。

「名前？　教えるとも。その代り僕の頼みも肯いてくれるかい」

「ええ、モチ。どんな事でも」

「そんなら教えるがね。他の女給さんに、喋っちゃいけないよ」

と云って、青年は内ポケットから革の紙入れを出して、名刺を一枚ぬいた。

松平芳磨、麹町区一番町六……上品な活字でそう刷ってあった。

「まア、貴方、華族さんじゃないの？」

「そンな事、どうだっていいよ。それより、早苗ちゃん、今度は僕の頼みを肯いてくれる番だぜ」

そう云って、松平芳磨は、早苗の肩へ軽く手を置いた。

キャフェのお客が、女給に折入っての頼みなんて、どうせロクなことではない。早苗も、内心、それをモチ出されたらどうしようと、マゴマゴしていると、

「早苗ちゃん。君は先刻、とても悲しい顔をしていたね。きっと、何か心配があるに相違ない。それを隠さずに話してくれないか。頼みというのは、これだけなンだ」

と、案に相違の優しい男らしい頼母《たのも》しい言葉だ。

早苗がどれだけ感激したか、いうまでもない。

「じゃア、なにもかも、スッカリお話ししますわ。妾、ほんとに、とても憂鬱なンですの」と、女言葉の佯《つく》り声ではあるが、真情を籠めて、一切を告白した。と云って、銭湯の悩みだけは、いかに優しい松平さんであると雖《いえど》も、滅多に口から洩らしはしなかったが——

「すると、アパートへ行きさえすれば、早苗ちゃんの憂鬱は解消するわけなンだね」

「ええ、そうなんですの」

「なあンだ。それ位のことで、あんな悲しい顔をしていたの?」

「でも、マーさん。妾、とてもアパートから通うほど、働きがないんですもの。考えると、ほんとにクサッちゃうわ」

と溜息をついて、下を俯く早苗の顔を、松平芳磨はニッコリ笑って覗き込みながら、

「さア、元気を出して、一杯飲み給え。そんな事で、心配しなくてもいい。毎月三十円や五十円の金なら、僕がいつでも引き受けるから、明日にでもアパートの空部屋を探して来給え」

五

衣桁に掛けてある例の紫の棒縞の着物を見なくても、壁添いの小箪笥の上のフランス人形、

バラの造花、それから鏡台へズラリと列んだ化粧道具や、紅痕のついた濡れ手拭なぞ、どれもこれも、艶《なま》めかしい女部屋の風景でないものはない。

京王沿線末台の程近く、アパート南風荘の十七号室。宮本早苗が此処を借りて、『クレナイ』へ通勤するようになってから、もう一月近く経った。アパートへ来たら、せめて自室にいる間でも、男性に還元して、ノビノビしようと思ったが、それも空頼みだった。

松平芳麿が三日にあげず、チョコレートや化粧品のお土産をもって、アパートを訪ねてくるからである。引越してきた日に、部屋代といって五十円呉れたから、一月分前払いをして管理人に顔をよくしたばかりでなく、残額で半襟と草履を買って、その上『クレナイ』の朋輩を連れて天プラを食べに行って、まだ十円ばかり剰《あま》ってる有難さ。もうこうなったら、朝から夜半《よなか》まで、女性として暮す外はない。

だが、松平さんという立派なパトロンが出来てから、店の中でも早苗の羽振りがよくなって、今では白い眼で睨まれる心配もなく、勿体ないほど気楽な身分である。例のお湯の心配も、このアパートでは立派な建物に似合わず湯殿がなくて、最初は悲観したものの、今ではそれも解決方法を講じたから、万事O・Kである。

今日も、早苗は朝飯兼帯《けんたい》の昼飯を食べると、ブラブラ銭湯へ出かけた。

「入らっしゃい」

番台のおカミさんは、早苗の顔を見ると、愛想よくお辞儀をして、ナガシの合図のベルを押す。早苗はいつも、正々堂々と、ナガシまで取るのである。

窮すれば通ずで、早苗はいい智慧を考え出した。パジャマの上へ、レインコートを羽織って、素足に踵《ヒール》の低いスポーツ靴を引ッ掛けて、湯へ行くのである。パジャマもレインコートも、ちょっと見ては、男物だか女物だか、見当がつかない。帽子なしの断髪で、出がけにクシャクシャと頭を掻き回して置けば、文学青年か画家ソックリの顔つきとなる。そこで、公然と男湯の扉《ドア》を開けても、誰も何とも云わない。もともと男が男湯へ入るのだから、それから以後の手続きは簡単である。だが、最初の日には、ウッカリ白粉を落すのを忘れて、浴客からジロジロ顔を見られて閉口した。多分、役者とでも勘違いをしたらしい。

今では、もうそんなヘマはしない。努めて男らしく、勇壮活潑に洗い場を跨《また》ぎ、空いてる昼間の浴槽《ゆぶね》の中で、大の字に体を伸ばす芸を試みる。これなら、充分男らしいだろうと思っていたが、ナガシの番頭さんの話によると、女湯の方でもこれに劣らぬ豪傑がいるそうだ。大の字の芸の上に、バットを口に啣えて、入浴中悠々と煙を吐くという女傑——

「驚いたね。どんな女だい」

「なアに、近所のキャフェの女給でさア」

と、番頭氏が早苗に云った。そんな男みたいな女給さんがいる以上、男の女給が存在したって、不思議でもない筈と、早苗は意を強くした。

だが、浴槽の縁に頭を乗せながら、誰憚らず手脚を伸ばしていると、妙なもので、早苗の心の中に次第に男の魂が眼を覚ましてくる。よくぞ男に生まれけるというのは、裸で夕涼みの時の句だが、早苗も湯屋へきた時だけは、自分も男子の一員であることを、意識せずにいられない。

実は先刻も、早苗の背を流しながら、番頭氏はこんな事を云うのだった。

「旦那、兵隊は？」

「僕は第一乙だ」

「じゃア、召集が来ないとも限りませんぜ。理髪店《とこや》の重さんが、昨日出征したのを知ってますかい。あの男もたしか第一乙でしたがね」

こういう話を聞くと、早苗もブルブルと体が震えてくる。

赤紙[*14]が来れば百年目！

だが、たった一つ、あきらめきれない事がある。

それは松平芳麿に対する早苗の気持なのだ。始めて松平さんに逢った時から、早苗は彼を好もしい男だと思った。その後、年若に似合わず、至れり尽せりのパトロン振りは前に書いた通りだが、繁々アパートに足を運んでも一度だって、イヤらしい素振りを見せたことはない。尤も、イヤらしい要求でもされた日には、早苗としても、無い袖は振られぬ道理で、一目散に逃げ出さねばならないが、卯の毛ほどもそんな素振りがない。そこで、いよいよ松平さんという青年の人格が慕わしくなって、どうやら恋愛に似た気持さえ起っているのである。

（男が男に惚れるなんて、バカバカしくてお話にならない）

早苗は自分でもそう思う。また実際、キャフェへくる多くのお客のうちで、一人だって、そんな気持になった男はなかった。それどころか、どのお客もイケ好かない野郎ばかりで、時には正体を現わして、横ッ面の一つもお見舞い申してやろうかと、思うことさえある。

だが、松平芳麿ばかりは別物だ。親切が身に沁みて嬉しいばかりでなく、白いヒヤシンスのように美しくスマートな彼の顔を見ていると、思わずウットリと夢心地になるのだから、始末にいけない。どうも、これは理外の理で、当人の早苗にも、サッパリ分らぬ心理なのである。

その松平芳麿ことマーさんが、早苗をアパートに住わせたりしてくれるのも、やはり早苗を女と信じてるからにきまってる。譬《たと》えイヤらしい事は要求しないにしても、これだけ親切にしてくれるのは、男が女に対する気持でなくて何であろう。

（もし、自分を男と知ったら、マーさんは二度と再び姿を見せなくなるだろう）

早苗がそう案じるのも、無理はない。そうなれば、今の気楽なアパート生活もできなくなるし、それにも増して悲しいのは、松平芳麿と未来永劫、プッツリ縁が切れることだ。その憂目を見まいとすれば、嫌でも、今の女装生活を続ける外はない。

早苗のジレンマは、これであった。顔に白粉を塗って、ペラペラした着物を被ている間は、そんな事は忘れているが、銭湯へきて素ッ裸になる途端に、いつもこのジレンマが鎌首を擡げて、早苗を悩ますのである。

（いくら考えても仕様がない。まア、成り行きに任せるとしよう）

早苗は考えアグんで、湯から出ることにした。この問題ばかりは、いくら考えても、急に解決はつかない。いい加減にして置かないと、湯気にノボせて卒倒するのがオチだろう。

早苗はまたパジャマを着て、レインコートを羽織って、南風荘に帰ってきた。この男女曖昧な服装をしてる間は、彼の心も男の早苗だか女の早苗だか、判然としない。やがて自分の部屋の鏡台の前へ坐って、クリームや白粉を塗り始めると、おもむろに、女の気持になってゆくのが、いつもの順序であったが、今日はそう行かなかった。

何気なく、自分の部屋の扉《ドア》を開けた早苗は、

「あらッ！」と、俄然、女の声を出して、両手で顔を掩ってしまった。

「嫌だわ嫌だわ。そっち向いててよ。妾、まだお化粧もしてないンですもの、恥かしいわ」

クネクネと体を捲じて、嬌態をつくった早苗は、もう完全に女になり切っていた。それもその筈、留守中に来ていた客は、懐かしい松平芳麿だったからである。

「おシャレなんか後にして、こっちへ来ないか。今日は、ちょっと相談があってね」

と、話しかけるマーさんの声も耳に入らばこそ、早苗は手が八本欲しいほどの忙がしさで、お化粧して、髪を梳《と》かして、パジャマの上に羽織を引ッ掛けて、やっと彼氏の側に、横坐りに坐った。

「お紅茶？　それとも、ウイスキー？」

と、早苗はいつものように、マーさんに饗応《もてな》す飲料を訊ねた。

「いや、それどころじゃないンだ。どうも、弱った事になっちまッてね」

彼の美しい顔に、アリアリと、憂色がある。

「まア、どうなすッたの。心配だわ、早く話してよ」

と、云っても、松平芳麿は腕組みをしたきりで、暫時無言の体であった。

「ねえ、ほんとに、気になるじゃないの。マーさんの心配は、妾の心配よ。どんな苦労でも、一緒にしたいと思ってるンだわ。隠さずに、なんでも云って頂戴よ」

「ありがとう。よく云ってくれた……じゃア、話すけど、驚いちゃいけないよ」

「ええ、大丈夫。一体、どうしたの?」

「僕は、松平家を勘当されるかも知れないンだよ、早苗ちゃん!」

「えッ」

早苗は、驚かないという約束に背いて、大きな声を出した。

マーさんはそれからボツボツと、事情を話し始めた。松平家は由緒ある家柄であるから、家風もなかなか厳格であって、学生の芳麿君が貰う小遣銭も甚だ少なかったが、一度キャフェ・クレナイの敷居を跨いでから、早苗のことが忘れられず、悪友の薦めるままに、高利貸から二百円借りてしまった。その金で『クレナイ』へ通ったり、早苗をアパートへ住わしたりしたのであったが、ちっとも利息を納めないので、すっかり高利貸を怒らせてしまい、この上は松平家へ談判して、元利とも貰わずにいないと、昨日通告してきたのであった。

「勿論、家《うち》では払ってやるだろうが、その代り、僕はきっと勘当されてしまうよ。なにしろ、僕の両親ときたら、滅多に見られない古風で、頑固なシロモノだからね。少くとも、一年ぐらいは、ミセシメのために、家を追い出されるだろう」

芳麿君はそう云って、眼を瞬《しばた》いた。美しい顔が、気の毒なほど萎れている。

「妾が悪いンだわ。みんな、妾の罪だわ」

早苗はそう云わずにいられなかった。

「いいや、僕が高利貸から、金を借りたりしなければよかったンだ。なアに、僕はなんとも思わないよ、一年や二年、世の中の苦労を知るのも、いい経験になるだろうよ。だが、早苗ちゃん、僕はキミに気の毒なンだ。折角キミを世話してあげたのに、たった一月で駄目になっちまって……僕はそれが残念なンだ。それが一番悲しいンだ」

芳麿君は溢れかかる涙を、ジッと堪えるように云った。

「マーさん」

それまで黙って聞いていた早苗が、思い詰めたような声を出した。

「なんだい」

「その二百円があれば、マーさんは勘当にならずに済むンでしょう」

「それはそうさ。二百円の他に利子が溜っているが、それくらいは僕の手でどうにかなるンだ」

「マーさん！　妾、どこか前借さしてくれるキャフェへ行くわ。そのお金で、少しでもマーさんの役に立ちたいわ」

「いや、キミに迷惑はかけたくないンだ。それに、市内のキャフェで、二百円なんて前借をさせてくれる店は、どこにもありゃしないからね。熱海や伊東のキェフェなら、そういう店もあるという話だけれど」

良家の令息に似合わず、芳麿君はなかなか社会の裏面に通じているらしい。

だが早苗は、それを不審に思うどころか、自分が男の癖に身売りをする不合理さえ、すっかり忘れ果てて、一図にマーさんの危急を救いたかったのである。

「熱海でも、伊東でも、どこへでも行くわ。マーさん、そういう桂庵《けいあん》*15へ行って、早く口を探してきて頂戴！」

「キミ、それア真実《ほんと》か」

「ええ。妾、もうスッカリ決心したわ」

「済まん、早苗ちゃん！」

そう云って松平芳麿は、早苗の手を堅く握りながら、頭を垂れた。

六

これが最後の夜かと思うと、早苗は、法界横丁のネオンの灯も、『クレナイ』の電気蓄音機の音も、さすがに懐かしくてならなかった。

あの日の翌日に、松平芳麿はもう伊東のキャフェ兼料理屋の口を、探してきた。そうして明日の朝、早苗は周旋屋《しゅうせんや》に連れられて、伊東へ発つことになったのである。

「キャフェといっても、内湯があって、立派な家だそうだ。まア温泉で保養するつもりで、一年ばかり辛抱してくれ給え。そのうちには、きっと金を拵えて迎えに行くからね」

と、松平芳麿は、頻りに慰めてくれた。

だが、仲好しのレイ子という女給は、ソッと早苗から伊東行きを打ち明けられた時に、

「あんた、そんなキャフェはどんな家だか知ってるの？　女給というのは名ばかりで、みんな酌婦の鑑札をもった女達が働くところなのよ。嫌でもお客をとらなければならなくなるわよ」

と、シミジミ忠告してくれた。

それを聞いた時に、早苗はハッと驚いたが、契約書に判を捺した後で、もう遅かった。だが、そんな事になったら、一体どうしたらいいか。これぱかりは、早苗がいかに努力しても及ばないことだから、契約を取消すよりほかに、解決の道はない。

（でも、そうすれば、マーさんは家を勘当されなければならないのだ。とにかく、二百円のお金を、マーさんの手にわたして、それから後は、野となれ、山となれだ。こうなれば、もう自《や》暴《け》だ！）

早苗はそこまで思い詰めてしまった。そうでなくても、東京を離れるのが悲しくてならないのに、ヤケのヤンパチの心理が手伝っているから、耐らない。早苗は先刻から、方々のテーブルを回って、他の女給さんのお客であっても一向関わず、

「飲まして頂戴よッ」

と、傍若無人に、酒を呷っている。ビールと日本酒が、腹の中でダブダブと音を発するほど、ガブ飲みをしたので、眼つきや、足もとが怪しくなれば、断髪も箒《ほうき》の如く乱れて、まさにトラに変じようとする姿であった。

「早苗ちゃん。どうしたンだい。スッカリ気分を出しちまったな。マーさんが浮気でもしたのか」

例のOさんなる客が、今夜も来ていて、早苗にそう揶揄《からか》うと、

「なにヨ云ってやがンでえ。てめえのようなガンモドキの知ったこッちゃねえや」

早苗は、凄まじいタンカを切った。酒が回ってくると、頭の働きがだんだん怪しくなって、早苗は自分が女装してることも、忘れかかってきたらしい。そこで、男の地金がチラチラ出てくるのだが、Oさんも他の女給も、そんなことは夢にも知らず、

「早苗ちゃんが、あんなに酒癖が悪いとは、僕も知らなかったよ」

「こんな事、始めてよ。だけど、なんだか悲しい事情があるらしいから、自暴酒も無理はないわ」

なぞと、話し合ってる。

そこへ、松平芳麿がいつもの金ボタン服の姿で、ヌッと店へ入ってきた。始めてクレナイへ来た時のように、トリマキのような二人の青年を従えている。

「マーさんッ」

それを見ると早苗は、脱兎の如く飛んで行って、首ッ玉へ齧りついた。

「よく来てくれたね。今夜がお別れだから、ジャンジャン飲もう！」

早苗は酒臭い呼吸を、マーさんの顔に吹きかけながら、そう云った。

「いいとも。大いに飲もう」

と、云ったものの、松平芳麿は、平素とあまりにも変った早苗の様子に、したたか度胆《どぎも》を抜かれた様子である。早苗がこんなに酔ったのは見たこともないが、言語態度が男のように荒々しくなったのに、驚き呆れるほかはなかった。彼は周旋屋からまだ金を受取っていないので、明朝《あした》の打合せのために、早苗に会いにきたのだが、それを切り出すのも忘れて、眼を瞠るばかりである。

「おいッ、マーさん。マー公。不景気な面するなッてンだ。世の中は、どうせ思うようになりゃアしないよ。だから、酒を飲むんだ。さア、飲めよ、マー公、お神酒上らぬ神はねえぞッ……ヨーイヨーイ、デッカンショ！」

早苗はまったく乱酔に及んで、途方もない大声で唄い出した時に、入口のドアが開いて、紺サージの洋服を着て薄髭を生やした人物が、ノッソリ入ってきて、店内を見回した。

どう見ても、キャフェへ遊興に来た人物ではない。女給達は「入らッしゃい」とも云わずに、無愛想な顔をしているが、それよりも、彼が現われた途端に松平芳麿が、ソッと早苗の蔭に身を隠したのが不思議であった。

「おや、旦那。どうも、気がつきませんで――」

奥からマダムが出てきて、その男の側へ行って、丁寧にお辞儀をした。男はそれに応えもしないで、ブッキラ棒に、

「お前のところに、宮本早苗という者がおるかね」

「はい、おります――早苗ちゃん、お前さんがあンまり大きな声を出すからいけないンだよ」

と、マダムは小声で早苗を叱りながら、

「この女なんでございます」

と、旦那つまり警察の旦那に、紹介した。

「冗談じゃない。こっちで探してるのは、男だよ、宮本早苗という――」

「宮本という男は、バーテンにもコックにも、おりませんわ。女なら、この人が宮本早苗とい

うンですけれど、なんかのお間違いじゃございませんでしょうか」

「おかしいな」

と、刑事さんはもう一度、早苗の姿を見直しながら、首を捻っていたが、やがて店の外へ出て、一人の男を連れてきた。

「宮本早苗というのは確かにこの店にいますが、男子ではありません。此処にいるこの女給だそうです」

「違いますか。すると、同名異人でございましょうか」

と、云いながら、心配そうに首を傾けた男は、早苗の父親であった。父親は滅多にキャフェなぞに足踏みする男でなかったので、そこに正体もなく酔い崩れた、宮本早苗と名乗る女給の顔を、忌《いま》わしそうにチラと眼をやったが、途端に電気に撃たれたように、身体を顫わせた。

「この、バカ野郎!」

父親はそう叫んだと思うと、早苗の襟首を猫のように摑んで、続けさまに三ツ四ツ頰を引っ叩《ぱた》いた。

「こいつです。やっぱりお調べの通りでした。こいつが、私の伜《せがれ》です」

「えッ?」

と、驚いたのは、刑事さんばかりではなかった。

「セガレ?」

「じゃア、男ですね？」

「まア、呆れた。早苗ちゃんは、男だったの？」

「女装してやがッたのかい？」

と、他のお客も、ワイワイ騒ぎ出して、店の中は沸き返るような有様になってしまった。中でも、開いた口が塞がらないというように、ポカンとした顔をしてるのは、松平芳麿であった。

「お蔭で、やっと倅を摑まえました。危く世間に顔向けができないところでしたのに、有難う存じました」

と、刑事さんにお礼を述べた早苗の父親は、またもや息子の襟首を引ッ立てて、怒鳴った。

「さア、歩け。わしと一緒に来るのだ」

「痛てエよ。誰でえ、止せよ……ムニャムニャ」

泥のように酔って、ボックスを這い出した早苗の裾から、ニュッと毛脛の出てるのを、こうなると、誰も見逃さなかった。

「ハッハッハ。こいつは大笑いだ」

「まア、気持の悪い……ホッホホ」

と驚きが哄笑に変って、いよいよ騒ぎが大きくなる時に、それまで呆然としていた松平芳麿とその一党は、人眼を忍んで、コソコソと出口の方へ回った。

「待て！」

早くも刑事さんの声が飛んで、逃げ遅れた松平芳麿の手首がシッカリと握られた。

「どうも胡乱《うろん》な奴だと思ったら、貴様、お芳だな。今度は逃がさんぞ」

刑事さんのポケットから、銀色の手錠が光った。

七

「マーさんを縛ったりすると、俺が承知しねえぞ……やい、マーさんを、返せ！」

と、まるで弁天小僧の気が触れたように、赤い長襦袢の裾を開放して、アラレもない姿で荒れ狂っていた早苗も、時が経つと共に、静かになった。

酔いが覚めたかと思ったら、そうではない。鼾声《かんせい》雷の如く、刑事部屋のガラス窓を震わしていい気持に寝込んでしまったのである。

刑事さんと松平芳麿と、父親と早苗とが、黒山のような人ダカリをわけて、キャフェ・クレナイの表から自動車に乗ってB署へ着いてから、一時間後のことだ。

(なんて、手のかかる野郎だろう)

父親は泣くにも泣かれない気持で、息子の情けない寝姿を眺めていた。

松平芳麿の参考人としても、男子女装の廉《かど》からいっても、早苗はそのまま自宅へ帰ることを許されず、一晩、B署へ留置されることになったのであるが、あの艶めかしい姿で男のブタ箱へ入れては、他の留置人を刺戟する惧《おそ》れがあり、そうかといって、女子の留置場へ入れては、いかなる事件を起さぬとも限らないので、刑事さんもホトホト始末に困ったのである。

「とにかく、もう少し酔いの覚めるのを待って……」

そういって、刑事さんは、先刻、部屋を出て行った。刑事としては、松平芳麿は、女装の酔漢なぞと、比べものにならぬ捕物だから、まずその方の取調べを、先きにしたかったのであろう。

「おや、トラがウワバミになっちまいましたな」

冗談を云いながら、待ち兼ねた刑事さんが、再び姿を現わした。頗る御機嫌がいい。早苗の父親は、息子の捜索願を出しに行った時から、親切な刑事さんだとは思っていたが、それにしても意外だった。だが、刑事さんの身になると、単純な家出人の捜索に行って、偶然、大きなお尋ね者を捕えたのだから、ニコニコせざるを得ないわけだ。

「いろいろ考えてみたですが、本来、息子さんは男なんだから、やはり、男子の留置場へ入れるほかありませんな。それには、男姿に変える必要があります」

「さア、それが……この通り、アサましい衣裳で、男の物と申したら、サルマタ一つ着けておりません」

「弱ったね。じゃア、仕方がない。僕の宿直用の寝巻を貸すから、それと着変えさせて下さい」

刑事さんが留置人に寝巻を貸すなんて、蓋し破格の恩典である。

父親は、刑事さんに手伝って貰って、ゴム管のようにグニャグニャと酔い痴《し》れた息子の体から帯を解き、シゴキを解き、紫の棒縞の着物と、赤い長襦袢とを脱がせた。

「この通り、満足な体をもちながら、なんでこんな手数をかけるのだ」

素ッ裸の息子を見て、今更のように、父親は愚痴をこぼしながら、ヤットのことで刑事さんの筒袖の浴衣に、着換えさせた。

「ハッハハ。不思議なもンだ。一ぺんに、男になっちまったじゃありませんか」

刑事さんは、もう紅いものは一片も身につけていない早苗の姿を見て、感心した。誰が見ても、少しばかり髪を長くした、一人の男子である。

そこで、二人は正体のない早苗を、手取り足取り、留置場まで連れて行った。鉄格子の向側で、掏児《すり》やルンペンの荒くれ男が、折り重なって寝ている中へ、早苗も仲間入りをさせられた。

父親は、ヤレヤレと荷を卸した気持で、刑事さんの跡に従って、薄暗い電燈のついた廊下を歩いてくると、そこには、また別な留置場があるのに、気付いた。見るともなしに、中を覗くと、二、三人の女達が、煎餅《せんべい》布団を引張り合って、寝ていた。

(ははア。これが、女の留置場か)

と思って、父親が通り過ぎようとすると、暗い奥の方からノコノコと這ってきた一人が、いきなり、刑事さんを呼び止めた。

「旦那……」

鉄格子につかまったその姿を見て、父親は、アッと声を揚げそうに驚いた。

松平芳麿が、女の留置場へ入れられてるのである。金ボタンの大学生服のままで、彼は平然と、女の留置人の中に伍《ご》しているのだ。

「さすがに、旦那は眼が高いわね。一眼で妾と睨んだから、驚きましたよ。今度という今度は妾も観念しました。お手数をかけないで、スッカリ泥を吐きますわ」

これは、驚いた！　松平芳麿が艶めかしい女の声を出して、刑事さんにシナをつくって見せるのである。

「そうか。いい覚悟だ。明日の取調べの時に、よく聴くとしよう。だが、お前が男に化けていようとは、俺も気がつかなかったよ。あぶなく、今度も取り逃がすところだった」

刑事さんはそう云って、微笑した。

「妾だって、今度みたいなドジを踏んだのは、始めてですよ。なんしろ、やっと騙して売り飛ばそうと思った女給が、男ときたンだから、呆れてものが云えないじゃありませんか。あんまりバカバカしくて、ポカンとしてるうちに、つい逃げ損っちまいました。これも、年貢の納め時だと思って諦めますけれど、男の癖に女装してキャフェで働くなンて、世の中には呆れたフーテン野郎がいたもンですわね」

「お芳。あンまり、人のことは云えないぞ。お前だって、男装して、悪事を働いとったじゃないか」

「ホホホホホ。大きにそうでござンした。じゃア旦那、明日取調室で、ユックリお目に掛かります」

お芳と呼ばれた松平芳麿は、留置場を我家と心得たような大胆不敵な態度で、そのままゴロリと横になった。

早苗の父親は、狐にツマまれたような顔で、刑事さんの後に蹤いて、刑事部屋まで帰ってきたが、敷居を跨がないうちに、堪り兼ねて訊いた。

「刑事さん、一体、あれは何者でございます。どうも、サッパリ訳がわかりません」

「ハハハハ。わからんのも、無理はないですよ。あれは夜嵐お芳といって、東京でも有名な不良少女でね」

「えッ、女？」

「窃盗、脅迫、なんでもやるが、わけても婦女誘拐が、キャツの得意なンです。その手にかかって、素人娘や女給が、何人田舎へ売り飛ばされたか知れません。今までは、断髪洋装の素晴らしいナリで、華族令嬢と称して、人を欺いていたのですが、このごろサッパリ消息を絶ったと思っていたら、男装して警察の眼をゴマ化していたンですな。松平家の令息に化けるとは、キャツも新手を考えたもンですよ」

だが、天網恢々疎《てんもうかいかいそ》にして洩らさず――という顔つきを、刑事さんはして見せる。

「イヤハヤ、呆れた世の中になりました」

父親は実直な男だから、聞くことが、一々肝《きも》を潰す種となる。

「ほんとですよ。まったく油断もスキもならん世の中です。今夜なぞも、女だと思えば男、男かと思えば女という始末で、眼が回るような気持がしましたよ。これというのも、世の中の風俗が変ってきて、メスもオスも区別がつかんような有様になってきたからですが、これからは警察もなかなか骨が折れますな。ハッハハ」

刑事さんは笑ったが、父親は恐縮した。

「どうも、恐れ入ります。伜の奴も、二度とあんなバカな真似をしないように、懇々と御説諭を願います」

実は、早苗のところへ、召集状が下ったのであった。

〔1938年1月〜2月「日の出」初出〕

注解

〈それは毒だ〉

＊1 〝忘れちゃいやヨ〟 昭和十一年ごろの流行歌。最上洋作詞・細田義勝作曲。「月が鏡であったなら 恋しあなたの面影を 夜毎うつして見ようもの こんな気持ちでいるわたしねえ 忘れちゃいやよ 忘れないでネ」。当時のエロ・グロ・ナンセンスの風潮を代表する歌の一つで、内務省は発売禁止処分をしたが、かえって大ヒットした。

＊2 高田山心中 「坂田山心中」をさしている。昭和七年五月八日、神奈川県大磯の坂田山で、調所五郎（慶大理財科三年）と湯山八重子が心中した事件。「天国に結ぶ恋」として、映画やレコードにもなって、広く知られた。

〈達磨町七番地〉

＊3 西園寺さん 西園寺公望《きんもち》公爵（一八四九―一九四〇）をさす。西園寺公がパリに遊学したのは明治三（一八七〇）年から同十三（一八八〇）年までである。

＊4　オオ！　モア、コンム、ジュ、スュイ……　「おお、私をこのままに……」といった意。この場合、「放っておいてくれ」と嘆願したもの。

＊5　緒方洪庵　（一八一〇―一八六三）。江戸時代後期の医師、蘭学者。大坂に適塾を開業。天然痘治療に貢献した。

＊6　ラ・バタイユ　一九〇九年に出版されたクロード・ファレールの小説。日露戦争を題材としたもの。邦題は『戦闘』。

＊7　N・Y・K　「日本郵船株式会社」の頭文字。現在の「NHK」のように、このローマ字で広く通用した。

＊8　山脇東洋　（一七〇五―一七六二）。江戸時代中期の医家。死刑囚を解剖《かいぼう》して旧来の内臓説を批判、日本最初の内臓図鑑「蔵志」を出版した。

〈青春売場日記〉

＊9　ターキー　水の江滝子（一九一五～二〇〇九）のニックネーム。昭和五年、ショートカットの男装の麗人として登場。松竹少女歌劇部（SSK）のスター時代につけられたもの。戦後は映画プロデューサー、司会等で活躍した。

＊10　男爵　戦前まであった「華族」のうちで、第五番目の爵位。

＊11　華族　明治二（一八六九）年に公卿や諸侯（旧大名）に賜わった族籍。これら華族のう

ち、公卿出身を公卿華族、大名出身を大名華族と呼んで、区別したもの。公卿華族を「堂上華族」とも呼んだ。華族制度は、明治十七（一八八四）年「華族令」の発布によって、公・侯・伯・子・男の五つの爵位に整えられた。爵位は、国家に功労ある者に天皇の意志で授けられ、世襲され、いろいろの特権が与えられていたが、昭和二十二年廃止された。

〈青空部隊〉

＊12 羅宇屋 「ラウ」（またはラオ）は、きせるの竹管のこと。ラウの取替えやそうじを業とする人をいう。「らう屋」は、車に道具一式を積み、蒸気で鳴る笛を鳴らしながら街を流していた。

＊13 『ノ井』 「玉の井」の略称。玉の井は、もと東京都墨田区寺島町にあった私娼街。

〈女給双面鏡〉

＊14 赤紙 召集令状のこと。令状の紙の色から「赤紙」と呼んだ。

＊15 桂庵 女中・女給や、でっち・小僧など雇い人を周旋《しゅうせん》する者。口入れ屋。

P+D BOOKS ラインアップ

大陸の細道
木山捷平
●世渡り下手な中年作家の満州での苦闘を描く

変容
伊藤 整
●老年の性に正面から取り組んだ傑作長編

つむじ風(上)
梅崎春生
●梅崎春生のユーモア小説。後に渥美清で映画化

つむじ風(下)
梅崎春生
●陣太郎は引き逃げした犯人を突き止めたが…

淡雪
川崎長太郎
●私小説家の〝いぶし銀〟の魅力に満ちた9編

暗い流れ
和田芳恵
●性の欲望に衝き動かされた青春の日々を綴る

P+D BOOKS ラインアップ

なぎの葉考・しあわせ　野口冨士男　●一会の女性たちとの再訪の旅に出かけた筆者

金環蝕（上）　石川達三　●野望と欲に取り憑かれた人々を描いた問題作

金環蝕（下）　石川達三　●電力会社総裁交代により汚職構図が完成する

孤絶　芹沢光治良　●結核を患った主人公は生の熱情を文学に託す

サムライの末裔　芹沢光治良　●被爆者の人生を辿り仏訳もされた〝魂の告発〟

貝がらと海の音　庄野潤三　●金婚式間近の老夫婦の穏やかな日々を描く

P+D BOOKS ラインアップ

東京セブンローズ(上)	井上ひさし	●戦時下の市井の人々の暮らしを日記風に綴る
東京セブンローズ(下)	井上ひさし	●占領軍による日本語ローマ字化計画があった
天上の花・蕁麻の家	萩原葉子	●萩原朔太郎の娘が描く鮮烈なる代表作2篇
若い人(上)	石坂洋次郎	●若き男女の三角関係を描いた〝青春文学〟の秀作
若い人(下)	石坂洋次郎	●教師と女学生の愛の軌跡を描いた秀作後篇
海軍	獅子文六	●「軍神」をモデルに描いた海軍青春群像劇

P+D BOOKS ラインアップ

達磨町七番地	獅子文六	軽妙洒脱でユーモア溢れる初期5短編収録
陸軍（上）	火野葦平	七十年にわたる陸軍と一家三代の因縁を描く
ある女の遠景	舟橋聖一	時空を隔てた三人の女を巡る官能美の世界
怒りの子	高橋たか子	三人の女性の緊迫した〝心理劇〟は破局の道へ
三つの嶺	新田次郎	三人の男女を通して登山と愛との関係を描く
伸予	高橋揆一郎	未亡人と元教え子との30年振りの恋を描く

（お断り）

本書は1969年に朝日新聞社より発刊された『獅子文六全集 第二巻』を底本としております。あきらかに間違いと思われるものについては訂正いたしましたが、基本的には底本にしたがっております。また、一部の固有名詞や難読漢字には編集部で振り仮名を振っています。

本文中には小間使、女中頭、女中、土人、運転手、主人、召使い、書生、家来、主家、未亡人、支那、雇人、下男、半島人、蝦夷人、不具者、女工、醜業、商売女、阿婆擦れ、八百屋、ネーグル、下僕、後家、ルンペン、侏儒、女店員、言葉に訛りのある娘、売子、工夫、配達夫、百姓、小作農、自作農、農夫、工手、二号、酌婦、窃視狂、工員、部落、小使、女々しい、小僧、女の腐ったような、女給、派出婦、生まれ損い、男らしくない、フーテン、でっちなどの言葉や人種・身分・職業・身体等に関する表現で、現在からみれば、不当、不適切と思われる箇所がありますが、著者に差別的意図のないこと、時代背景と作品価値とを鑑み、著者が故人でもあるため、原文のままにしております。

差別や侮蔑の助長、温存を意図するものでないことをご理解ください。

獅子 文六（しし ぶんろく）

1893年（明治26年）7月1日—1969年（昭和44年）12月13日、享年76。神奈川県出身。本名・岩田豊雄。新聞、雑誌に多くのユーモア小説を戦前〜戦後と連載し、好評を博す。代表作に『悦ちゃん』『自由学校』『大番』など。

P+D BOOKS とは

P+D BOOKS（ピー プラス ディー ブックス）とは
P+Dとはペーパーバックとデジタルの略称です。
後世に受け継がれるべき名作でありながら、現在入手困難となっている作品を、
B6判ペーパーバック書籍と電子書籍を、同時かつ同価格で発売・発信する、
小学館のまったく新しいスタイルのブックレーベルです。

達磨町七番地

2021年7月13日　初版第1刷発行

著者　獅子文六
発行人　飯田昌宏
発行所　株式会社　小学館
〒101-8001
東京都千代田区一ツ橋2-3-1
電話　編集　03-3230-9355
販売　03-5281-3555
印刷所　大日本印刷株式会社
製本所　大日本印刷株式会社
装丁　おおうちおさむ（ナノナノグラフィックス）

ISBN978-4-09-352419-3

P+D BOOKS